講談社文庫

# 心霊探偵八雲　INITIAL FILE

## 幽霊の定理

神永 学

講談社

目次

# 心霊探偵八雲　INITIAL FILE　幽霊の定理

その時、ぼくはまだ彼女を知らなかった——

# 第一話　幽霊の定理

# プロローグ

〈幽霊は、人間の脳によって生み出されているんですよ――〉

パソコンのモニターの向こうから、小太りの中年男性が微笑（ほほえ）みかけてきた。

見えている顔は、素顔ではない。３ＤＣＧで描画されたバーチャルのキャラクターだ。どうせ、バーチャルにするなら、美形に仕上げればいいのにと思う。

彼はフェルマーと名乗っているが、それが本名でないのは明らかだ。ＣＧの姿であるうえに、声も変えてあるようなので、モニターの向こうにいるのが、本当は男性なのか女性なのかも分からない。

得体の知れない人物と、インターネット上とはいえ、こんな風に話しているのは、何とも不思議な感覚だった。

「幽霊は、脳から生まれるということですか？」

私が聞き返すと、フェルマーは声を上げて笑った。

〈面白い発想ですね〉

「面白いですか？」

〈ええ。だって、幽霊が死者の魂だとするなら、生まれるという表現は、とても不自然

ですよ〉

確かにその通りだ。

死人なのだから、生まれたりはしない。

「そうですね。でも、さっきは……」

〈ちょっと分かりにくい言い方をしてしまいましたね。生み出される——という表現がいけませんでした。作り出されると言った方が、分かりやすかったですね〉

「はあ」

大差はないように思える。

結局、私には、フェルマーが何を言わんとしているのかが分からない。

〈人間の脳は、限られた情報から、素早く結論を引き出そうとするものなのです〉

「なぜですか？」

〈与えられた情報を正確に分析していると、処理に時間がかかってしまいます。それでは、素早い判断ができず、危険に晒されることになってしまいます。ですから、正確性よりも、スピードを重視するようにできているのです〉

「そうなんですか……」

〈ええ。特に人間の顔の情報というのは、とても重要なので、より早く結論を出そうとします〉

「どうしてですか？」

〈相手が友好的であるか否かは、その表情に表れます。ですから、それを瞬時に判断する必要があるのです。自分の身を守るためにね〉

「そういうものなのですか？」

〈はい。人間の脳のさまざまな部分が、人の顔を識別する処理に当てられているという研究結果が出ています。顔というのは、他人を判断するための最初の基準なのです〉

「それと、幽霊がどう関係あるのですか？」

〈先ほども言ったように、脳は正確性よりも、スピードを重視します。かつ、人の顔の認識に多くの部分が使用されている。この性質上、どうしても誤認が起きやすいのです〉

「誤認……」

〈そうです。月でウサギが餅をついているとか、イタリアがブーツのかたちをしているとか、類似する形状に無意識に当て嵌めてしまう。パレイドリア効果と呼ばれるものです〉

「そうなのですね」

〈特に、人間の顔については誤認が起きやすいのです。三つの点があるだけで、人はこれを目と口だと認識し、顔だと思ってしまう。これをシミュラクラ現象といいます。壁の染みや、岩の凹凸ですら、三つの点があれば、人の顔に見えてしまいます。心霊写真なんかは、ほとんどが、シミュラクラ現象からくる脳の誤認ですね〉

「で、でも……」

〈言いたいことは分かります。見間違いでは、説明できないこともありますよね〉

「はい」

私は力強く頷いた。

〈一度、幽霊を認識してしまうと、判断にバイアスがかかるんです〉

「バイアス――ですか」

〈そう。簡単に言ってしまえば、願望ですね。そうであって欲しいという思い込みが働き、空想している内容を、あたかも目の前で起きているかのように錯覚してしまうのです〉

「そんな……」

〈誰しも、無意識に、判断にバイアスをかけてしまっているものです。人間は、現実を生きているのではなく、脳が作り出した認知の世界を生きているのですから〉

「じゃあ、幽霊は存在しないんですか？」

〈しません。人は死んだらそれで終わりです。完全な無があるだけです〉

フェルマーの目が妖しく光った気がした。

だが、これも結局は、私自身がそう認知しているだけ――ということなのだろうか。

「そうですか……」

私は小さくため息を吐いた。

何れにしても、何もできないということだ。もし、幽霊が存在するなら、少しは無念が晴らせるかと思ったが、その願いは叶わない。

〈そんなに落ち込まないでください〉

フェルマーが笑った。

「でも……」

〈最初の話に戻ってください。幽霊は、人間の脳が生み出しているんです。この意味は分かりますか？〉

――ああ。そういうことか。

私は、この人物が何を言わんとしているのかを、急速に理解した。

わずかながら希望の灯が灯った気がしたが、それはすぐにかき消えてしまった。

「私には……」

理屈は分かっても、どうすればいいのか、その方法が分からない。

〈方法を教えます。そうすれば、あなたも――〉

# 1

電車が七海の横を通り過ぎていった——。

線路を踏む轟音が、耳の奥で何度も反響して、頭が痛くなる。

こんなにも頭痛がするのは、おそらく寝不足のせいだろう。このところ、ろくに睡眠が取れていない。

眠くないわけではない。目を閉じれば、すぐに意識を飛ばせるほどだ。それなのに、眠れない。

ふと顔を上げると、七海が住んでいるマンションが見えた。

単身者用の新築デザイナーズマンションで、賃料は高めに設定されていたが、瀟洒な造りに一目惚れして、すぐに契約を済ませた。

部屋も好みのアジアンテイストに装飾した。彼氏の純には不評だったけれど、七海は気に入っている。

帰宅して、お香を焚いて、部屋でのんびり過ごすことが楽しみだった。

それなのに、今は、その建物が禍々しく見える。安らぎをもたらしてくれた、アジアンテイストの装飾が不気味に映る。

——帰りたくない。

純の家に泊めてもらおうと、何度もメッセージを送っているけど、最近、返信がないどころか既読すら付かない。

「もう嫌だ……」

思わず口に出てしまった。

今、七海の部屋で起きていることを、友だちに相談したりしているけれど、誰もまともに取り合ってくれない。

最後には、「未だに、そんなの信じてるの？」とバカにされる。

早く引っ越したいのに、お金がない。親に相談したけれど、理由を話したら「今さら、何を言っているんだ」と叱られてしまった。このマンションに決めるとき、家賃が高いことを理由に反対されたのを、七海が押し切り、全額負担してもらっているのだから、そうなるのも仕方ない。

こんなことなら、両親の薦めたマンションにすれば良かった。少しくらい貯金しておくべきだった。

さまざまな後悔を抱えながら、七海はオートロックがあるエントランスを抜け、エレベーターで二階に上がり、自分の部屋の前に立った。

ドアの隙間から、ぬらぬらと黒い何かが溢れ出てきている気がした。

「大丈夫」

七海は、自分にそう言い聞かせる。

このマンションは、事故物件でも何でもない。マンションが建つ前は畑だったので、そこで誰かが死んだということもないだろう。

「何もない。全部、私の勘違い」

七海は、力強く言ってから玄関のドアを開けて、中に入った。

風も吹いていないのに、ドアがバタンッと大きな音を立てて閉まる。その音に、ビクッと飛び上がった。別に誰か居るわけではない。自然にドアが閉まっただけだと自分を納得させて、鍵とドアガードをかけた。

電気を点け、廊下を抜けた先にあるリビングルームに足を運んだ。

カンカンカンッ――と甲高い音が耳に響く。

これは、踏切の警報機が鳴る音だ。

確かにこのマンションの近くには、線路が走っていて踏切もある。だけど、部屋の中にいて、こんなにも大きな音がするはずがない。

ごうっ――と風が抜けるような音がしたかと思うと、タタン、タタン、タタンと、電車が線路を踏む音が響いてくる。

まるで、部屋の中を電車が走っていくような凄まじい轟音に、七海は思わず耳を塞いだ。

それなのに、音は耳の奥に入り込んでくる。

鼓膜を震わせているのではなく、直接、脳に響いているような——そんな感覚だった。

「お願い！　もうやめて！」

七海が叫ぶと、音がピタッとやんだ。

壁に手を突いて、乱れた呼吸を整える。これは、単なる勘違いだ。頭がぼうっとするし、疲れていて、妙な幻聴を聞くようになっただけだ。

ここにいてはいけない。リビングから出ようとしたところで、ずずずっ——という音がした。

何かを引(ひ)き摺(ず)るような音——。

錯覚だと思おうとしたが、駄目だった。その音は、次第に大きくなる。

ずずずっ——。

まるで、背後から少しずつ近づいてくるように——。

振り返っては駄目だと分かっているのに、首が勝手に動いて振り返ろうとする。

目を閉じて、見ないようにしようとしたのだが、どういうわけか、それができなかった。

視線の先には、廊下と玄関のドアがあるだけだ。

だが――。

七海は知っていた。

これで終わりではない。

――ぐぞずぎぃ。

最初は、引き摺る音の延長かと思ったが、そうではない。

これは人間の声だ。

部屋の中には、七海しかいないはずなのに、人の声がする。

――ぐぞずぎぃ。

声が近づいてくる。

「もう、嫌だ……」

ガタガタッ！

触れてもいないのに、音を立ててレバータイプのドアノブが何度も上下する。

何かが――中に入って来ようとしているのだ。

七海は、恐怖で叫びそうになったが、慌てて口を押さえて息を呑む。気付かれたら、入って来る。そんな気がしたからだ。

しばらく、ガチャガチャと荒々しくドアノブが動かされていたが、そのうちピタリとやんだ。
まだ安堵はできない。
案の定、ガチャッという音とともに、鍵が外れる音がした。
——どうして？　何で？
玄関のドアがゆっくりと開く。ドアガードのお陰で、開いたのは隙間程度だったが、
そこから誰かがこちらを覗いている。
真っ赤に充血した目で、恨めしそうに七海を見ている——。
「見ないで。見ないで。見ないで……」
七海が呪文のように繰り返すと、唐突にこちらを覗く目が消えた。
だが——。
ドアは薄く開いたままだった。
わずかに開いたその隙間から、ぬうっと何かが伸びて来た。
それは、手だった。
人間の手が、七海を摑もうと伸びて来る。
「いやぁ！」
七海は、ただ悲鳴を上げることしかできなかった——。

## 2

「ぬおっつ！」

大学の研究室のドアの向こうから、奇声が聞こえてきた。

――ぬおっつ、って何だよ。

斉藤八雲は、半ばうんざりしながらため息を吐いた。

奇妙な声を発したのが誰なのかは分かっている。この研究室の主である、准教授の御子柴岳人だ。

こんな奇妙な声を出しているということは、また何か良からぬことをたくらんでいるに違いない。そして、それに八雲を巻き込むために、呼び出したのだろう。

先の展開が、何となく分かってしまうだけに気が重い。

このまま、回れ右をして帰るという選択が頭を過ったが、御子柴が相手だと、後々ややこしいことになるのは間違いない。

「そこにいるのは、分かっているんだ。さっさと入って来い」

まだノックすらしていないのに、ドアの向こうから御子柴が呼びかけてくる。

ここまで来ていることがバレているなら、もう逃げ道はない。八雲は、仕方なくドアを開けた。

部屋の中には、堆く段ボール箱が積み上げられていて、まるで柱のようになっている。

おまけに、段ボール箱の柱が不規則に点在しているせいで、さながら迷路のような有り様だ。もっと整理すればいいと思うのだが、御子柴曰く、法則に従って配置しているらしい。

八雲が段ボールの迷路を抜けると、白衣を着た御子柴が、ホワイトボードを睨み付けるようにして立っていた。

八雲より背が高く、理知的で整った顔立ちをしている。パーマを失敗したようなぼさぼさ髪のせいで、野暮ったい印象はあるが、それでも、一部学生からは白衣の王子様――などと呼ばれているらしい。

御子柴の外側しか知らないから、そんな寝惚けた評価ができるのだ。

彼の中身を知れば、渾名は〈白衣の王子様〉ではなく、〈白衣のお子様〉に変わるに違いない。

「ようやく来たか。遅い」

御子柴は、そう言いながら白衣のポケットから棒付き飴を取り出し、口の中に放り込んだ。

「ここに来いとは言われましたが、時間を指定された覚えはありません。遅いと文句を言われるのは心外です」

講義を終えた後、御子柴から呼び出しを受けたが、時間はおろか、なぜ呼び出したのかすら知らされていない。

「もちろん時間を指定した覚えはない」

御子柴が、口の中で棒付き飴をもごもごさせながら言う。

「だったら……」

「ただ、ぼくが来いと言ったんだ。何をおいても駆けつけるのが、学生の責務だろう」

「ぼくは御子柴先生の犬じゃありません」

「そんなことは分かっている。どうして自分を犬だと思うんだ？　そもそも、ぼくは犬など飼っていない。意味が分からんぞ」

——駄目だ。

数学者である御子柴は、同分野においてはその才能を遺憾なく発揮しているが、それ以外がからっきしだった。

諺（ことわざ）や比喩表現といったものが、一切理解できない。だからといって、いちいち指摘するのも面倒だ。

「そうですね。ぼくが悪かったです。それより、どうしてその場所から、ぼくがドアの前に立ったことが分かったんですか？」

御子柴は、研究室の中にいながらにして、八雲の来訪を正確に言い当てた。

そこに、どんなトリックがあるのか知っておきたい。

「簡単な話だ。プレートで目立ちにくくしてあるが、そのドアには小さな穴が空いている」

御子柴がドアの方を指差す。

言われてみれば、ドアに貼られたプレートの下部に、小さい穴が空いていた気がする。そこから、姿は見えなくても、光が遮られたりすれば、誰かがドアの前に立ったことは分かるというわけだ。

——いや。待てよ。

「御子柴先生の位置から、ドアは見えないはずです」

部屋の中に乱雑に積み上げられた段ボール箱が邪魔になって、御子柴の立っている場所から、ドアを確認することはできない。

「あれだよ」

御子柴が、指先をドアから側面にある壁に移した。

「あっ」

指の先を辿(たど)ると、そこには小さな鏡が貼られているのが確認できた。

なるほど――と納得する。鏡の反射で、障害物があっても、ドアを確認することができるというわけだ。

「ついでに言うと、あそこにも鏡がある」

御子柴は、壁際に設置されたキャビネットを指差した。

キャビネットの上にも、鏡が置かれていた。

「あの鏡のお陰で、デスクに座っていても、ドアの様子が確認できるというわけだ。前にも言ったが、この部屋は散らかっているのではなく、計算して物を配置しているのだ」

御子柴が、勝ち誇ったように胸を張る。

鏡の反射を使って、ドアの様子を確認できるようにするには、相当な微調整が必要だったはずだから、計算して配置しているのは本当なのだろうが、そんなことをしなくても、段ボール箱を片付ければ済む話だ。

ただ、それを言い募ったところで、どうせ、ああだこうだと理屈を並べるのが目に見えているので、口には出さない。

何れにせよ、この鏡のトリックは使えそうだ。今度、自分の隠れ家にも導入してみよう。

「それで、今日は何の用ですか?」

八雲は話を本筋に戻す。

こうして、八雲が准教授である御子柴に呼び出されたのは、これが初めてではない。

今は黒い色のコンタクトレンズで隠しているが、八雲は生まれつき左眼が赤い。ただ赤いだけでなく、死者の魂——つまり幽霊を見ることができる。

自分の意思とは関係なく、幽霊が見えてしまうのだ。

そのせいで、散々虐げられてきた。それだけでなく、余計なトラブルに巻き込まれることが多かった。

だから、これ以上のそうしたトラブルを避けるために、自分の体質を隠していたのだが、昨年の初夏に、ひょんなことから御子柴に知られてしまった。

何よりも数字を重んじる御子柴だ。幽霊など与太話だと切り捨てるかと思ったが、反応は真逆で、異常なまでの関心を示した。

ただ、幽霊の存在を全面的に肯定したわけではなく、数学によって、幽霊の存在証明、あるいは非存在証明をするのだと無駄に意気込んでいる。終いには、検証のデータを増やすために、八雲に超能力があり、心霊事件の解決を請け負うという無責任な噂まで流す始末だ。

御子柴の検証に付き合わされるだけで面倒なのに、暇さえあれば、チェスの相手もさせられている。

そんな関係が、かれこれ一年以上も続いている。一部では、八雲と御子柴が交際しているという噂まで立っている。

断れば、必殺技の「単位剝奪」を発動しようとするのだから手に負えない。

——駄目だ。御子柴への愚痴が際限なく出てくる。

まあ、こんなところでぼやいていても仕方ない。さっさと用件を終わらせて帰るとしよう。

「またチェスですか？」

八雲が訊ねると、御子柴は棒付き飴を咥えたまま、ニヤリと笑ってみせた。

嫌な予感しかしない。

「これを見たまえ」

御子柴は、鷹揚に目の前にあるホワイトボードを指し示す。

何の変哲もないホワイトボード。そこに、住宅地図が貼り付けてあり、炎を記号化したマークが点在していた。

それとは別に、御子柴が手書きしたと思われる、数式や記号などが、あちこちに記されていた。

「これは何ですか？」

「見て分からないか？」

「分からないから、訊いているんです」

「何で、お前は偉そうなんだ。それが、他人にものを訊ねる態度か？」

御子柴の物言いにカチンときた。

「そうですね。別に知らなくても、何の問題もありません。では、これで失礼します」

踵を返し、早々に立ち去ろうとしたのだが、御子柴に腕を摑まれた。

「勝手に帰るな。お前がいないと、検証が続けられないだろ」

「だったら、態度を改めたらどうですか？　頼んでいるのは、ぼくではなく御子柴先生なんですから」

八雲が言うと、御子柴は「むぅぅ」と悔しそうな声を上げながら、文字通りの地団駄を踏んだ。

――子どもかよ。

「お前、性格悪いな」

「御子柴先生に言われたくありません」

「言ったな。この！」

御子柴が、八雲の肩に猫パンチを繰り出した。

――全然痛くない。

「とにかく、ぼくは帰らせてもらいます」

「ああ。いいとも。帰りたければ、帰ればいい。その代わり……」

「単位剝奪ですか？」

御子柴の講義の単位がなくても、卒業はできる。

これ以上、ややこしいことになるくらいなら、この場で縁を切った方がいいかもしれない。

「ぼくが、そんな陰険な真似をすると思ったか？」

「思ったから言ってます」

「本当に嫌な奴だな」

「知ってます」

「むっ。まあいい。このまま帰るというなら、お前の留年は確定だ」

「別に、先生の講義を落としても、進級はできますよ」

さっき、単位剝奪を陰険な真似と言っていたくせに、言っていることに大差はない。

「ぼくの講義の単位は取得させてやる。だが、その他は、全部落とすことになるだろうな」

「いったいどうやって？」

「言うわけないだろ。方法を言えば、対策を講じられてしまう」

「そんなこと、できるわけありません」

「ほう。お前は、ぼくのことを甘く見ているようだな。数学を用いれば、いくらでもやりようはあるんだよ」

悔しいかな、強がりに聞こえない。

そして、単なる脅しとも思えない。御子柴は、自分の利益のためなら手段を選ばない男だ。

「さて、どうするかはお前の自由だ。どの選択をすれば、もっとも有益なのか、ゲーム理論を応用すれば分かるはずだ」

勝ち誇った態度の御子柴に、苛立ちが募る。とはいえ、他に選択肢がないのも、また事実だ。

「分かりましたよ。話を聞けばいいんですね」

八雲が、諦めた調子で言うと、御子柴は嬉しそうに笑ってみせた。

本当に厄介な人に目を付けられたものだ。

## 3

「それで、そのホワイトボードに貼られた地図は何ですか？」

八雲は改めて、ホワイトボードに目を向けた。

何だか、ずいぶんと遠回りをしてしまった気がする。御子柴のややこしい性格のせいもあるが、八雲自身も少し素直さに欠けていたかもしれない。

御子柴の言う検証とやらを手伝って、さっさと撤収した方が良さそうだ。

「大島てるを知っているか？」

「ええ」

大島てるは、確か心理的瑕疵物件——いわゆる事故物件を纏め、ネット上で公開しているサイトだ。

八雲自身は目にしたことはないが、この大島てるというサイトにより、心理的瑕疵物件という言葉が、一般的になったと言っても過言ではない。

大島てるのサイトの中で、事故物件は、炎を象ったマークで印されているらしい。なるほど。この地図に印されている炎のマークは、全て事故物件というわけだ。

「取り敢えず、サンプルデータとして、この大学を中心に、半径五キロ圏内のデータを印刷して貼り出してみた。ぼくは、この事故物件の分布から、幽霊が出現する法則を見つけ出せるのではないかと考えたのだよ」

御子柴は、口の中から棒付き飴を取り出し、その先端を八雲に突きつけながら言う。

「暇なんですか？」

思わず言ってしまった。

御子柴は、分かりやすく口をへの字に曲げて、ぷんすか怒ってみせる。

「ぼくは断じて暇じゃない。これは、遊びじゃない。れっきとした研究なんだ」

「そうでしたね。ぼくが悪かったです」

余計なことを言うと、また話が長くなる。ここは、素直になって話を終わらせることに集中すべきだ。

「まったく。授業中は大人しいくせに、どうして研究室に来ると、文句ばかり言うんだ？」

——授業じゃないからに決まってる。

今度は、思うだけで口には出さず、「先を続けてください」と促した。御子柴は、若干、不満そうな態度を見せながらも、話を続ける。

「この地図を見る限り、事故物件が集中している箇所があることが分かるだろ。ここと か、ここ とか」

御子柴が、棒付き飴で指し示しながら言う。

「はい。ただ、それは、何れも人口密集地域ですよね」

炎のマークが集中しているのは、駅前だったり、住宅街だったり、人が多く居住している場所と合致する。

いわゆる事故物件は、理由の如何(いかん)にかかわらず、人が死んだ物件なので、人口が多ければ増えるのは当たり前だ。

「そうだ。だが、ここに、別のデータを加えてみると、面白い結果が出る」

御子柴は、そう言うとホワイトボードの地図の上に、透明なシートを重ねて貼り付ける。そのシートには、〈自〉、〈事〉、〈殺〉といった文字が、○で囲って幾つも記されていた。

「何ですかこれ？」

「〈自〉は自殺。〈事〉は事故もしくは自然死。〈殺〉は殺人だ。病死と自然死には、印を付けていない」

「このデータは正確なんですか？」

「もちろんだ。不動産会社が開示しているデータをベースにしてあるが、警察からも資料提供を受けて、より正確性を増しているからな」

御子柴が自信たっぷりに言う。

「こんなデータを警察が提供するとは思えませんけど……」

警察が民間人に捜査資料とも言えるデータを提供するのは、御法度だ。八雲は、ときどき刑事の後藤和利から捜査資料を見せてもらうことはある。だが、それは後藤の独断であり、バレれば懲戒免職は免れない。

何にしても、警察がこの手のデータを提供するとは思えない。

「前に言っただろ。ぼくをしつこく勧誘しに来る刑事がいると」

そういえば、御子柴はそんなことを嘆いていた。御子柴が、自分の父親の冤罪を証明した一件以来、その数学的な才能を、事件捜査に活用しようとしている殊勝な刑事がいるらしい。

「交換条件として、資料を提供させたということですか」

「正解」

「では、先生は大学を辞めるんですか？」

御子柴が大学を辞めてくれれば、八雲は、この煩わしい時間から解放される。

「そんなわけないだろ」

「でも……」

「ぼくは、警察に加わるなんて一言も言っていない。資料を提供したら、話を聞いてやってもいいと言っただけだ」

まるで詐欺師のような手口だが、そういった言い回しは、八雲自身も後藤によく使うので、一方的に非難することはできない。

「阿漕ですね」

「それは何処だ？」

御子柴がきょとんとする。

阿漕が、地名を由来にした言葉であることは確かだが、この反応からして意味が分かっていないらしい。

説明するのも面倒臭いので、話を進めてもらうことにする。

「で、事故物件になった理由を明確化して、何をしようというんですか？」

「ここまでは、基本となるデータの収集に過ぎない。問題はここからだ」

御子柴は、そう言うと、もう一枚透明のシートを重ねてみせた。そのシートには、芋虫のような奇妙な模様が印されていた。

「その芋虫は何ですか？」

八雲が問うと、御子柴が憮然とした表情を浮かべる。

「お前には、これが芋虫に見えるのか？」

「見えるから言っているんです」

「救いようのないアホだな。これは幽霊を図形化したものだ。どうしても、芋虫と主張するなら、統計を取って……」

「すみません。何処からどう見ても幽霊です」

八雲は、慌てて言い直した。

統計を取るのに、いったい何時間かかると思っているんだ。この人は、少しでも質問しようものなら、いちいち話が脱線する。自分の正当性を主張したいのだろうが、それにしたって度を超している。

「それで、その幽霊のマークは何なんですか？」

八雲は先を促す。本当はどうでもいいのだが、さっさと話を進めないと、いつまで経ても帰れそうにない。

「このマークは、幽霊が出現したという証言があった場所を示すものだ」

御子柴が、トントンとホワイトボードを叩く。

「そんなもの、いったいどうやって集めたんですか？」

「インターネットで情報収集した」

心霊現象の体験談は、インターネット上に溢れ返っているだろうから、集めること自体、それほど難易度は高くない。

だが――。

「場所を特定するのは、かなり大変ですよね？」

心霊現象の体験談などは、場所を特定されないように、伏せ字にされていることが多い。それを、いちいち選別して、特定するとなると、とんでもない作業量になるはずだ。

「もちろん、ぼく一人でやったわけじゃない」

「矢口さんですか」

八雲は、御子柴の助手を務める大学院生の女性の名前を挙げた。

矢口は、モデルでも通用しそうなほどの美貌の持ち主だが、御子柴の優秀な遺伝子を残すことを、自分の使命と考えている変人だ。

面倒なことに、矢口は八雲と御子柴が恋愛関係にあると疑っていて、妙なライバル心を燃やしている。

「矢口にも手伝ってもらったが、もう一人、助っ人を呼んだ」

「誰ですか？」

「青のシスターだ」

「は？」

そんなけったいな名前の人がいるとは思えない。御子柴が勝手に命名しているに違いない。

八雲も、御子柴から赤眼のナイトなどと呼ばれている。

「青のシスターは、お前と同じ学生だ。情報処理に長けているから、協力してもらったというわけだ」

おそらく、八雲と同じように、御子柴に強引に協力させられたのだろう。同じ境遇の学生がいると思うと、同情を禁じ得なかった。

「さて、ここまで言えば、ぼくが何をしようとしているのか、お前にも分かるだろう」

御子柴が、再び八雲に棒付き飴を突きつける。

「データを基に、幽霊の出現傾向を分析し、その法則を導き出そうとしている——とかですか？」

「その通り！」

半分は冗談で言ったのだが、どうやら正解してしまったらしい。

「これって意味があるんですか？」

「ある。サークル仮説というのを知っているか？」

「はい。犯罪捜査とかで使われるものですよね」

「そうだ。あれも、このように過去の事例を全てデータ化し、そこから法則を導き出したものだと言える」

幽霊の存在、あるいは非存在証明をしようとした人は、たくさんいる。だが、その全てが単独の事例について、議論を重ねているだけだった。

統計的なデータを収集し、そこから法則を導き出そうとしているのは、御子柴だけではないだろうか。

その発想の大胆さは賞賛に値するが、同時にバカバカしいとも思う。

こんなことを真剣に考えているのは、それこそ御子柴くらいだ。才能の無駄遣いと言っていいだろう。

「で、何か分かったんですか？」

「気付かないか？　この地図を見る限り、幽霊の出現情報と、事故物件数が釣り合わないんだよ」

御子柴が、興奮気味にホワイトボードを叩く。

言われてみれば、その通りだ。事故物件の数が多いからといって、幽霊の出現情報が多いわけではない。

「なぜ、このようなバラつきが生まれるのか？　それを究明するのが、お前の役割だ」

御子柴の発言に啞然とした。

「何を言っているんですか？」

「だから、どうしてこのようなバラつきが生まれるのかを検証するんだよ。おそらく、そこに幽霊が出現するための条件が隠れている」

「どうやって、それを検証するんですか？」

「簡単だ。全ての幽霊の出現情報を調べればいい」

――おいおい。

「正気ですか？　いったい何年かかると思っているんですか」

「お前は、幽霊が見えるんだから、すぐだろ」

――マジか。こいつ。

「やりたければ、一人でやってください」

冗談じゃない。八雲は矢口のように御子柴を崇拝しているわけではない。こんな酔狂に付き合っている暇はない。

早々に立ち去ろうとした八雲だったが、それを遮るようにドアが開き、一人の女性が入って来た——。

見た感じ、八雲と同年代だ。

寝不足なのか、目の下に隈ができていて、表情も弛緩しており、酷く憔悴しているようだった。

「あの。御子柴先生が、幽霊に関わる相談に乗ってくれると聞いたのですが……」

女性は、か細い声でそう口にした。

## 4

八雲は、うんざりしてため息を吐いた——。

先ほど訪れて来た女性は、木村七海という名で、明政大学の三年生ということだった。心霊現象に悩んでおり、その相談に来たという。

御子柴は、新たなサンプルが手に入ると歓喜し、七海から話を聞くという流れになった。

面倒に巻き込まれるのはごめんだ。隙を突いて逃げようとした八雲だったが、それを許してくれるほど御子柴は甘くない。

結果として、こうして顔を突き合わせて七海の話を聞くことになってしまった。

……はずだったのに、御子柴はさっきから黙り込んでいるし、七海は肩をすぼめるようにして俯いたまま、何も喋ろうとしない。

ただ、重い空気が部屋の中に充満している。

「何をしている？　さっさと彼女に話を聞け」

唐突に、御子柴が声を上げる。

――え？

「ぼくが、話を聞くんですか？」

「当たり前だ。心霊事件の解決は、お前の役割だろ」

役割って――七海を招き入れたのは、御子柴なのだから責任を持って欲しいものだ。

「あ、あの……御子柴先生が解決してくれるんじゃないんですか？」

八雲と御子柴のやり取りを見ていて、不安になったらしく、七海がおずおずと声を上げた。

「ぼくは解決しない。そもそも、ぼくは幽霊肯定派ではない。無論、否定派でもない」

「で、でも、水川さんが、先生が解決してくれるって……」

――なるほど。水川さんから話を聞いてきたのか。

水川は学生課の職員で、八雲が御子柴と関わることになった心霊現象の当事者でもある。

「それは事実誤認だ。心霊事件を解決するという噂を流したのは、ぼくだが、解決するのは、ぼくじゃない。そこの赤眼のナイト君だ」

妙なニックネームで呼ばれると、こっちまで中二病だと思われる。

「え？　あの、でも……」

七海は、眉間に皺を寄せて困惑している。

まあ、言わんとしていることは分かる。八雲が若過ぎるのが問題なのだろう。同じ学生ということで、胡散臭いと感じているようだ。

しかし、それは願ったり叶ったりだ。

「そうです。心霊事件を解決するのは、ぼくです。ただ、強要はしません。信用できないなら、遠慮なく帰って頂いて構いませんよ」

八雲は、柔らかい口調を心がけたが、内心では「帰れ」と連呼していた。

てっきり、そのまま帰ってくれると思っていたのだが、どういう思考でそこに至ったのか、八雲に「お願いします」と頭を下げてきた。

御子柴が、嬉しそうにニヤニヤしているのが腹立たしいが、こうなっては話を聞かざるを得ない。

「分かりました。取り敢えず、お話だけ聞きます。何があったのか、できるだけ詳しく教えて頂けますか？」

八雲が促すと、七海は、ぽつりぽつりと自分の身の上に起きている、心霊現象について語り始めた。

それによると、七海の部屋では、毎晩のように心霊現象が起きているらしい。

最初は、踏切の警報音と電車の走行音が、やけに近くに聞こえると思った程度だったという。

だが、翌日にその音は大きくなり、人の呻き声が加わった。そして、さらに次の日には、ガチャガチャと繰り返し玄関のドアノブが動くようになった。

そのうち、閉めたはずの鍵がひとりでに開き、その隙間から髪の長い女がこちらを覗くようになった。

遂に昨晩は、ドアの隙間から手が伸びて来て、七海を捕まえようとしたのだという。

「お願いです。助けてください。あの幽霊は、段々と近づいて来ているんです。このままだと、部屋に入って来てしまいます。こんなの逆恨みです。私は、どうしたらいいか……」

そこまで言うと、七海は両手で顔を覆って泣き出してしまった。

話からして、幽霊が部屋に入って来ようとしていると感じるのは当然だろう。怖いという感情も分からないでもない。

ただ、なぜ泣いているのかが理解できない。泣いたところで、何かが解決するものでもない。

うんざりして、自然とため息が漏れる。

その途端、御子柴がふっと笑った。

「人間が泣くのは、何も同情を欲していたり、パニックになったりしたからだけではない。ストレスの発散なんだよ」

御子柴は、まるで八雲の思考を見透かしたような言葉を並べる。

「何の話です？」

「お前は、自分の価値観だけで物事を判断し過ぎる」

御子柴は、七海が泣いているのは、生理現象の一種だと言いたいのだろう。泣いているという事象だけで、七海の人格を決めつけるな――と。

悔しいが、図星を突かれた。

「分かっていますよ」

八雲は、そう答えると、気持ちを切り替えて七海に目を向けた。

見たところ、七海に幽霊は憑依していない。あくまで、今は——という条件付きではあるが。

「幾つか確認させてください」

八雲が口にすると、七海は涙を拭いながら、顎を引いて頷いた。

「心霊現象が発生したのは、何日くらい前ですか？」

「二週間くらい前だと思います」

「今のマンションには、いつから住んでいますか？」

「半年くらい前です」

引っ越したのが半年前で、心霊現象の発生が二週間前——物件に何か問題があるかと思ったが、そうではなさそうだ。

「一応、確認しておきますが、そのマンションは事故物件ということはありませんか？」

八雲が訊ねると、七海は首を左右に振った。

「不動産会社に確認をしてみましたけど、新築で、マンションが建つ前は畑だったので、事故物件のはずがないと言われました」

「住所は？」

ホワイトボードの前に立った御子柴が、七海に訊ねる。

「世田町七丁目の十三番地。シャテロ世田町です」

御子柴は、ホワイトボードの地図にある七海のマンションを囲うように丸印を書き込んだ。

裏手にあるマンションは、事故物件のようだが、シャテロ世田町には、炎のマークは付いていなかった。

それは新築だから当然なのだが、なぜか幽霊を示すマークが二つ印されていた。御子柴が収集した幽霊の出現情報は、七海の体験談に基づくものだろうか?

「部屋番号は?」

「二〇四です」

御子柴の問いに、七海が答える。

「ふむ。青のシスターが集めた資料によると、お前の隣の部屋と、下の階でも心霊現象が確認されているようだ。しかも、同じように妙な音を聞いている」

御子柴が、ノートパソコンを開き、そこに表示されているデータを見ながら口にする。

「や、やっぱり、あのマンションって事故物件なんですね。不動産会社がそれを隠して……」

「それはない」

御子柴がぴしゃりと言う。

「え？　で、でも……」

「このマンションは、心霊現象の情報が二件も寄せられているから、念のために確認を取ったが、事故物件ではない。そもそも新築だしな」

「じゃあどうして……」

七海が、眉を寄せながら口にする。

「別に、事故物件だからといって、幽霊が出るとは限りません。その逆もまた然り(しか)です」

八雲が言うと、七海がはっと顔を上げる。

「どういうことですか？」

「幽霊は、死んだ場所に縛られるケースが多いですが、それだけではありません。移動することもありますし、人に憑依することもある。事故物件でない場所に、幽霊が出る可能性は充分にあります」

「そ、そうですか……」

それは、御子柴がホワイトボードに貼った地図を見ても明らかだ。

「だから、事故物件を使って、幽霊が出現する法則を特定しようという試みは、意味がありません」

八雲は言いながら、ちらりと御子柴に視線を送った。

てっきり、激昂するかと思ったが、御子柴は口許を緩めて余裕の笑みを浮かべてみせる。

「意味はあるさ。出現場所のデータを収集することで、幽霊の習性を解析できるかもしれない」

「習性って――幽霊は動物じゃないんです。あくまで、元は生きた人間です」

それが、八雲の幽霊の捉え方だ。

幽霊はホラー映画に出てくるようなモンスターではない。死んだ人間の想いの塊のようなものだ。それぞれに意思があり、想いがある。

だから御子柴のように、習性という言葉を使うことに抵抗がある。

「幽霊を人間と捉えるなら尚更だ。人間にだって習性はある。一見、無意識だと思われる行動の中にも、法則は存在するものだ」

「まあ、そうですね」

「このマンションは、事故物件でもないのに、既に二件、心霊現象の情報が上がっている。しかも、目撃された幽霊は、それぞれ性別も年齢も異なる」

「何が言いたいんですか？」

「つまり、このマンションには、幽霊を引き寄せる何かがある――ということだ」

「考えようによっては、そういうことになりますね」

「他人ごとみたいだな」

「ぼくからしてみれば、他人ごとですよ」

別に心霊現象が解決できようが、できまいが、どうでもいい。そもそも、日常的に幽霊が見える八雲からしてみれば、幽霊を見ただけで大騒ぎする方がどうかしている。

「あの──」

七海が、困惑した顔で声をかけてきた。

そうだった。すっかり話が逸れてしまっていた。今は、七海から話を聞き出すことが先決だ。

御子柴も、それを認識したらしく、口を閉ざした。

「心霊現象が発生するきっかけとして、何か思い当たるようなことは、ありませんか？」

八雲は、改めて七海に顔を向け、質問を重ねる。

「特には……」

「心霊スポットに、肝試しに行ったとか？」

もし、七海が何らかのかたちで、幽霊に目を付けられたとしたら、もっとも可能性が高いのがこれだ。

その土地に留まっている幽霊を、連れて来てしまうのだ。

「行っていません」

七海が頭を振る。

反応からして、嘘を言っているわけではなさそうだ。

「では、身近な人——親戚や友人、知人などが亡くなったりは？」

「二年前に、祖母が亡くなりましたけど……」

心霊現象の発生時期から見ても、起こっている現象から考えても、彼女の祖母が何かをしているということでは、なさそうだ。

そうなると、残る可能性は、彼女自身がそれとは気付かずに、心霊スポットを通過したせいで、幽霊に付き纏われているといったところだ。

心霊スポットとは、何も廃病院やお寺ばかりではない。大島てるの地図に示されている通り、そこかしこで人が死んでいて、その全てが心霊スポットになり得る。

知らず知らずのうちに、幽霊を呼び寄せてしまう可能性は、誰にでもあるのだ。

何れにせよ、判断できない以上、心霊現象が起きている場所に足を運んでみるしかなさそうだ。

## 5

八雲は、七海の案内で、彼女のマンションを訪れた。

もちろん、御子柴も一緒だ。ごちゃごちゃとうるさいので、本当は連れて来たくはなかったのだが、「ぼくも行く」と子どものようにごね倒したので、仕方なく同行させた。

このあたりは、大学が近いこともあり、学生や単身者用のアパートやマンションが多いが、どれも築年数が経過した古いものばかりだ。

その中にあって、七海のマンションは、新築で一際目立つ瀟洒な造りをしていた。

「無理矢理建てた感じがあるな」

御子柴が足を止め、ぼそっと口にする。

言わんとしていることは分かる。北側に建つ古いマンションと、かなり近接している。ベランダ伝いに侵入できそうな距離だ。

ただ、学生が多く住む町のマンションやアパートなど、だいたいこんなものだ。

「別に珍しくもありませんよ」

「そうやって、すぐに決めつけるな。この位置関係こそが、幽霊出現の法則と関係しているかもしれない」

御子柴は、幽霊が出現する法則を導き出そうとしているようだが、相手をする気にならない。八雲からしてみれば、目の前の事件さえ解決できればいいのだ。

「行きましょう」

八雲が促すと、七海は「はい」と頷き、エントランスのオートロックを開けてくれた。

エントランスを抜け、エレベーターで二階に上がり、二〇四号室のドアの前に辿り着く。七海はドアを開けると「どうぞ」と中に入るように促してくれた。

八雲は「失礼します」と告げ、部屋の中に入った。アジアンテイストに装飾された部屋で、独特の甘ったるい香りがした。

「臭い」

後から入って来た御子柴が、鼻を摘まんで文句を言う。

死臭がしたならともかく、好みで焚いているお香を、臭いと表現できてしまう無神経さに辟易した。

七海は、露骨に不機嫌な表情を浮かべると「臭くありません」とつっけんどんに言う。

険悪な空気になったが、別にフォローするようなことでもないので無視して、周囲をじっくりと観察する。

部屋にいるのは八雲、御子柴、七海の三人だけだ。幽霊らしき姿は見当たらない。

事故物件は、血痕を隠したりするために、一部だけ不自然にリフォームされていることがあるのだが、そうした改修の痕もない。

まあ、新築で入居したのだから、そんなものがあるはずがない。

窓の外に目を向ける。

七海の話では、電車の走行音が聞こえるということだった。少し離れたところに電車が走っているのが見えるが、窓は二重のサッシになっているし、七海の言うように、部屋の中まで音が届くとは思えない。

「どうだ？　何かいたか？」

御子柴が、口の中で棒付き飴を転がしながら訊ねてきた。

「いえ。ぼくが見る限り、今は、この部屋に幽霊の存在は感じられません」

「私、嘘は言ってません。本当に、幽霊が出たんです。彼氏も一緒に幽霊を見たから、間違いありません。それ以来、彼も部屋に来なくなったんです。幽霊が出なければ、こんなことにならなかったのに」

七海が、八雲の言葉に被せるように主張してきた。

——ギャンギャンうるさい女だ。

「別に、あなたの話を嘘だとは言っていませんよ」

「で、でも、幽霊はいないって」

「今は──と言ったんです。幽霊だって、ずっと同じ場所に留まっているわけではありませんから」

七海は、俯いてもごもごと何かを言った。

はっきりと聞き取れなかったが、言い訳めいたことを口にしていたように感じる。素直に謝罪できないのだから、相当にプライドが高いのだろう。

「心霊現象が発生しているのは、いつも夜なんですよね？」

八雲が問うと、七海は「はい」と頷いた。

「さっき、彼氏も一緒に心霊現象を目撃していると言っていましたが、他に心霊現象を見た人はいますか？」

「六花ちゃんも、見ていると思います」

「誰です？」

「同じ大学の友だちです。地味だけど、家が近いのもあって、それなりに仲がいいというか……」

友人の紹介で、真っ先に「地味だけど」と表現する神経が分からない。派手でなければ、友だちと認めないとでも言うつもりだろうか。

呆れる気持ちはあったが、別に口に出して指摘するようなことでもない。

「その二人からも話を聞きたいので、連絡先を教えてもらえますか？」

「はい」

八雲は、七海から聞いた二人の連絡先をメモする。

「発生している心霊現象を確認しないと、ぼくとしてはどうにもできないので、夜に改めて伺うということでよろしいですか？」

「は、はい。お願いします」

「では、改めて」

部屋を出ていこうとした八雲だったが、御子柴は何かが気になるらしく、腕組みをして、ベランダに面した窓際に佇んでいる。

「行かないんですか？」

訊ねる八雲を無視して、御子柴は七海に向き直る。

「お前が幽霊を見るのは、どの場所だ？」

御子柴の質問の意図が分からないらしく、七海が怪訝な表情を浮かべる。

「玄関のドアです」

七海は、最初からそう主張している。

「それは、さっき聞いたから知っている。幽霊が現れたとき、お前が立っていた場所だ」

「ドアの前あたりですけど……」

「それは何処だ？　その場所に立ってみろ」

七海は、困惑した表情を浮かべながらも、リビングのドアの前に立ってみせた。

「そこで間違いないな？」

御子柴は念押しすると、部屋の中にあるものを指差し確認しながら、ブツブツと何事かを呟いている。

何をしているのかは不明だが、よく分からない行動に付き合うのも、何だかバカバカしい。

「どうぞごゆっくり。ぼくは、先に行きます」

八雲は、そう言い残すと、さっさと七海の部屋を出た。

外廊下を歩いているときに、コツンッと頭に何かが当たった。振り返ると、御子柴がいかにも不機嫌そうな顔で立っていて、八雲の足下には、棒付き飴の棒が落ちていた。

「お前は、どうしてぼくを置いて、勝手に帰ろうとするんだ」

どうやら、御子柴が食べ終わった棒付き飴の棒を投げつけてきたらしい。

ゴミを投げつけるという意思表示の仕方が、まるで小学生だ。

「帰ることは、お伝えしたはずです」

「ぼくが、検証の途中だっただろう」

「今、検証しても意味はないです」

「どうしてだ？」

「あの部屋に幽霊はいませんでした。彼女にも憑依していない。夜に出るのであれば、その時間帯に改めて足を運んで確かめないと、意味はありません」

八雲の説明に納得できないらしく、御子柴が長いため息を吐いた。

「お前は、興味が湧かないのか？」

「何にですか？」

「一つ一つのケースを検証するだけでなく、複数の事象を分析することで、見えてくることもある」

「ビッグデータですか」

「そうだ。複数の情報を統計的に見ることで、そこに法則が隠れていることが明らかになったりする。そういう視点も必要だ」

「先生にとっては、そうかもしれません。でも、ぼくからしてみれば、どうでもいい。それを検証したからといって、ぼくの左眼が治るわけじゃありません」

「頑固だな。お前は、その頑固さのせいで、重大な見落としをしているぞ」

――そんなはずはない。

言おうとした言葉を呑み込んだ。

御子柴は、マウンティングするためだけに、こんなことを言うタイプではない。何か根拠があるのだろう。

「何を見落としたんですか？」

八雲が問うと、御子柴はぷいっとそっぽを向いてしまった。

「教えて欲しいなら、頼み方というものがあるだろ。ほれ。他人に頼むときは、何と言うんだ？」

御子柴が、来い来いという風に掌を上にして手招きする。

その態度に、無性に腹が立った。どうして、この人は、こうも他人を不快にさせるのだろう。

「……お願いします」

八雲は、苛立ちを抑えながら口にする。

「ん？　聞こえないな。ちゃんと、ぼくのようなバイアスどアホのために、教えてください。お願いします——と言え」

——何だこいつ。

頼み事をするのに、どうして自分を卑下しなければならないのか意味が分からない。

そこまでする理由が見当たらない。

八雲は、回れ右をすると、スタスタと歩き始めた。

「おい。何処に行く？」

　御子柴の声が追いかけてくる。

「帰るんですよ」

「それでいいのか？　見落としがあるんだぞ。ぼくに、教えてもらわなくていいのか？」

「結構です」

　八雲は、きっぱりと言い切ると、さらに歩みを進めた。

　見落としがあるのだとしたら、夜に改めて足を運んだときに確認すればいいだけだ。それより、八雲には気にかかっていることがあった。

　マンションのエントランスを出たところで、「おい、お前！」と叫ぶ声がした。

　視線を上げると、御子柴が二階の外廊下から身を乗り出し、八雲に向かって「ぼくを無視するな！」とか「どアホ！」とか叫んでいたが、相手にするのも面倒だ。

　聞こえないふりをして歩き続けた。

　マンションから離れたところで、八雲は携帯電話を取り出し、後藤に電話を入れた。

〈誰だ？〉

　しばらくのコール音の後、後藤が電話に出る。

　相変わらず、相手が誰なのか確かめもせず、電話に出たようだ。所轄署とはいえ、よくこれで刑事が務まるものだと逆に感心してしまう。

「電話の応対を改めてください」

〈何だ。八雲か。余計なお世話だよ〉

後藤は電話の向こうで、鼻息を荒くする。

「後藤さんに、一つ確認して欲しいことがあります」

〈お前、警察を何だと思ってる？　おれは、使いっ走りじゃねぇんだよ〉

「そういう態度を取っていいんですか？」

〈あん？〉

「せっかく、後藤さんの点数稼ぎに協力してあげようと思ったのですが……」

〈それって、心霊絡みの事件か？〉

後藤の声のトーンが変わる。

現金な態度だと思うが、分かりやすい分、むしろ清々しい。

「まあ、そんなところです」

〈何を調べればいい？〉

「ちょっと経歴を調べて欲しい人物がいるんです」

〈誰だ？〉

八雲は、七海の名前と簡単な経歴を告げた。

七海の話からして、幽霊は彼女を付け狙っているような気がする。彼女自身を狙っているなら、そこに何か原因があるということだ。

## 6

八雲は、学食の窓際の席で人を待っていた。

七海から連絡先を聞き、彼女の恋人である純と連絡を取り、この場所で顔を合わせることになった。

「えっと、斉藤ってのはお前？」

声をかけられ、視線を向けると、そこに一人の青年が立っていた。

「はい。純さんですね」

「そうそう」

純は八雲の向かいの席に座った。

八雲と同じ大学二年生のはずだ。顔立ちも、服装も派手で、喋り方は、いかにも悪ぶっている。

正直苦手なタイプだが、ただ話をするだけだと割り切る。

「わざわざすみません。七海さんに頼まれて、彼女の部屋で起きている心霊現象を調べています」

八雲が切り出すと、純は迷惑そうに顔をしかめた。

「あいつ、まだそんなこと言ってんの？　マジでいい加減にして欲しいわ」

粗野な振るまいが鼻に付く。

「心霊現象を見ていないのですか？」

「あいつが騒いでるだけで、おれは、そんなの見てないから」

「一緒に、部屋にいたということでしたが……」

「部屋にいるとき、急に七海が、幽霊がどうしたって騒ぎ出したことがあるけど、おれは見てない」

――話が違う。

「まったく、そういう現象は、起きなかったのですか？」

「起きなかったね。お香のせいで、頭が痛くなったことはあるけど、それだけ。なのに七海は、急に変な音が聞こえるとか、幽霊がいるとか言い出すようになったんだよ。マジでキモいって思ったね」

口ぶりからして、純は、幽霊の存在に対して否定的なようだ。

「七海さんは、心霊現象が起きて以来、あなたが家に寄りつかなくなったと言っていましたが……」

八雲が口にすると、純は軽く舌打ちをした。

「おれが避けてるのは、七海の部屋じゃなくて、七海自身だよ」

「お二人の間に、何かあったんですか？」

「だから、その幽霊だよ。幽霊が見えるとか言う奴って、かなり痛いじゃん。おれ、そういう女、無理なんだよね」

——なるほど。そういうことか。

幽霊の存在を信じていない純からすれば、存在しないものを、いると主張する七海は、キモいという扱いになる。

別に不思議ではない。八雲は、これまで幾度も、そういう目を向けられてきた。

「そうですか」

「幽霊の一件もだけど、その前から、七海にはついていけないところがあってさ」

「はあ」

「金遣い荒いし、詐欺みたいなことして、他人を騙（だま）したりしてるし、何か苛つくことが結構あってさ……」

このままいくと、延々と七海の愚痴を聞かされることになりそうだ。

正直、七海と純の関係が、どうなろうと知ったことではない。

「とにかく、あなたは心霊現象を見てはいないのですね」

八雲は、強引に話を本筋に戻した。

「ああ。見てない」

「分かりました」

話を終わりにしようとしたのだが、純の方から呼び止められた。

「あのさ。あんたの方から、七海にもう連絡してこないように、言っておいて欲しいんだけど」

――冗談じゃない。

心霊現象の解決だけで面倒なのに、赤の他人の恋愛のいざこざの間に入るなんて、まっぴらごめんだ。

「それは、ご自身で伝えた方がいいと思いますよ」

「頼むよ。会うと、また幽霊がどうこううるさいし、もう、トラブルに巻き込まれるのは嫌なんだよね」

純が素直に呼び出しに応じたのは、八雲に言伝させようという魂胆があったからのようだ。

「いや、それは、ぼくが口を出す問題ではありません。お二人で、よく話し合った方がいいと思います」

「話し合っても無駄だよ。だって、おれ、もう他に好きな人がいるし」

「そうですか」

——だから、ぼくに言うな！

「晴香ちゃんっていうんだけど、同じゼミでさ。くっそかわいいんだよ。彼氏いないっぽいから、アプローチしようと思ってんだよね」

前にも、晴香という女性の名を聞いた気がするが、別段珍しい名前でもない。とにかく、純が誰を好きになろうと、八雲の知ったことではない。

「ぼくには、関係ありません」

「だって、七海と友だちなんだろ」

「違います」

「いいじゃん。お前だって、七海に下心あるから、心霊現象の解決なんて手伝ってるんだろ。だったら、ウィンウィンじゃん」

——お前しか得してない。

「お断りします」

「そんなこと言うなよ。な、頼むよ。この通り。七海は、お前にやるから」

純がテーブルに手を突いて、深々と頭を下げる。

——本当にいらない。

だいたい、人間の感情を、モノみたいに取り引きできると思っている神経が信じられない。こんな頭の悪い男にアプローチされる、晴香という女性には心から同情する。

拒否して、罵倒してやりたいところだが、純に何を言っても無駄だということは、これまでの会話で理解した。

申し出を断れば、余計にしつこく絡まれそうだ。八雲は、その気もないのに「分かりました」と適当に応じた。

もちろん、七海に純の言葉を伝える気は、さらさらない。

ただ、この場から逃げ出したい一心だったが、純はたいそう満足したらしく、感謝の言葉とともに、八雲の手を強く握った。

――離せ。気色悪い。

毒突く八雲の内心を察することなく、純は上機嫌で歩き去っていった。

八雲は、ため息を吐きつつも席を立ち、B棟の裏手にある、プレハブ二階建ての建物に向かった。

一階の一番奥にある〈映画研究同好会〉が文字通り、八雲の隠れ家になっている。

テーブルが一つと、パイプ椅子。それに冷蔵庫と寝袋が置いてあるだけの殺風景な部屋。大学がサークルや同好会の拠点として貸し出している部屋だ。

〈映画研究同好会〉のプレートを掲げているが、活動実績はないし、八雲以外の所属メンバーは架空のものだ。

虚偽の申請書類を提出し、八雲はこの部屋を私物化して生活しているのだ。

プレハブまで足を運ぶと、〈映画研究同好会〉のドアの前に、一人の女性が立っていた。

おそらく、七海の友人の六花だろう。彼女とは、〈映画研究同好会〉の部屋の前で落ち合うことになっていた。

「斉藤です。六花さんですね」

八雲が声をかけると、六花は「そうです」とか細い声で返事をした後、ぺこりと頭を下げた。

「どうぞ。取り敢えず、中に入ってください」

八雲は、ドアを開けて六花を部屋の中に招き入れ、手前のパイプ椅子に座るように促した。

彼女が座るのを見届けてから、八雲は向かいの椅子に腰を下ろす。

七海が言っていたように、六花は地味なタイプだ。しかし、物腰も柔らかく丁寧で、さっきの純より話はしやすそうだ。

ただ――。

気になることがあった。

六花には幽霊が憑依している。三十代後半くらいの男性だ。

一瞬、七海の部屋に出る幽霊との関連を疑ったが、すぐにその考えを振り払った。七海の部屋に出るのは、女性の幽霊という話だ。

性別が違うし、六花に憑依している幽霊とは結び付かない。

かといって、いちいち指摘するのも面倒だ。見たところ、危害を加えるつもりもなさそうだし、頼まれてもいない心霊事件に首を突っ込んでいたら、身体が幾つあっても足りない。

「わざわざ、ご足労頂いて申し訳ありません。七海さんの部屋で起きている心霊現象について、少しお話を伺いたいと思っています」

八雲は、気持ちを切り替えて切り出す。

「それなんですけど、斉藤さんから電話があった後、御子柴先生が、直接うちにいらっしゃったんです」

「御子柴先生が？」

「はい。それで、心霊現象について、知っていることを教えて欲しいと、同じことを訊かれました」

「そうですか」

御子柴は、御子柴で、勝手に調査を進めているらしい。

八雲は、七海の家を出て後藤に連絡した後、すぐに電話を入れて純と六花にアポイントメントを取った。御子柴は、七海の家から直接、六花の部屋に足を運んだようだ。

場所が近いからと、何の確認もせず、いきなり訪ねて行くとは、せっかちな御子柴らしい。

今頃、純にも話を聞きに行っているかもしれない。

「御子柴先生と一緒に調べているんですか？」

六花が訊ねてきた。

「いいえ。調べていることは同じですが、ぼくと御子柴先生は、アプローチが違います」

「そうなんですか……」

「はい。話が重複してしまうかと思いますが、改めて心霊現象のことを伺ってもよろしいですか？」

「はい」

「あなたも、一緒に心霊現象を目撃したという話でしたが……」

「実は、見ていないんです」

六花が、申し訳なさそうに俯いた。

「見ていない」

純に引き続き、六花も見ていないとなると、いよいよ心霊現象は、七海の勘違いだという線が強くなってきた。

「はい。最近、七海の部屋に行ったのは確かです。そこで、色々と喋ったりしていたんですけど、そのうち七海が変な音が聞こえるって言い出したんです」

「音——ですか」

「はい。電車の走行音とか踏切の警報機の音が聞こえるって。でも、そんな音、私には聞こえませんでした。最初は、七海が私のことを、脅かそうとしているんだと思ったんです」

「それで？」

「でも、七海は真顔だったし、そのうち、ドアの隙間から、こっちを覗いている人がいるって言い出したんです」

「あなたには、それが見えなかったんですね？」

八雲が問うと、六花は頷いた。

「見えませんでしたけど、その場のノリというか、そういうのってあるじゃないですか」

「はあ」

八雲には、その場のノリという感覚が分からない。

「ごめんなさい。ノリって言葉が悪かったですね。七海って、結構、我が強い人だから、合わせないと、後で何か言われるって思ったんです。それで……」

「見えたと言ったんですね？」

八雲の問いに、今度は大きく頷いてみせた。

少しの時間しか会っていないが、七海がその種の圧力をかけてくるタイプだということは、何となく分かる。

自分の正当性が認められないと、それこそ逆上しかねない。

六花は、それに怯（おび）えて話を合わせたといったところなのだろう。

「ありがとうございます。色々と参考になりました」

「いえ。お役に立てずにすみません」

六花は席を立つと、深々と頭を下げる。

悪くもないのに、こんな風に謝るのが、彼女の癖なのかもしれない。

そのまま、部屋を出ていくのかと思ったが、六花はドアを開けたところで一度動きを止めた。

「あの――」

「何ですか？」

「七海は、どんな様子でしたか？」

「どんなとは？」

「幽霊に怯えていたんですよね？」

「ええ。とても怯えていました」

「早く解決してあげてください。そうじゃないと……かわいそうで」

「尽力します」

八雲が答えると、「お願いします」と、六花は再び頭を下げて部屋を出ていった——。

## 7

八雲が目を覚ましたのは、夕方過ぎだった。

寝袋からもぞもぞと起き出し、冷蔵庫にストックしてある、ペットボトルの水を口に含んで喉を潤す。

この水は、大学の学食にあるウォーターサーバーから給水したものだ。

八雲は、寝癖だらけの頭をガリガリと掻き回しつつ、定位置であるパイプ椅子に腰掛ける。

——本当に面倒だ。

夜に、もう一度、七海の部屋に行くことになっている。

昼間に足を運んだときは、心霊現象は確認できなかった。七海に憑依している様子もない。恋人である純と、友人の六花の話を聞いてみたものの、二人とも心霊現象は目にしていない。

現在のところ、心霊現象は七海の思い違いである可能性が極めて高い。

存在しない心霊現象を、あると信じ込んでしまう人は多い。壁の染みや岩の凹凸を人間の顔だと思い込んでしまったりする。

幽霊の正体見たり枯れ尾花――という句がある通り、人間は心の持ちようによって、判断にバイアスが生まれる。

御子柴が、事故物件と幽霊の出現のデータを取っていたが、あれにあまり意味がないと感じるのも、このことが大きく影響している。

事故物件と認知するだけで、判断にバイアスがかかってしまう。つまり、事故物件で確認された幽霊の出現情報は、このバイアスによる勘違いである可能性が高い。証言で集めたデータは、信憑性に乏しいのだ。

何れにしても、問題は、勘違いであることを、どうやって認めさせるか――だ。

人は、一度認知したものを否定されることを嫌う。口頭で思い違いだと説いたところで、容易に受け容れてはくれない。

七海のように、我の強いタイプなら尚のことだ。

適当な話をでっち上げて、除霊したふりをして終わりにしてもいいのだが、御子柴がそれを許さないだろう。

——厄介な人だ。

内心で呟いたところで、携帯電話に着信があった。

後藤からだった。

「何の用ですか？」

〈あんだと！　お前が依頼してきた案件を、調べてやったんだろうが！〉

後藤のがなり声がした。

無駄にデカい声には慣れているつもりだったが、寝起きということもあって、やたらと耳に響く。

「後藤さんにしては、早かったですね」

〈しては——ってのが余計だ。だいたい、お前には、他人に感謝するという気持ちがねえのか？〉

「はいはい。ありがとうございます」

〈はいを二回言うな〉

「我が儘ですね」

口では勝てないと諦めたらしく、電話の向こうで後藤が大きなため息を吐いた。

〈まあいい。七海って女を調べてみたが、犯罪歴は特になかった〉

七海が何かしらの事件の加害者で、誰かに恨みを買っている可能性を考えてみたが、そういうことはないらしい。

ただ、これは念のために確認しただけで、後藤の回答は想定の範囲内だ。

「そうですか」

電話を切ろうとした八雲だったが、後藤が〈待て〉とそれを呼び止めた。

「何です？」

〈七海って女は、加害者ではないが、被害者としての記録は残っていた〉

「被害者——ですか」

関係ないと思うが、一応、確認しておくか。

〈電車の中で、痴漢にあったんだ。七海の通報で駆けつけた鉄道警察が、犯人の男を取り押さえた〉

痴漢事件など、掃いて捨てるほどある。逮捕に至っているなら、八雲が首を突っ込むようなことでもない。

「そうですか」

〈何で、こんなことを調べてるんだ？〉

「念のためです」

〈だから、おれは理由を……〉

話の途中だが、八雲は電話を切った。

——さて、これからどうするか。

おそらく、今回の心霊現象は七海の勘違いだ。

原因は不明だが、自分が幽霊に狙われていると思い込むことで、判断にバイアスがかかり、幽霊を誤認することになったのだろう。

——重大な見落としをしているぞ。

不意に、御子柴の言葉が脳裏を過る。

最初は御子柴の言葉に、素直に耳を傾けるつもりでいたのだが、あまりの鬱陶しさに、話を聞かずに引き上げるという選択をした。

——あの言葉は、何を意味していたのだろう？

今になってから、そのことがやけに引っかかる。そんなに気になるなら、直接、御子柴に訊きに行けばいいのだが、それは嫌だ。

そもそも、どうして御子柴は、あそこまで幽霊の存在の有無を検証したがるのだろう？

最初は、自分の父親の幽霊の存在を確かめることが目的だった。だが、それは、前回の事件で解決している。

それなのに、未だに熱意が衰えない。

わざわざ、大島てるというサイトまで持ち出し、幽霊の出現場所と事故物件との関連まで調べ上げているのだ。

あんなことをしても、まったく意味がないというのに。

──本当にそうか？

御子柴は、事前にあの地図による検証をしていたからこそ、八雲が見落とした何かに気付いたのではないか？

「あっ！」

八雲は、思わず声を上げた。

──そうか。そういうことだったのか。

御子柴の言っていた見落としが、何だったのか、八雲は急速に理解した。

すぐに携帯電話を手に取り、後藤に電話を入れる。

〈いきなり切りやがって！　せっかく調べてやったってのに、お前は、いったいどういうつもりだ！〉

電話に出るなり、後藤がまくし立てる。

普段なら、皮肉の一つも挟みつつ、適当にあしらうのだが、今はその時間が惜しい。

「確認して欲しいことがあります」

〈あん？　あんな扱いをしておいて、今さら、何だって言うんだ！〉

「小言なら、後で聞いてあげますから、今からぼくが言うことを大至急、確認してもらえますか？」

八雲は、一方的に後藤に用件を伝えると電話を切った。

「やれやれ」

これからのことを考えると、八雲の口から自然とため息が漏れた。

## 8

八雲は、御子柴の研究室のドアをノックした——。

すぐに「入れ」と御子柴の声が返ってくる。

八雲は、大きく息を吸い込んでから、ドアを開けて中に入る。段ボール箱の迷路を抜けて御子柴のデスクの前に行くと、そこには御子柴だけでなく、助手である矢口の姿もあった。

「頼まれていたものです」

矢口は、そう言って御子柴にマイクロ波の測定器を渡すと、八雲をひと睨みして、舌打ちをしてから部屋を出ていった。

相も変わらず、矢口は八雲のことを恋敵として認識しているらしい。否定するのも面倒になってきたので、完全に無視を決め込んだ。

「それで、お前は何しに来たんだ？」

御子柴は、棒付き飴を口の中で転がしながら、デスクに足を乗せ、ふんぞり返るようにして椅子に座っている。

「もう、お分かりだと思います」

八雲が告げると、御子柴は両手を広げてみせる。

「ぼく、全然分かんない」

子どもじみた挑発に、思わず舌打ちしそうになる。

「七海さんの部屋で起きている心霊現象の件です」

「ああ。あれね。あれがどうした？　お前は、一人で解決するんじゃないのか？」

御子柴が、ニヤッと笑みを浮かべてみせる。

この態度が、本当に腹が立つ。八雲に一人で解決させるつもりなら、マイクロ波の測定器など用意しない。

それに、ホワイトボードに貼られた地図には、昼に来たときにはなかった書き込みが、追加されている。

「ぼくは、この件に関して、御子柴先生の言う通り、重大な見落としをしていました。そのことで謝罪に来ました」

八雲は、悔しさを噛み締めながら口にする。

あの後、後藤から再調査を依頼していた案件の回答があった。そのどれもが、八雲の見落としを裏付ける内容のものばかりだった。

「ようやく分かったか。アホめ」

「…………」

「謝罪に来た割には、肝心な言葉がないぞ」

御子柴が、わざとらしく耳許(みみもと)に手を添える。

そういえば、八雲は、よく後藤にこんな態度を取っている。これほどまでに、腹立たしいものだとは思わなかった。

まあ、だからといって、後藤に対しての態度を改めようとは思わない。

「申し訳ありませんでした」

「ふむ。少しは反省しているようだな。だが、本当に何を見落としたのか気付いたのか?」

「ええ」

「だったら、ここでお前が陥ったバイアスを説明してみろ」

「そんな必要がありますか?」

「ある。これは特別授業だ。感覚ではなく、言語化することで、より明確になるはずだ」

言わんとしていることは分かるが、素直に受け容れたくないのはなぜだろう？

ただ、ここで黙っていても話が進まない。御子柴は、何があっても、自分の考えを曲げない人だ。

八雲は、ガリガリと寝癖だらけの頭を掻き回してから、語り始めた。

「これまでぼくは、発生する心霊現象の一つ一つを、切り離して考えていました。つまり個で捉えていました」

「個で捉えると、どういう問題が起きる？」

御子柴が、質問を投げかけてくる。

「単純に視野が狭くなります」

「そうだな。お前は、幽霊は一ヵ所に留まるわけではないと言った。つまり、移動することもできるわけだ。その条件において、心霊現象が発生したあの部屋だけ注視したのでは、見えるものも見えなくなる」

「仰る通りです」

「では、お前はどうすべきだった？」

「俯瞰で物事を見る必要がありました」

「そうだ。お前は、地図での検証に意味がないと言ったが、それについては、まだ同じ考えか？」

「いえ」

「意味があるのか、ないのか、ちゃんと言葉で言え」

「意味はあります」

「なぜ？」

——本当にしつこい。

もう分かっているんだから、いいじゃないかと思うが、それを主張したところで、御子柴は受け容れないだろう。

「地図上で心霊現象を検証することで、周辺で起きている事象と関連付けて考えることができるからです」

八雲が答えると、御子柴は満足そうに頷いてみせた。

「分かればよろしい。お前は、あくまで事象を点で捉えていた。ぼくは、俯瞰で物事を見ていたからこそ、お前なんかより早く、真相に辿り着くことができた。ファンタスティックだろ!?」

——自画自賛とは、なかなか痛い人だ。

「…………」

「どうした。なぜ、何も言わないんだ？　ぼくを、もっと賞賛していいぞ」

——こういうところが嫌いだ。

無視したいところだが、ぐっと堪えて要望に応えてやることにした。

「わあ。御子柴先生は凄いですね」

完全な棒読みだ。ある種の皮肉のつもりだったが、御子柴は満足したらしく、「そうだろ。そうだろ」と嬉しそうに何度も頷く。

――案外チョロいのかもな。

「さて、話を戻そう。ぼくは、事件のカラクリは分かったが、その動機については見えていない」

「そうですか」

まあ、そうだろう。

御子柴が検証するのは、あくまで結果であって、その原因は分からない。

「お前は、動機について見えているんだろ？」

「はい」

御子柴が言うように、八雲が真相に辿り着いたのは、その動機からだった。

これまでの証言の組み合わせ。そして、後藤から聞いた情報をつなぎ合わせることで、導き出した。

「さて。真相は分かった。だが、どうやってこれを解決するか――だ」

「直接、本人に真相を伝えればいいんじゃないですか？」

「お前は、また点で物事を捉えている」

御子柴が、口から棒付き飴を取り出し、それを八雲に突きつけた。

——だから。汚い。

「そうですか？」

「そうだ。解決においても、点で捉えていたのでは駄目だ」

「でも、依頼人は七海さんです。彼女に話をすれば……」

「それで解決と言えるのか？」

「ぼくは、そう認識しています」

「その結果、何がもたらされるのかを、考えたことがあるか？」

——そんなの、ぼくの知ったことじゃない。

そもそも、好きで心霊現象に首を突っ込んでいるわけではない。やりたくもないのに、やらされているだけだ。

その真相を解き明かした結果がどうなろうと、八雲には一切関係がない。

それに——。

「結果なんて、誰にも分かりませんよ」

「本当にそうか？」

「それはそうですよ。人間の感情を予測することなんて、誰にもできませんから」

八雲の言葉に、御子柴は落胆したようなため息を吐く。

冷酷な人間だと思われたかもしれないが、別にどうでもいい。関係ない人間の人生まで、背負う気はない。

「お前は、自分に素直じゃないな」

「御子柴先生に、言われたくありません」

「ふむ。勘違いしているようなので言っておくが、ぼくは素直だ。それ故に、我が儘なだけだ」

——威張って言うことか！

「結局、何が言いたいんですか？」

「そうだったな」

御子柴は、立ち上がってホワイトボードの前に移動すると、マーカーを使って地図の上におもむろに台形を書き記した。

「この台形の面積は、何平方センチメートルだ？　正確に答えろ」

「分かりません」

辺の長さも分からないのに、面積など分かるはずがない。

「では、台形の面積の求め方は分かるか？」

「（上底＋下底）×高さ÷２です」

小学校で習った。誰だって知っている。

「つまりは、そういうことだ」

——は？

「全然、意味が分かりません」

「意外と鈍いな」

——この説明で、分かる方がどうかしている。

「理解できるように説明してください」

「いいか。お前は、人間の感情は予測できないと言った。それは、辺の長さが分からない状態で、面積の解を求めているのと同じだ。絶対に分からない。特に、お前は点だけで物事を見ていたから、余計にそう感じる」

「そうですね」

「だが、今のお前は、心霊事件の調査をしたことで、上底と下底、そして高さの数値を知っている」

「…………」

「今、面積は分からないかもしれないが、それを求めるのに必要な数値を手に入れた。そうだろ？」

「人間の感情は、台形の面積の公式のように上手くはいきませんよ。もっと複雑なんです」

「それは違う。どんなに複雑な図形であっても、必ずその答えを導き出すための法則がある。基本は皆同じだ」

「いや、でも……」

「考える前に切り離すな。知ろうともしないで、人間をカテゴライズするな。それでは、いつまで経っても、お前は点のままだ」

強引な理論のはずなのに、なぜか八雲の心に重く響いた——。

「では、どうしろと?」

「それは、お前次第だ」

「ぼく次第?」

「そうだ。お前は、面積を求めたいのか? それとも、外周を求めたいのか? それによって公式は変わるはずだ」

御子柴が、白衣のポケットから、棒付き飴を取り出し、それを八雲に差し出して来た。

何でも、数学に当て嵌めるのはどうかと思うが、言わんとしていることは分かる。導き出したい結末によって、謎を解く順番と方法が違うというわけだ。

導き出したい答えに応じた、事件解決のための方程式を見つけ出せ——ということだろう。

「別に、ぼくとしては結末なんて、何でもいいんですけど……」

八雲は、ぼやくように言いながらも、御子柴から棒付き飴を受け取った。

包み紙を剝がし、口の中に放り込むと、何とも言えない酸っぱい味が広がった。

## 9

八雲は、御子柴と一緒に七海のマンションの前に立った。

「なるほど。その公式でいくわけだ」

白衣のポケットに手を突っ込んだ御子柴が、闇夜に佇むマンションを見上げた。

八雲が、どんな結末を導き出そうとしているのか、御子柴には伝えていない。それでも御子柴は、謎を解く順番から、八雲の考えを察したらしい。

「ぼくとしては、できるだけ穏便に済ませたいと思っています」

「この順番で、穏便に済むか?」

「ですから、公式に少しだけアレンジを加えます」

「公式にアレンジなんてないぞ」

「数学ではそうです。ただ、人の感情に関わることなので、あくまで正確である必要はないんです。ですから、ぼくがおかしなことを言ったとしても、この場では黙っていて欲しいんです」

「なるほど。そういうことか」

御子柴が、八雲の意図を汲み取ったらしく、ニヤリと笑ってみせた。

理解が早いので、くどくどと説明しなくて済むのはありがたい。ただ、御子柴が本当に黙っていてくれるかどうかは、定かではない。

まあ、ここであれこれ心配したところで始まらない。

八雲は、大きく息を吐いてから、エントランス前にあるオートロックのインターホンで、七海の部屋番号を入力し、呼び出しのボタンを押した。

すぐに七海から応答があり、八雲は御子柴とともにエントランスを潜り、エレベーターで七海の部屋に向かった。

部屋の前で、再びインターホンを押すと、ドアが開いて、青白い顔の七海が出迎えてくれた。

八雲は、真っ直ぐ廊下を進むと、突き当たりにあるドアを開け、リビングルームに入る。

前に来たとき、御子柴は、七海が幽霊を見た場所をしきりに気にしていた。彼女が、幽霊を見たのは、ちょうどこのドアのあたりだったはずだ。

視線を部屋の奥に向けると、ベランダに通じる開口部の大きい窓があった。

――なるほど。

御子柴は、最初に来たときから、部屋の構造を俯瞰で見ていた。だが、八雲は幽霊の姿を探すことに注意を向けていたため、部屋の構造まで考えていなかった。

八雲は、真っ直ぐ歩みを進めると、窓を開けてベランダに出てみた。

路地を挟んで、築年数の古いマンションが建っているのが見えた。このマンションと平行に並んでいるかたちだ。

位置関係からして、ほぼ間違いないだろう。

「あの……幽霊は、いましたか？」

八雲がリビングに戻ると、七海が不安げな表情で声をかけてきた。

「ええ。確かに、ここには幽霊がいます」

八雲が告げると、七海の表情が一気に強張(こわば)る。

「ほ、本当ですか？」

「ええ。間違いありません」

――もちろん嘘だ。

この部屋に、幽霊などいないが、目的の解を導き出すためには、幽霊がいることにした方が、色々と都合がいい。

御子柴も、それを分かっているらしく、八雲の発言が嘘だと分かっていながら、口を挟むことはなかった。

「な、何とかしてください」

「残念ながら、それは難しいです」

八雲は、冷淡な口調で告げる。その途端、七海の両目が、驚きで見開かれる。

「ど、どうして助けてくれないんですか？」

「助けたくてもできないんです。この部屋にいる幽霊は、強い憎しみを持っています」

「憎しみ？」

「そうです。その憎しみは、あなたに向けられたものです。何か心当たりがありませんか？」

「そ、そんなの知りません」

「誰かに恨まれるようなことは、一切していませんか？」

「当たり前です！」

七海は、叫ぶように言いながら、八雲を睨み付けてきた。

「そうですか。でも、この部屋の幽霊は、あなたを恨み続けているんです」

「だから、どうして私が恨まれなきゃいけないの？」

「ですから、それはあなた自身が一番分かっているはずです」

「分かるはずありません」

「そうですか。では、どうして嘘を吐いたのですか？」

「嘘なんて吐いていません。本当に幽霊が出るんです！　それにさっき確かに幽霊がいると言ったじゃないですか」

七海が顔を真っ赤にして、声を荒らげる。

「嘘だと言ったのは、幽霊が出ることについてではありません」

「え？」

「あなたが見たのは、髪の長い女性の幽霊だ——と言っていました。これが嘘だと言っているんです」

「な、何の話ですか？」

「あなたが見たのは男性の幽霊のはずです。それなら、あなたは恨まれる覚えがあるんじゃないですか？」

「し、知らない……」

七海は、分かりやすく顔を逸らした。

やはりそうだ。彼女には心当たりがある。もう少し、揺さぶりをかけてみるか——。

「この部屋にいる男性の幽霊は、自ら命を絶ったんです。あなたのせいで」

「だから、知らないって言ってるでしょ！」

七海は激昂したらしく、近くのサイドチェストに置いてあった木彫りの像を、八雲に向かって投げつけてきた。

幸いにして、その像は八雲に当たることなく、壁に当たった後に落下して、床の上を転がった。

「本当に知りませんか？　その男性の名前は、三浦大成といいます。電車の中で、あなたから、痴漢の疑いをかけられたそうです」

「…………」

「三浦さんは、やっていないと主張したのですが、あなたは聞き入れなかった。痴漢したことを黙っていて欲しければ、金を払えと脅した」

「ち、違う。本当に、あいつは痴漢をしたのよ」

「でも、三浦さんは最後まで、痴漢をしたとは認めなかった。それは、本当にやっていないからではないんですか？」

このあたりの事情は、後藤から情報を得たものだ。

七海は、一年ほど前の、電車内での痴漢事件の被害者として記録が残っていた。

痴漢をしたとされる三浦は、警察の聴取に対して、最後まで罪を認めなかった。この痴漢は冤罪であり、七海から金銭を要求されたと主張していた。

痴漢が卑劣で悪質な犯罪であることは間違いない。だが、近年は、それを悪用して詐欺を働く連中も多い。

痴漢をされたと主張し、相手に金銭を要求するのだ。

冤罪を晴らすために、裁判で徹底的にやり合うというのも一つの手だが、それには膨大な時間も費用もかかる。

会社や友人知人に知られることになり、体裁が保てなくなる。最悪、会社を解雇されたり、恋人や配偶者と別れることになったり、失うものがあまりに多過ぎる。

だから、運が悪かったと、脅しに屈して金を払ってしまうのだ。警察沙汰にならないので、発覚しにくい悪質な犯罪だ。

それだけではなく、実際に痴漢の被害に遭って苦しんでいる人たちさえも、愚弄する卑劣な行為である。

おそらく、七海は三浦を相手に、痴漢詐欺を働いたのだ。

純が、七海が詐欺まがいのことをしていると言っていたが、それは、このことを指していたのだ。

「何言ってんの？　証拠があるの？」

七海がそう息巻く。

痴漢の冤罪において、やっていないことを証明するのは、とても難しい。それを分かっていたからこそ、七海は金を払わない三浦を、腹いせに警察に突き出したのだ。

「あなたが、金銭を要求したことが、何よりの証拠ではありませんか？　本当に三浦さんが痴漢をしたなら、警察に通報するだけで良かった」

「は？　何言ってるの？　私は、善意でお金で解決しようとしただけよ」

「本当にそうですか？」

「な、何よ」

「三浦さんは、何一つ悪いことはしていない。ですが、あなたに訴えられたことで、勤務していた学習塾を解雇されました。塾に通う子どもの保護者たちからのクレームが、凄かったようですね。職業柄、悪い噂が上がるのは致命的です」

年頃の少女が通うにもかかわらず、痴漢の疑いがある講師がいるというのは、塾としてもイメージが悪い。塾側としても、解雇に踏み切るしかなかったのだろう。

「そ、そんなの知らないわよ」

七海は、嫌々をするように首を左右に振る。

「それだけではありません。三浦さんには恋人がいましたが、その恋人とも別れることになったそうです。何もしていないのに、一瞬にして全てを失った三浦さんは、鬱状態に陥り、部屋に籠もるようになりました」

「だ、だから何なのよ……」

「あなたは、その後、三浦さんがどうなったかご存じですか？」

「し、知らないわよ」

七海は、必死に首を左右に振る。

だが、それが嘘であることは明白だった。本当に知らなければ、こんな風に怯える理由がない。

七海は、最初から幽霊の正体が三浦であることに、気付いていたのだ。

幽霊の事情を話しているとき、七海は「こんなの逆恨みです」と言った。それは、幽霊の正体を知っているからこそ出た言葉だ。

罪の意識があったからこそ、心霊現象の相談に来たとき、目撃した幽霊が男でなく女だと嘘を吐いた。

自分の罪を隠しながら幽霊だけ追い払おうとしたのだ。

だが、あくまで知らないと否定するなら、直接伝える必要がある。

「三浦さんは、死んだんですよ」

「…………」

「自分で首を吊ったんです」

「もういい！　幽霊のこととかいいから、出ていって！」

七海は、八雲を部屋から押し出そうとする。

「本当にそれでいいのか？」

今まで黙っていた御子柴が、七海に向かって言い放つ。

「え？」

「お前には、二つの選択肢がある。一つ目は、自分のやったことを素直に認めることだ。この場合、幽霊から解放される。二つ目は、ぼくたちを、この部屋から追い出し、最後までシラを切り通す。だが、その場合、お前は、死ぬまで幽霊に付き纏われる。ゲーム理論に当て嵌めて考えれば、どっちがお前の利得になるかは明白だと思うぞ」

「…………」

「言っておきますけど、逃げても無駄ですよ。幽霊は実体がない。あなたが、何処に逃げようと、ついて来ます。そもそも、幽霊はこのマンションではなく、あなた自身に憑依しているんですから」

八雲は、真っ直ぐに七海を見据えながら言い添えた。

七海は呆然(ぼうぜん)とした顔で、よたよたと後退(あとずさ)る。

だが、その退路は、リビングと廊下を隔てるドアによって遮られてしまった。

「もう何なのよ。私が悪いみたいじゃない……」

七海が力なく口にする。

「みたいじゃありません。あなたが、いけないんです」

「違う……」

言いかけたところで、七海の動きがピタリと止まった。

何かに驚いたように目を見開いたかと思うと、両手で耳を押さえてその場に蹲る。

「お願い。やめて……」

七海が、呻くように口にする。

——始まったか。

「やめて。来ないで。お願い。もう、やめて」

七海は頭を抱えるようにして、繰り返し口にする。

「しかし、これはなかなか応えるな」

御子柴は、眉間に皺を寄せ、文句を並べながらも、マイクロ波の測定器を操作している。

確かに、この音は、なかなか応える。さっさと終わらせた方が良さそうだ。八雲は、七海に近づくと、その耳許で囁く。

「あなたが、真実を話さない限り、幽霊はあなたに憑依したままですよ。それでいいのですか？」

八雲の言葉が、最後の一押しになったらしく、七海は「ごめんなさい」と叫びながら、わっと泣き始めた。

これで、ようやく最初の数式の答えを導き出すことができた。

# 10

七海の部屋を出たところで、御子柴が訊ねてきた。

「それで、彼女はどうするんだ？」

彼女は、「ごめんなさい」と繰り返し口にしながら、部屋の中で泣き喚いている。

「気持ちが落ち着いたら、自分から警察に行くと思います」

七海は、お金欲しさに痴漢をでっち上げ、恐喝まがいの行為を働いていた。真実を警察に話さない限り、心霊現象が終わらないことは伝えてある。彼女自身も、それを信じている。

御子柴が示した通り、自分に利得になる選択をするはずだ。

「もし、逃げたらどうする？」

御子柴が、八雲に流し目を向ける。

「知り合いの刑事に話は通してあります。彼女が動かなければ、警察が動くだけです」

「熊のお巡りさんか」

「ええ」

「それで、次の数式は、どうやって解くんだ？」

「その前に、御子柴先生は、いつから事件の真相に気付いていたんですか？」

「彼女に心霊現象の話を聞いた瞬間からだ」

御子柴は、白衣のポケットから棒付き飴を取り出し、それを口の中に放り込む。

「一応、そこに至った理由を教えてください」

「別に難しいことじゃないだろ。このマンションでは、彼女の部屋の隣と下の階で、同様に心霊現象が確認されていた」

「そうでしたね」

最初に七海が心霊現象の話をしに来たとき、そのことは確認した。

「しかし、このマンションは事故物件ではない。おまけに、それぞれの幽霊の目撃情報は、まったく異なるものだった」

「確かにそうですね」

「もし、この三件が全て本物の幽霊だった場合、どんな可能性が考えられる？」

「それぞれ、別の幽霊に憑依されている——とかですかね」

「普通に考えればそうなる。だが、それぞれ別の幽霊に憑依された人間が、同じマンションの、しかも近接した部屋に居住する可能性は極めて低い」

「そういう偶然もあるのではありませんか？」

八雲は、反論してみたが、無理のある主張だということは、最初から分かっていた。

「データを基にして、人口に対する幽霊の出現率を検証してみた。その結果、幽霊との遭遇率は、〇・八％程度だった。その場所に幽霊発生の原因がない限り、〇・八％という低確率の事象が、三つも隣接する箇所に集まるとなると、偶然では片付けられない天文学的な数字になる」

——さすがだ。

確率という観点から、今回の事象の不自然さに気付いたというわけだ。

「それで、第三者の介在を疑ったのですね」

「そうだ。何者かが、マイクロ波を使用して、心霊現象を意図的に引き起こしたという仮説を立てた」

「マイクロ波を疑ったのはどうしてですか？」

「心霊現象についての科学的な検証は、これまで幾度となく行われてきた。今回の事例において、着目すべき点は二つある。一つ目は、心霊現象の目撃情報の内容が、全て異なっているという点だ」

確かに、あのマンションの心霊現象の目撃談の内容は、全て異なっている。

七海の隣の部屋では女性の幽霊。そして、下の階では、老人の幽霊が目撃されている。

「二つ目は何ですか？」

「音だ」

「音――ですか」

「そうだ。目撃されている幽霊の姿は異なっているが、共通して、踏切の警報音と、電車の走行音を聞いたと言っている」

「そういえば、そうでしたね」

「同じ音を聞いているが、見えているものが異なる。これは、いったい何を意味するのか？」

「それで、マイクロ波――ということですか」

「そうだ。このマンションで起きているのは、マイクロ波聴覚効果ではないかと考えた」

御子柴が、パチンと指を鳴らした。

マイクロ波聴覚効果は、アラン・H・フレイが発見したもので、通称フレイ効果とも呼ばれている。

マイクロ波を人間の頭部に指向照射すると、外耳を通すことなく音声を認識する、脳神経作用を利用した現象のことだ。

まだ未完成の技術ではあるが、この方法を使うと、テレパシーのように、相手の脳に直接音声を送り込むことができる。

音に関する心霊現象の多くは、身近にある電子レンジのように、マイクロ波を発生させる電子機器によって、マイクロ波聴覚効果が起きていることが原因であるとも言われている。

「でも、起きている心霊現象は、音だけではありません。幽霊の姿も、目撃されています」

八雲の指摘に、御子柴はニヤリと余裕の笑みを見せる。

「不可解な音を聞いて、それを心霊現象だと思い込んだことで、それぞれに幻覚を見たのさ」

「幻覚——ですか」

「そうだ。人間の脳は、不可解なことが起こると、無意識のうちに辻褄を合わせようとする。音だけ聞こえて、その姿が見えないのは不自然だ。これが、心霊現象であるならば、幽霊の姿も見えなければならない——という認知のバイアスが生まれるのさ」

「音をきっかけに、それぞれが自分の脳の中に、幻覚を作り出してしまった——ということですね」

「そうだ。それは、おそらく、自分の記憶の中にある、恐怖の象徴や、罪悪感、あるいは後悔の投影だったはずだ」

「だから、七海さんは、痴漢の冤罪のせいで自殺した三浦さんが、部屋に入って来る姿を目にした」

七海の部屋には、幽霊はいなかった。

さっき、七海がパニックに陥ったときも、八雲の左眼に幽霊の姿は見えていなかった。あれは、頭部にマイクロ波を浴びたことで、マイクロ波聴覚効果により、踏切の警報音と、電車の走行音を聞いたのだろう。

そのことをきっかけに、七海は三浦の幽霊の幻覚を見たのだ。

御子柴は、当初からそこに目を付けていたからこそ、最初に七海の部屋を訪れたとき、幽霊を見たときの彼女の立ち位置を、正確に把握しようとした。

そうして、マイクロ波の発信源の特定を行っていたのだ。

「まあ、そんなところだ。わざわざ、ぼくが説明するまでもなく、お前も同じ結論に至ったんだろ」

結論は同じだが、御子柴が真相に辿り着いた過程は、八雲とは全然違う。そして、八雲よりも格段に早かった。

自分にこれまでなかった考えを、御子柴は持っている。

あまり認めたくはないが、御子柴の言うように、自分の視野の狭さを自覚せざるを得ない。

ただ、それを素直に口に出すのは癪だった。

「御子柴先生は、マイクロ波の発信源の特定はできたんですか？」

八雲が訊ねると、御子柴は「もちろんだ」と頷いてみせた。

「お前が、勝手に帰った後、心霊現象を体験した他の住人の部屋にも足を運んで、それぞれ音を聞いた場所を確認した。あとは、角度を計算してやれば、発信源が特定できる」

「その場所は何処です？」

「それについては、お前も分かっているんだろ？」

「そうですね」

御子柴とは、まったく異なる経緯ではあるが、八雲は今回の事件に介在している人物を突き止めた。

そこからの逆算で、マイクロ波の照射という結論に辿り着いたのだ。

「なら、さっさと行こうじゃないか」

御子柴が、意気揚々と歩き出す。

八雲は、ため息を吐きつつも、御子柴の後に続いた。

七海のマンションを出て、その裏手にあるマンションに足を運ぶ。

築年数が古いこともあって、エントランスはオートロックではなく、そのまま入れる構造になっていた。

コンクリートの階段を上り、二階に上がると、二〇二号室のインターホンを押した。

反応はなかったが、部屋の中から明かりが漏れているし、人の気配がある。

「昼間も会いましたよね。斉藤です。出て来てもらえませんか？」

八雲がドアの前で声を上げると、観念したらしく、ドアが開き、一人の女性が顔を出した。

六花だ——。

「少し、お話をしたいのですが」

八雲が言うと、六花は無言で小さく頷いて、そのまま部屋の中に戻っていった。

「お邪魔します」

八雲は、六花の後に続いて部屋に入っていく。

御子柴も、黙って後からついて来た。

ベッドとローテーブルが置いてあるだけの殺風景な部屋だったが、窓際には、五十センチ四方の機械が置かれていた。

外装は簡易的で、コードが剝き出しになっていることから、手作りであることが分かる。おそらく、あれがマイクロ波を照射するための機械だろう。

御子柴は、その機械に興味を持ったらしく、ふんふんと鼻息を荒くしながら観察を始める。

この人は、事件の発端や、そこに至る人間の感情には、さほど興味がないらしい。

「あなたが、部屋からマイクロ波を使って、七海さんの部屋に心霊現象を引き起こしていたんですね」

八雲は、六花に向き直ってから告げる。

「訊くまでもなく、もう分かっているんですよね？」

六花は、恨むような視線を八雲に向けてきた。

彼女からしてみれば、八雲は計画を邪魔しに来た悪人なのかもしれない。

別に、六花にどう思われようと知ったことではない。恨みたければ、勝手に恨めばいい。ただ、関わってしまった以上、彼を放置するのは寝覚めが悪い。

「色々と調べさせてもらいました。ここは、かつて三浦大成さんが住んでいた部屋ですよね？」

八雲が問うと、六花は軽く下唇を噛んだ。

御子柴の地図で、このマンションは、三浦が自殺した部屋があったために、事故物件として扱われていた。そして、その部屋に、七海の友人である六花が住んでいる。

御子柴のように、確率を弾き出したわけではないが、八雲には、これが偶然とは思えなかった。

事前に事故物件であることは、告知されていたはずだ。

それでも、六花はこの部屋に住んだ。

事故物件は、家賃が安いので、気にならない人もいるだろうが、それでも、やはり不自然さを覚えた。

そこから、後藤に依頼して、さらに調べていくと、三浦が講師を務めていた学習塾に、六花が通っていたことが分かった。

六花と三浦に面識があったのだとすると、彼女は、目的があってこの部屋に住んだと考える方が自然だ。

なぜ、そんなことをしたのか？

その理由を突き詰めていくと、一つの可能性が浮かび上がる。

三浦には恋人がいたが、痴漢事件をきっかけに別れることになってしまった。職も失った三浦は、失意のまま自らの命を絶った。

その恋人というのが、六花だったのだろう。

「あなたは、恋人だった三浦さんの復讐のために、こんなことを仕組んだんですね」

八雲が言うなり、六花はボロボロと涙を流した。

六花は、亡き三浦の復讐の手段として、心霊現象を起こし、七海の罪の意識を刺激するという方法を選んだのだ。

だから、マイクロ波聴覚効果を使い、踏切の警報音と電車の走行音を流し、電車で起きた痴漢事件を思い起こさせようとした。

七海の証言では、六花も幽霊を見たと言っていた。だが、彼女に直接話を聞いたときは、幽霊を見ていないと主張した。

嘘を吐いていたのは六花だ。

六花は、敢えて七海の部屋に足を運び、彼女に幽霊の存在を吹き込んだに違いない。

そのことにより、七海は、より鮮明に幽霊の幻覚を見るようになってしまった。

七海の隣と下の部屋でも、同様の現象が起きたのは、六花が実験をしていたからだ。

七海に使う前に、別の部屋の住人にマイクロ波を当て、どんな反応が起きるのかを試していたのだ。

御子柴と同じ答えに辿り着いたものの、やはりその計算式は、まったく違うものだ。

「七海のことは憎いです。でも……それ以上に、自分のことが許せない……だから……」

六花は、止めどなく流れ出る涙を拭うことなく、絞り出すように言った。

——なるほど。

事件のときに、三浦を信じて、寄り添ってやれなかった自分を責めているようだ。

この復讐は、憎しみというより、罪滅ぼしの意味が強かったのだろう。

「でしたら、もうこんなことはやめるべきです」

八雲が言うと、六花は「え？」と顔を上げる。

「三浦さんは、こんなことを望んでいません」

「あなたに何が分かるんですか？」

六花が、泣き腫らした顔で食ってかかってくる。

「分かりますよ。信じるかどうか分かりませんが、ぼくには幽霊が見えるんです」

「…………」

「今も、あなたの背後に、三浦さんが立っています」

八雲は、六花の背後を指差した。

六花は、慌てて振り返った。だが、彼女の目には、何も映らなかったらしい。

「いい加減なこと言わないでください」

「いい加減なことじゃありませんよ。三浦さんからの伝言です。りーちゃん、一緒に江の島に行けなくてごめん。幸せになって——だそうです」

八雲が言い終わると同時に、六花は「わっ」と声を上げて泣き始めた。

りーちゃんというのは、二人でいるときだけの呼び名だったのだろう。そして、一緒に行くはずだった約束の場所を、八雲が知っていたことで、六花は三浦の幽霊がいることを信じてくれたようだ。

「七海さんは、痴漢を利用して詐欺を働いていたことを、自供するはずです。もう、こんなことをする必要はありません」

八雲が告げると、六花は涙を拭いながら顔を上げた。

「私は……」

「おい」

ここまで黙っていた御子柴が、急に会話に割り込んできた。

「は、はい」

「お前、この機械を何処で手に入れた」

御子柴が、マイクロ波の発生器をトントンと手で叩きながら訊ねる。

「そ、それは……」

「これは、既製品ではない。明らかに手作りされたものだ」

「私が作りました……」

六花が肩を落とし、床を見つめながら言う。

「つまらん嘘だな」

「え？」

「悪いが、お前の知能レベルで、この機械を作ることはできない」

「…………」

無言を貫く六花の反応が、御子柴の言葉が正しいことを物語っている。もう一人、裏で糸を引く黒幕がいた――ということか。

「お前に、この機械の作り方を指南したのは、いったい誰だ？」

御子柴に詰め寄られて、六花は怯えたように肩をすぼめた。

こんな調子で責め立てたのでは、余計に喋れなくなる。

「六花さん。教えてください。あなたに、復讐の方法を教えたのは、いったい誰ですか？」

八雲は、間に入るようにして六花に訊ねる。

「誰かは知りません。心霊現象の相談を受け付けている掲示板があって、そこで知り合った人です」

「名前は分かりますか？」

八雲の問いに、六花は首を左右に振る。

「本名は知りません。ハンドルネームは**フェルマー**でした」

「フェルマーとは、大きく出たな」

そう呟いた御子柴は、珍しく難しい顔をしていた。

そうなるのも頷ける。

フェルマーといえば、フランスの法律家であり、天才と謳われた数学者で、パスカルとともに、確率論の創始者とされる人物だ。フェルマーが遺した難問、フェルマーの最終定理は、後世の数学者たちがこぞって挑みながら、解き明かすために三百年以上を要したと言われている。

数学を専攻する御子柴にとって、フェルマーという名前は、特別な意味を持っているはずだ。

フェルマーと名乗る人物が、何者かは不明だが、マイクロ波聴覚効果を使った復讐劇を立案するのだ。相当な曲者に違いない。

これで、終わればいいのだが、そう容易くない——八雲には、そんな予感があった。

# エピローグ

ドアをノックする音で、八雲は目を覚ました。

誰か来たらしい。昨日は、心霊事件に振り回されたうえに、暑さのせいで深く眠れていないので、まだ疲労が残っている。応対するのが面倒だ。

八雲は惰眠を貪るために、寝袋の上で目を閉じた。

応答がないことで諦めて、そのまま帰ってくれれば良かったのだが、再び、ドアをノックする音がした。

次いで、「こんにちは」と男性の声が聞こえてきた。

どうやら、帰るつもりはないらしい。八雲は、はあっと深いため息を吐いてから「どうぞ」とドアに向かって呼びかける。

八雲が起き上がるのと同時にドアが開き、一人の青年が部屋の中に入って来た。

年齢は八雲と同じくらい。おそらく明政大学の学生だろう。中性的で、綺麗な顔立ちをしているが、左の額に古い傷跡があった。

「何の用ですか？」

八雲は、椅子に腰掛けながら訊ねる。

だが、わざわざ理由を問うまでもなく、この青年の来訪の理由は察しが付いた。彼の背後には、女性の幽霊が立っていたからだ。一応、左眼を掌で隠してみる。その途端、背後の女性の姿がふっと消えた。

間違いない。この青年は幽霊に憑依されている。

「初めまして。海藤敬一（かいどうけいいち）といいます。実は……」

「座ったらどうですか？」

八雲は、話の腰を折るように言う。

海藤は「そうですね」と笑みを崩すことなく言うと、向かいにあるパイプ椅子に腰を下ろした。

「それで、用件というのは？」

「はい。心霊絡みの事件は、斉藤さんが解決してくれるという噂を聞いて、足を運びました」

――やっぱりそうか。

「その噂、誰から聞いたのですか？」

「御子柴先生です」

「デマですよ」

八雲が突き放すように言うと、海藤は「え？」と驚きの声を上げる。

この暑い中、昨日の今日で、新たな心霊事件を扱うというのは、正直、かなりの負担だ。

見たところ海藤に憑依している幽霊は、ただ憑いているだけで、何かをしようとしているわけでもなさそうだ。

放置しても支障はないはずだ。

「そうなんですか？」

「ええ。御子柴先生が勘違いをしているんです。ぼくに超能力なんてありません。そもそも、幽霊なんて信じていません。非科学的です」

「幽霊は、非科学的ですかね？」

「ええ。現代に至るも、科学的に幽霊の存在が証明できていませんからね」

「存在証明はできていませんが、同時に非存在証明もできていません。非科学的だと断じてしまうのは、いささか乱暴なように思います」

──面倒だな。

八雲は、思わずため息を吐きそうになる。

何かと理屈っぽい物言いだ。何処となく、その言いようは御子柴に似ている気がする。

「そうかもしれませんね。何れにしても、さっきも言ったように、ぼくには超能力がありませんから、心霊現象を持ち込まれても、解決することができません」

「嘘を吐いていますね」

海藤が、目を細めて見透かしたような視線を送ってくる。

「嘘？　何を根拠に？」

「ぼくは、昔から他人の嘘が分かってしまうんですよ」

察するとかならまだ理解できるが、分かると言い切ってしまうのは、どうかと思う。

「それは、あくまで感覚の話ですよね。ぼくは、根拠を示して欲しいと言ったんです」

「そうでしたね。もちろん、根拠はありますよ。ぼくが部屋に入ったとき、斉藤さんは、左眼を掌で覆いました。あれは、何かを確認するための行動ではないでしょうか？　それに、さっきから、チラチラとぼくの背後に視線を送っています。ぼくの後ろに、何か見えているのではありませんか？」

——油断していた。

なかなか洞察力に優れているようだ。ただ、だからといって、素直に認める気はない。

「勘違いです。ものもらいなのか、昨日から左眼が痛いんですよ」

八雲は、左眼を擦ってみせる。

海藤は納得していないらしく、しばらく黙ったまま八雲を見つめていたが、やがて

「分かりました」と答えた。

「ぼくが見た幽霊は、何かを訴えているようでした。それが何なのか、確かめたかったのですが……諦めます。お時間を取らせてしまって、申し訳ありませんでした」

海藤は丁寧に頭を下げ、部屋を出ていってしまった。

部屋を出ていく間際、海藤に憑いていた幽霊が振り返り、八雲に向かって言葉を発した。

それは、「助けて」と言っているように聞こえた。

確かめようかと思ったが、その前にバタンと音を立ててドアが閉まってしまった。

まあ、あれこれ考えたところで意味はない。赤の他人がどうなろうと、八雲の知ったことではない。

再び寝袋で眠ろうとしたところで、勢いよくドアが開いた。

部屋に入って来たのは、御子柴だった。

──最悪だ。

「何の用ですか？　ぼくは、これから眠るので、帰って欲しいんですけど」

「お前は、相変わらず報告がないな」

御子柴は、ぶつくさ文句を言いながら、八雲の向かいに座る。

「報告？　何のですか？」

「惚けるな。事件が、その後、どうなったのか、ちゃんと報告しろ」

――面倒臭いな。

御子柴が、検証しようとしているのは、幽霊の存在の有無であって、心霊事件の顚末ではないはずだが、それを主張すれば、余計に話が長くなる。

八雲は、素直にその後についての説明をした。

今朝、後藤から連絡があり、七海が痴漢の罪をでっち上げたことを、自首しに来たそうだ。

彼女は、虚疑告訴等罪に問われることになり、余罪も含めて追及されるだろう。

六花からは、律儀に、しばらく休学するという旨の連絡がきた。あの部屋からも引っ越すそうだ。気持ちの整理を付けるために、時間が必要なのだろう。

「何だ。面白くないな」

説明を終えるなり、御子柴がため息交じりに言った。

説明しろと言われたから、説明したのに、言うに事欠いて、「面白くない」とは――本当に呆れた人だ。

「心霊事件の顚末なんて、だいたいこんなものです」

「答えは、面白くなかったが、お前が解決のために用いた公式は、なかなか面白かったぞ」

「ああ。七海には、心霊現象が真実だと思い込ませることで、自首を促すという発想は、なかなかいい」

「そりゃどうも」

御子柴は、本気で褒めているわけではない。

八雲に一任してはいたが、御子柴も同じやり方を導き出していた。だからこそ、解く順番について講釈を垂れたのだ。

「それで、フェルマーと名乗る人物については、何か分かったのか?」

御子柴の表情が、急に険しいものになった。

インターネットの掲示板で、フェルマーを名乗り、六花に復讐の方法を伝授した人物——。

「いいえ、何も。インターネットのハンドルネームだけを手がかりに、探し当てるのは、なかなか難しいですよ」

「プロバイダーに、情報開示請求をすればいいだろ」

「そのためには、それ相応の理由が必要になります。インターネット上で、助言しただけですから、開示させるのは困難ですよ」

「プロバイダーが駄目なら、掲示板での発言内容から、その精神構造を分析して……」

「それは、御子柴先生が勝手にやってください。ぼくは専門外です」

「ふむ。なら、得意な奴に任せるとしよう」

「心当たりがあるんですか？」

「ああ。青のシスターなら、何とかなるだろう」

昨日も、青のシスターという名前を出していた。情報処理が得意な学生という話だった。

まあ、何にしても、八雲には関係のないことだ。

「頑張ってください」

「他人ごとみたいに言うな」

「他人ごとです」

「そうでもない。お前にも、手伝ってもらうんだ」

──嘘だろ。

「もう勘弁してください。ただでさえ、御子柴先生が流した妙な噂のせいで、ぼくはもの凄く迷惑しているんです。さっきも、また心霊事件の相談に来た人がいたんですから」

「ほう。どんな相談だ」

「断って帰ってもらいました」

「何をしているんだ！　せっかくの検証の機会を、みすみす逃しているぞ」

興奮したらしく、御子柴が椅子を鳴らして立ち上がった。

その情熱を、他のところにぶつけて欲しいものだ。

「別に、ぼくはどうでもいいです」

「よくない。相談を持ちかけたのは誰だ？　今から話を聞きに行くぞ」

「名前なんて聞いていません」

——もちろん嘘だ。

相談に来た海藤は、御子柴のことを知っているらしかった。名前を口にすれば、誰なのか特定されてしまうだろう。

それは、もの凄く面倒だ。

「特徴を言え」

「女性ですね。結構、派手目で身長が高かったと思います。横柄(おうへい)な喋り方をする人でしたね」

八雲は、ことごとく逆の特徴を並べる。

意図したわけではないが、その特徴は、御子柴の助手である矢口と一致してしまった。

「お前、それ矢口だろ」

「よく分かりましたね」

「本当のことを言え」

「嫌です。昨日のことで疲れましたから、しばらく心霊事件は遠慮したいです」

「我が儘な奴だな」

——あなたにだけは、言われたくない！

何れにしても、これで事件は終わりだ。中断された昼寝を再開したい。

「用件は、もう済んだんです。帰ってください」

「何を言っている。用件はこれからだ」

御子柴は、そう言うとチェス盤をテーブルの上に置いた。

——またチェスをやるのか。

逃げ出したいところだが、御子柴は納得しないだろう。八雲は、うんざりしてため息を吐いた。

# 第二話　悪霊の推定

# プロローグ

目の前に横たわる死体をじっと見つめていた――。

どれくらい経ったのだろう?

最初は陽が出ていたはずなのに、気付けばあたりはすっかり暗くなっている。

だけど、そんなに長時間、この場所で死体を見ていたという感覚がない。映画や演劇のように、いきなり場面転換されたみたいだ。

妙な感覚だった。

生きているときは、何に代えても手に入れたいと願い、その存在に執着していた。

電話に出ないだけで苛立ち、メッセージの返信がないことに激昂した。この人がいなければ、生きてはいけないとすら思った。

相手もそうだと思っていたのに、全然違った。

迷いもなく、いとも簡単に、別の人に心変わりしてしまった。

そんなの許せない。

いや、そういう問題ではない。この人の存在が消えるということは、自分の死を意味している。

他の人に渡すくらいなら、いっそその命を奪ってしまおうと思った。

そして、それを実行に移した。

もう、誰にも渡さない。願いは叶ったのだ。自分のものになった。そのはずなのに、肉塊と化した途端に、執着が一気に薄れた。

むしろ――。

穢らわしいとすら感じた。

端整だった顔は、硬直して引き攣り、磁器のように白く滑らかだった肌は、変色している。

吸い込まれるように綺麗だった瞳は、スーパーに並ぶ魚の目のように濁っている。

何より――臭いが、気持ち悪かった。

吐瀉物のような饐えた臭いが、鼻にまとわりついてくる。

この臭いは、ますます強くなるのだろう。それを想像すると、吐き気がこみ上げてくる。

本当は、自分も一緒に死ぬつもりだったのだが、死体を見ているうちに、その考えは消え失せた。

自分の命の代償として手に入れるのが、こんな薄汚い肉の塊だなんて、釣り合わない。

死ぬのはやめよう。

だけど――。

このままだと、自分は殺人事件の犯人として警察に捕まることになる。

人を一人殺した場合の刑期が、どれくらいになるかは分からないけれど、人生に大きな傷が付くのは間違いない。

――こんな肉の塊のために？　冗談じゃない！

心の内で叫ぶ。

こんなのは間違っている。そもそも、悪いのは自分ではない。

嫌だ。嫌だ。嫌だ。

ガチャッ――。

エントランスの方から、ドアの開く音が聞こえた。

――誰か帰って来た。

マズい。このままでは、全てが終わる。何とかしなければ。必死に考えを巡らせるうちに、ふっと閃き(ひらめ)があった。

自分が、警察に捕まらない方法が一つだけある。

希望の光が灯(とも)った――。

# 1

ガタンッ――。

何かが倒れるような物音を聞き、山口紗里は目を覚ました。

部屋の中は暗く静まり返っている。

スマホを手に取り時間を確認すると、午前二時過ぎだった。まだ起きるのには早い。明日も講義があるし、もう一度眠りに就こうと瞼を閉じたものの、とくとくと心臓が早鐘を打っていて、一向に眠気が訪れない。

こんな風に気持ちが昂ぶってしまうのは、最近、寮内で流れている噂のせいだ。

夜になると、寮内で何かを叩いたり、引き摺ったりするような音が聞こえてくる。単に音がするだけではない。朝になると、物が動いていたり、倒れていたりという、奇妙な現象が頻発している。

それだけでなく、廊下で幽霊を見たという人もいた。

噂では、数年前に一階の一番奥の部屋で、自殺した人がいて、その幽霊が彷徨い歩き、さまざまな現象を引き起こしているらしい。

さっきの音は、幽霊が何かしたせいだろうか？

考えるほどに怖くなって、紗里は再び携帯電話を手に取った。

少しでも、気を紛らわせようと、彼氏の裕一にメッセージを送ろうとした。

だが、途中で手を止めた。

裕一とは付き合ってまだ日が浅い。彼には、他に好きな人がいたが、それを紗里が奪ったのだ。

こんな夜中にメッセージを送ったりしたら、面倒臭い女だと思われてしまう。

紗里は、携帯電話を元の場所に戻すと、布団を頭から被って目を閉じた。

こうやってじっとしていれば、そのうち眠くなるだろう。

…………

……

ぎぃ――。

遠のきかけていた意識を引き戻すように、金属の擦れる音がした。

――何？

さっきの倒れるような音と違って、凄く近かった気がする。

紗里は、布団から顔を出し、部屋の中を見回した。

「え？」

思わず声が漏れる。

部屋のドアが開いていた。

閉め忘れたということはあり得ない。だって、さっき見たときは、ちゃんと閉まっていた。

それなのに——。

どうしてドアが開いているの？

何が何だか分からない。

脇や背中から冷たい汗が噴き出た。

誰か——もしくは、何かが部屋の中に入って来たのだろうか？

目だけを動かし、改めて自分の部屋を観察してみるが、何も見えなかった。

だけど——。

開いたドアの向こう——暗い廊下から、誰かがこちらを見ている気がした。

このまま、布団を被って朝までやり過ごすことを考えたが、ドアが開きっぱなしのままでは不安だ。

紗里は、勇気を振り絞ってベッドを下りると、ゆっくり、慎重にドアに向かって歩み寄る。

内側に開いているドアを閉めて、急いでベッドに戻るだけだ。

ドアに近づくほど速くなる鼓動を、何とか抑えながら、手を伸ばしてドアを閉めた。

次の瞬間、何かと目が合った。

開いたドアに隠れて見えなかったが、そこに、一人の女が立っていた。

あまりの衝撃に、紗里は悲鳴を上げることさえできなかった。

女は紗里の顔を見て、ねちゃっと粘着質な音を立てて笑うと、両手を紗里の首に伸ばして来た。

――こ、殺される。

紗里は、ドアを開けて部屋を飛び出した。

「助けて！」

叫びながら廊下を走る。

振り返ると、女は鬼気迫る形相で紗里を追いかけて来る。

――嫌だ。嫌だ。嫌だ。

必死に走った紗里だったが、急に足から床の感覚が消えた。

――え？

状況に気付いたときには、もう手遅れだった。

紗里は、階段から転げ落ちていた。

## 2

斉藤八雲は、学食の窓際の席から、ぼんやりと外を眺めていた——。

青々と茂る木々が、夏の到来を告げている。

一年次は、御子柴に振り回されっぱなしだった気がする。今年こそは、そうはなるまいと思っているのだが、雲行きは怪しい。

今も、御子柴に頼まれた案件を片付けるために、こうして学食に足を運んでいるのだ。

「斉藤八雲さん——ですね」

声をかけられ、顔を向けると、そこには一人の女性の姿があった。

車椅子に乗った女性だった。綺麗に切り揃えられたショートボブの黒髪で、肌は白いを通り越して、青いと感じるほどだった。

何処となく、日本人形を連想させる顔立ちだ。

「あなたが、青のシスターですか？」

八雲が訊ねると、彼女はふっと笑みを漏らした。

「何ですかそれ」

「御子柴先生が、そう言っていたんです。青のシスターから、資料を受け取って来いって」

「じゃあ、私の名前は聞いていないんですか？」

「ええ。青のシスターとしか言っていませんでした」

「あいつ！」

彼女が、舌打ち交じりに言った。

あまりの態度の豹変ぶりに、八雲は思わず「え？」となる。

「御子柴先生って、変なニックネームを付けるじゃないですか。斉藤さんのことも、赤眼のナイトと言っていましたし」

「そうですね」

「壊滅的にセンスがないのだから、本当にやめて欲しいです」

「確かに……」

「それに、学生に自分の研究を手伝わせるのも、本当に勘弁して欲しいです。斉藤さんも、振り回されている口なんですよね？」

「ええ。まあ……」

「ゲーム理論云々能書きを垂れて交渉してきますけど、あれってほぼ脅迫じゃないですか。やり口が反社なんですよ。そのくせ、嫌なことがあると、子どもみたいにごねるし。我が儘さでは、大学一です」

彼女は、罵詈雑言を並べるが、不思議と不快には感じなかった。

御子柴に対する印象が合致しているというのもあるが、彼女の言葉には敵意がなかったからだ。

何だかんだと文句を並べながらも、御子柴との対話を楽しんでいる。

まあ、それは八雲も同じかもしれない——。

「私、今度、御子柴先生にガツンと言ってやろうと思っているんです」

彼女は、拳を突き上げるようにして言った。

「無駄ですよ」

「え？」

「御子柴先生は、自分が世界の中心だと思っているんです。言うだけ時間の無駄です」

「そうかも……」

「外見は大人ですが、中身は子どものまま。名探偵コナンの逆です。ぼくは、御子柴先生のことを、白衣のお子様と呼ぶようにしています」

「それ、いい！」

彼女は、弾けるような笑い声を上げた。

ファーストコンタクトでは、無表情であることも手伝って、人形のような印象を抱いたのだが、初対面の緊張が故だったのかもしれない。

御子柴の悪口を共有できる仲間がいたことで、一気に打ち解けたようだ。

「ごめんなさい。まだ、ちゃんと名乗っていませんでしたね。私は、理工学部の四年生で、青埜清華といいます」

青埜が、改まった口調で丁寧に頭を下げる。

向こうは、自分の名前を知っているようだから、改めて名乗るのも妙だ。「どうも」とだけ返しておいた。

「あ、そうだ。これ、御子柴先生に頼まれていた資料です」

青埜は、そう言ってＵＳＢメモリーを八雲に差し出して来た。

「これ、何の資料なんですか？」

八雲は、ＵＳＢメモリーを受け取りながら訊ねる。

「フェルマーに関するものです」

「フェルマー？」

「あ、もちろん、実在の数学者の方ではありませんよ。ネット上でフェルマーのハンドルネームで書き込みをしている人物に関するものです」

——あのフェルマーか。

御子柴は、前回の事件のとき、フェルマーが何者なのかを突き止めようとしていた。

青埜はその手伝いをさせられていたのだ。

「それで、フェルマーが誰なのか特定できたんですか？」

「まさか。ＩＰアドレスの特定まではしましたけど、そこから先は、プロバイダーに情報開示請求をしなければなりません」

「そうですね」

「ただ、書き込みをしている時間帯やその頻度、それから、言語などを解析して、大凡(おおよそ)の絞り込みは行いました。御子柴先生に見せれば、分かると思います」

青埜は、御子柴が仕事を任せるだけあって、情報処理能力に長(た)けているようだ。

「分かりました。では、これを御子柴先生に渡しておきます」

八雲は、ＵＳＢをポケットに押し込んでから席を立つ。そのまま立ち去ろうとしたのだが、青埜に呼び止められた。

「イメージと違いました」

「イメージ？」

「御子柴先生から、赤眼のナイトは、人間嫌いの偏屈バイアス男だと聞いていたので……」

――めちゃくちゃな言いようだ。

ただ、否定するのも面倒なので、「概(おおむ)ね合っています」とだけ言い残し、その場を後にした。

「ちょっと待ってください」

中庭に差しかかったとき、背後から声をかけられた。

八雲が振り返ると、そこにはショートカットの女性が立っていた。よほど急いでいたのか、肩で息をしている。

前屈みになっているせいで、顔をはっきり確認できなかったが、大学構内で、八雲に声をかけてくるような知り合いはいない。

「誰？」

八雲が邪険な言い方をしたのは、その女性の傍らに幽霊が立っていたからだ。七歳くらいの少女の幽霊だ。前にも見たことがある気がするが、多分、気のせいだろう。

何れにしても、少女の幽霊を連れた女性が、声をかけてきたということは、十中八九、心霊現象の相談だろう。

御子柴のせいで、本当にこういうトラブルに巻き込まれることが多くなった。

「あの、これ落としましたよ」

警戒心を全開にしている八雲に対して、その女性は、コンタクトケースを差し出した。

ポケットに手を突っ込んで確認してみると、コンタクトケースが入っていなかった。

ＵＳＢを入れたときに、逆に落としてしまったようだ。

「ああ。ありがとう」

八雲が受け取ると、その女性は「見失わなくて良かった」と口にし、くるりと背を向けて走り去っていった。

警戒していただけに、拍子抜けしてしまう。

まあ、余計なトラブルを持ち込まれなかったのだから良しとしよう。

再び歩き出し、Ｂ棟裏手のプレハブにある〈映画研究同好会〉のドアの前に立った。

八雲が隠れ家にしている場所だ。

「遅いぞ」

ドアを開けるなり、声が飛んできた。

思わずため息が漏れる。

いつも八雲が座っている椅子に、御子柴の姿があった。背もたれを前にして、それを抱えるような姿勢で座っている。

鍵をかけなかった八雲も悪いが、勝手に上がり込んだうえに、悪びれもしないその態度に腹が立つ。

「何をしているんですか？　勝手に他人の部屋に入らないでください」

八雲の主張を、御子柴はふっと鼻先で笑った。

「お前は妙なことを言う。この部屋の所有者は大学であって、お前ではない」

御子柴は、普段から非常識極まりない振る舞いをしているくせに、時折こうして正論をぶつけてくるから厄介だ。

——仰る通り。

「そうですね。ぼくが悪かったです」

八雲は、反論することも考えたが、相手が御子柴では分が悪い。諦めて向かいの椅子に腰を下ろした。

「それで、頼んだものは回収したのか？」

御子柴が訊ねてくる。

「これですよね」

八雲は、ポケットからUSBメモリーを取り出し、御子柴に投げ渡した。

「で、青のシスターは何か言っていたか？」

「御子柴先生の悪口をたくさん」

「口が悪いのは血筋だな。まあいい。資料を見れば、色々と判断できるだろう」

御子柴は、ふっと鼻を鳴らして笑った。

「それで、どうしてここにいるんですか？　忙しいと言ったから、代わりに受け取りに行ったのに、まさかこんなところで暇を持て余しているとは思いませんでした」

八雲が口にすると、御子柴が嫌そうに表情を歪める。

「お前は、ぼくが暇潰しのために、ここにいると思っているのか？」

「ええ。思っています」

「ふざけるな！　ぼくは、めちゃくちゃ忙しいんだ！　学生に暇人扱いされるなんて、不愉快極まりない！」

御子柴が、子どものように手足をバタつかせて憤慨する。

その拍子に、勢い余って椅子ごと倒れた。

残念過ぎて笑う気も起きない。

――この人は、何をやっているんだ？

「何だ。この椅子は。お前はどういう教育をしているんだ」

御子柴は、起き上がりながら理不尽な怒りを、八雲にぶつけてくる。決してふざけているわけではない。本気で言っているから質が悪い。

「椅子に教育なんてできませんよ。変な座り方をしているからいけないんです」

さっきの仕返しで正論をぶつけてやった。

御子柴は、悔しそうに「ぐぬぬぬっ」と妙な声を上げたものの、倒れた椅子を正しい方向に向けて座り直した。

「それで、どうして自分で行かなかったんですか？」

八雲が改めて訊ねると、御子柴は白衣のポケットから棒付き飴を取り出し、それを口の中に入れる。

「急な来客があったからだ。フェルマーを追うためには、お前が青埜と顔を合わせておいた方がいいと思ったしな」

「別にどうでもいいです」

「何？」

「いえ。何でもありません。とにかく、用事は済ませたんです。さっさと帰ってください」

八雲が言うと、御子柴は何が嬉しいのかニヤリと笑ってみせる。

「ぼくが、ここに来たのは、ＵＳＢの回収の他に、もう一つ目的があるんだ」

「何ですか？」

「当ててみろ」

――面倒臭い。

付き合いたてのバカップルじゃあるまいし、こんな不毛なやり取りに時間を費やすことは無意味だ。

ただ、それをそのまま口に出せば、また暴れて話がややこしくなる。

「心霊絡みのトラブルを持ち込んだか、もしくは、チェスをしに来たというところですか？」

　御子柴が、八雲の許を訪れる理由といえば、それしか思い当たらない。

「どっちだと思う？」

「さあ。分かりません」

「最初から投げるな。これは、特別授業だ」

　御子柴が、棒付き飴を口から出して、八雲にずいっと突きつける。

　──汚いからやめろ。

「そんなものが、授業になるとは思えませんけど……」

「なるんだよ。今から証明しよう。お前は、二つの解答を導き出した」

　御子柴は、そう言うと白衣のポケットからマーカーを取り出し、テーブルに文字を書いた。

**心霊現象↓**　　　　**チェス↓**

　他人の部屋のテーブルに、勝手にマーカーで文字を書くなんて、非常識の極みだ。

　──自分で消せよ！

　心の内で怒りをぶつけた。口に出さなかったのは、言っても無駄だからだ。

「さあ。この二つに、それぞれ確率を当て嵌めてみろ」

御子柴が八雲にマーカーを投げ渡してくる。

「確率って、急にそんなこと言われても……」

「事前確率を確定させるだけだ。適当でいいんだよ」

――そう言うなら。

八雲は、御子柴の書いた文字に、それぞれ数字を書き加えた。

**心霊現象↓50%　チェス↓50%**

「ふむ。今はフィフティフィフティというわけだ。いいだろう」

御子柴は、そう言うと八雲からマーカーを奪い取り、再びテーブルに何かを書きながら、説明を続ける。

「まず、心霊絡みのトラブルを持ち込んだ確率について、考えていこう。ぼくが心霊絡みの事件を持ち込んだという事象をBとすると、次のようになる」

**事前確率　P(B)**

「はあ……」

「このままだと、最初にお前が事前確率を定義した通り、ぼくが心霊絡みの事件でこの部屋に来た確率は五〇％のままだ」

「そうですね」

「そこで、事象Ａを加える」

「事象Ａ？」

「これが事象Ａだ」

御子柴は、そう言うと白衣のポケットから、何か箱のようなものを取り出した。

それは、ポケットサイズのチェス盤だった。

「チェス盤ですね」

「そうだ。事象Ａであるチェス盤が加わったことで、事象Ｂの確率が変動することになる。式に表すとこうだ」

$$P(B|A)=\frac{P(A|B)\,P(B)}{P(A)}$$

「それって、ベイズ推定の話ですか？」

八雲が訊ねると、御子柴は眉を顰めた。

「知っているのか？」

「一応」

ベイズ推定とは、簡単に言えば、不確定な確率に、さまざまなデータによる条件を加えることで、確率を推定していくことだ。

「何だ。せっかく、教えてやろうと思ったのに、全然、面白くない」

御子柴は、腕組みをして子どものように頬を膨らませる。

――本当に面倒臭い人だ。

「チェスをやるなら、さっさとやりましょう。その代わり、終わったら大人しく帰ってくださいね」

八雲が宥めるように言うと、御子柴は憮然とした表情を浮かべる。

「お前はアホか？」

――言うにことかいて、アホとは酷い言いようだ。

「どうして、そうなるんですか？」

「ぼくは、この場所にチェスをしに来たわけじゃない」

「でも、そのチェス盤……」

「これは、いつも持ち歩いているんだ。まったく。お前は、相変わらず、目先の事象に囚われて決めつける傾向があるな。それこそ、ベイズ推定を正しく理解していない証拠だ」

その言い方に腹が立つが、いちいち反論していたらキリがない。

「では、何をしに来たんですか？」

「心霊事件の話に決まってるだろ」

「お断りします。ぼくは、これ以上、心霊絡みの事件に関わるつもりはありません」

冗談ではない。

この前、事件を解決したばかりだというのに、こうも頻繁にトラブルを持ち込まれたのでは、身が保たない。

「残念だが、もう逃げることはできない」

「どういうことです？」

「これから、依頼人がここにやって来る」

「は？」

「だから、ここで依頼者と待ち合わせをしているんだ」

——何てことだ。

御子柴は、八雲が心霊現象解決の依頼を断ることを想定して、この部屋を待ち合わせ場所に指定し、待ち構えていたということのようだ。

八雲が落胆のため息を吐くのと同時に、ドアをノックする音がした――。

こうなってしまった以上、もう諦めるしかない。

## 3

「入りたまえ」

御子柴が、ドアに向かって我がもの顔で言う。

ドアが開き、部屋に二人の女性が入って来た。一人は知っている。学生課の職員である水川だ。もう一人は知らない。

水川と顔を合わせるのは、彼女が体験した心霊現象を解決して以来だ。

「本当に私物化してるのね……」

水川が、部屋を見回してぽつりと言う。

「大丈夫です。活動は行っていますから」

八雲は適当な嘘を言う。

水川には、心霊現象を解決してもらう代わりに、この部屋の使用に関する申請の不備に目をつむったという経緯がある。

真面目な性格だから、嘘でもこういう言い方をしないと、気に病んでしまうだろう。

「そうだといいんだけど……」

「どうぞ。まずは座ってください」

八雲は立ち上がり、水川ともう一人の女性に座るように促した。

二人は、顔を見合わせた後、御子柴の向かいに並んで座った。座る場所を失った八雲は、御子柴の背後に移動し、壁に寄りかかるようにして立つ。

「あ、彼女は、私と同じ学生課で清遊寮の管理を担当している戸田和音さんです」

「戸田です」

和音が丁寧に会釈をした。

こういう言い方をすると失礼かもしれないが、幸薄そうな印象のある女性だ。

「和音ちゃんは、私と同じで明政大学の卒業生です。小説家志望で、時間に自由の利く嘱託というかたちで働いています」

「ちょっと、小説家志望とか関係ないでしょ」

和音が、水川の肩を叩く。

「いいじゃん。和音ちゃん、絶対、売れっ子作家になるんだから、今のうちに自慢しておいた方がいいよ」

——何の話だ。

八雲は、教室の休み時間のようにはしゃいでいる二人に、冷ややかな視線を送った。

「彼女が小説家志望であることと、心霊現象は、どう関係してくるんだ？」

御子柴も八雲と同じことを思ったらしく、冷淡に言った。

水川と和音は、同時に「すみません」と謝罪して口をつぐんだ。

「それで、心霊現象の相談に来たのではないのですか？」

このまま黙っていても仕方ない。しぶしぶではあるが、八雲は話を促した。

「清遊寮は知っていますよね」

話を始めたのは、水川の方だった。

清遊寮は、明政大学の敷地の外れにある女子寮だ。三階建てで、全部で三十人ほどが入寮できる。

築年数が古く、老朽化しているものの、家賃は破格の安さだ。

風呂、トイレは共同だが、各部屋にはエアコンがあり、夕食が付いているというのも魅力的だ。女子寮でなければ、八雲が住みたいくらいだ。

「はい」

「確か、清遊寮は、取り壊しの話が持ち上がっているんじゃなかったか？」

御子柴が口を挟む。

「耐震強度不足が指摘されていて、建て替えか、補強かを行う予定ですが、それぞれメリットとデメリットがあり、どちらにするかは、まだ決まっていません」

「よし。どちらが、よりメリットがあるのか、数学的に検証してやろうじゃないか」

御子柴が、意気揚々とマーカーを指で回し始めた。

「関係ない話は、後でやってください。今は、心霊現象についてです」

八雲が軌道修正すると、御子柴は不満そうに口を尖らせ「何だよ。せっかく……」と
ブツブツ言っている。

——本当に子どもだな。

「で、その清遊寮で心霊現象が起きているんですね」

八雲は、御子柴を無視して話を進める。

「はい」

「どんな心霊現象ですか？」

八雲が訊ねると、水川が和音に視線を送った。

詳しい説明は、和音から——ということのようだ。和音は、水川の膝に手を置き、一つ大きく頷いてから話を始める。

「清遊寮では、ポルターガイスト現象が起きています」

八雲は、思わずため息を吐きそうになった。

よりにもよって、ポルターガイスト現象とは……。

「そのポルターガイスト現象ってのは、いったい何だ？」

訊ねてきたのは、御子柴だった。

ポルターガイスト現象も知らないとは、やはり御子柴は、数学以外のことに関しては、からっきしのようだ。

「ポルターガイスト現象とは、特定の場所で、人が触れていないのに物が移動したり、音が聞こえる、さらには、発光や発火といった現象が繰り返し起こることです。昔、ハリウッドで映画化されたことで、広く一般に知られるようになった言葉ですよ」

最後の部分を強調し、御子柴が無知であることを暗に匂わせた。自分が知らなかったことが、よほど悔しかったのか、御子柴は「知ってるもん」と子どものように言うと、そっぽを向いてしまった。

和音が困惑しているが、御子柴のことなどいちいち気にしていたら、話が進まない。

八雲は、先を続けるように和音を促す。

「一月ほど前から、入寮している学生たちから、夜中に変な音が聞こえるという相談が寄せられるようになりました」

「どんな音ですか」

「色々です。何かを叩くような音だったり、金属を擦るような、高い音だったり、何かが倒れるような音だったり」

「聞き間違いではないのですか？　近隣で工事をやっていたとか」

「私も最初は、そう思いました。でも、近くで工事なんてやっていませんでした。それに、夜中に工事って不自然ですよね」

「まあ、そうですね……」

昨今は、工事など音の出る作業を行う場合は、騒音基準値を八十五dBに抑えるなど、さまざまな基準があり、和音が主張したように、時間の制限も設けられている。

「それに、音だけではないんです」

「何ですか？」

「さっき、何かが倒れるような音がした――と言いましたが、実際、廊下にある消火器や、食堂の椅子なんかが、倒れていたりするんです」

「それだけですか？」

「いえ。実際に、幽霊を見たという学生もいます」

「五年くらい前に、寮で自殺した学生がいるって言われていて、その幽霊が彷徨い歩いているという噂が前からあったんです」

水川が、身を乗り出すようにして追加情報を口にする。

――なるほど。

幽霊の目撃情報と、怪音や物が倒れるなどの不可解な出来事が連続して起きていることから、ポルターガイスト現象を疑ったというわけだ。

だが——。

「それは全部、誰かの悪戯ではないんですか？」

ポルターガイスト現象について、心理的に不安定な人が、無意識に念力を使ってしまったという非現実的なものから、磁場が影響しているという説や、建物の不良まで、さまざまな原因が語られてきた。

音や振動だけなら、建物が老朽化していることもあり、建物不良という線が濃厚だと思っていた。

だが、物が倒れるといった、それ以外の現象も起きているのだとすると、誰かの悪戯と考えるのが妥当だ。

八雲が、そう考えるのには、一つの前提条件がある。

これまで八雲は、赤い左眼でさまざまな幽霊を見てきた。その経験から、幽霊は、死んだ人間の想いの塊のようなものであり、基本的に物理的な影響力はないと考えている。

「私も、住み込みで働いているわけではないので、実際にその現象を見ていませんし、その可能性もあると思います」

和音は目を伏せながら言う。

闇雲に心霊現象だと騒ぎ立てるだけの人物ではないようだ。ちゃんと、冷静な視点を持っている。

それなら話が早い。

「寮内に防犯カメラを設置することをオススメします。そうすれば、悪戯であるか、否かを判定できるだけでなく、犯人を炙り出すことができます」

証拠さえ撮影してしまえば、万事解決だ。

録画された映像を元に、対象者を問い詰めればいい。

「それは現実的ではありません」

和音が首を左右に振った。

「どうしてです？」

今、起きていることを、心霊現象として調査するより、よほど現実的な気がする。

「それをしてしまうと、寮の学生たちを疑うことになります」

——綺麗事だな。

疑いたくないから、犯人を特定しないという考え方が正しいとは思えない。はっきりしない状態を放置すると、お互いに疑心暗鬼に陥り、余計に話が拗れる。

「疑っているのではなく、事実を確認するために必要な措置だと思います」

「私も、そう思うのですが、今は寮であってもプライバシーが問題になります。特に、女子寮ですから、防犯カメラを仕掛けるとなると色々と……」

「別に寮の学生たちに伝える必要は、ないんじゃないですか？」

「それこそ、大問題になります」

面倒だな――とは思うが、和音の言い分は正しい。

女子寮内に、無断で防犯カメラなど仕掛けようものなら、裁判沙汰になりかねない。

「確かにそうですね」

「それに――ポルターガイスト現象だけではないんです」

和音の声が重く響いた。

「と言うと？」

「寮生の芽衣子という学生が、幽霊に憑依されたらしくて、様子がおかしいんです。夜になると寮内を徘徊したり、譫言のように何かを言っていることもあって……遂には、先日、同じ寮内の学生に襲いかかって……」

和音の言葉を聞いて、八雲は深いため息を吐いた。

何とかして、事件に関与しないで済むようにしたかったのだが、憑依現象まで絡んでいるとなると、そうもいかなくなってしまった。

「それは興味深い」

嬉しそうに、ニヤニヤと笑っている御子柴が、憎たらしく思えた。

## 4

清遊寮は、大学の北側の外れにあった――。

建物の老朽化が進んでいるうえに、山を背にして建っているせいで、陰鬱な雰囲気が漂っているように見える。

ただ、八雲が隠れ家にしているプレハブより快適なのは間違いない。

「かなりガタがきているな」

御子柴は、人差し指と親指でフレームを作り、そこから覗き込むようにして清遊寮を見ている。

「お前は、今回の件をどう見る？」

「そうですね……」

御子柴が訊ねてきた。

「まだ分かりません」

「現状での事前確率を訊いてるんだ」

こうは言っているが、間違っていたら、ああだこうだと文句を言うのが目に見えている。だが、何も言わなくても、結局、文句は言われる。

「現状で、一番可能性が高いのは、老朽化による建物不良ですね」

「確かに建物不良ということで、音や振動については説明できるが、憑依現象という事象Aが加わったことで、確率は変動するはずだ」

――またベイズ推定の話を持ち出してきた。

数学的な観点というのが必要な場合もあるが、常にそれだと話が余計にややこしくなる気がする。

「分かってます。憑依現象のことを考えると、建物不良である可能性は、一気に低くなります」

「だったら、なぜ言った？」

――ほらきた。

「事前確率を確定しろと言ったのは、御子柴先生ですよ」

「あの――まずは中に」

和音が不毛なやり取りに割って入った。

中断してくれて助かった。御子柴の言いがかりに付き合っていられるほど暇じゃない。

和音に促されて、清遊寮のエントランスに入った。

外観は、かなりガタがきているが、中は綺麗に使われている印象だ。

「きゃっ！」

和音の案内で、共有スペースである食堂に入ったところで悲鳴が上がる。

目を向けると八人が座れるダイニングテーブルに、二人の女子学生の姿があった。二人とも、腰を浮かせて驚いた顔をしている。

「何で男がいるの？」

「怖い」

女子学生たちが口々に言う。何をそんなに驚いているのか分からなかったが、すぐに納得した。ここは、女子寮なのだ。

共有スペースに、いきなりむさ苦しい男二人が入って来たら、驚きもするだろう。

「掲示板に貼り出しておいたと思いますけど、今日は、例の件の調査で、御子柴先生たちに来てもらっています」

和音がざわつく女子学生たちに説明を加える。

「あ、それって今日だったんですね」

「びっくりした」

女子学生たちは、納得したらしく安堵の声を上げる。

それで終わりになるかと思ったのだが、女子学生たちは、顔を寄せ合い、ひそひそと何事かを話し始めた。

まあ、どうせろくなことではないだろう。

無視して和音に共有スペースを案内してもらう。ダイニングテーブルの奥にはキッチンスペースもあり、テレビやソファーが置かれている。

古いが掃除が行き届いていて、過ごしやすい空間になっている。

「おい。何だあれは？」

御子柴が、不満を露(あらわ)にした顔で文句を言ってくる。

何に不満を持っているのかは、すぐに分かった。さっきの女子学生二人組が、金魚の糞(ふん)のように、ずっと後ろを付いて来ているのだ。

振り返ると、なぜか手を振って来たりする。

「興味本位の野次馬でしょう。無視しましょう」

八雲は、ため息交じりに答える。

外見の整った御子柴は、一部女子学生の間で、白衣の王子様――などともてはやされている。その延長なのだろう。

いや、実際、それだけではない。彼女たちは、良からぬ妄想をしている。だからこそ、無視するに限る。

「お前たち――」

止(よ)せばいいのに、御子柴が足を止めて彼女たちの方に顔を向ける。

彼女たちは、お互いに手を握り合ってわーきゃー飛び跳ねている。まるで、中学生だな。いや、漏れ聞こえてくる会話の内容からして、もっと質(たち)が悪い。あの二人は、生粋の腐女子だ。

「さっきから、こそこそと何を言っている。タチとかネコとか、何の話だ」

聞こえないふりを押し通せば良かったのに、わざわざ訊ねてしまった。

しかも、この口ぶりからして、御子柴は彼女たちの言葉の意味が、分かっていないようだ。

「やだ。聞こえちゃった」

「どうしよう」

彼女たちは、口々に言っているが、全然困っている風ではない。むしろ、喜んでいる。

「あいつらは言葉が通じないのか？　ぼくは、タチとネコが何なのか訊いているのに」

御子柴が文句を言いながら、二人を指差す。

そう何度も口に出さないで欲しい。考えないようにしているのに、八雲まで彼女たちの妄想に引き摺られてしまう。

「ちょっと。あなたたち。変なこと言ってないで、自分の部屋に戻りなさい」

和音が窘(たしな)めると、しぶしぶではあるが、彼女たちは食堂を出ていった。

「あいつらは、結局、何がしたかったんだ？」

御子柴は不満げだったが、八雲はこれ以上、この話題は広げたくない。「知りませんよ」とつっけんどんに返し、和音に案内を続けるように促した。

その後、改めて寮の中を見ることになった。それぞれの部屋の中には入らず、共有スペースを中心に、三階から一階まで全てのフロアを見て回った。

「おい。あの部屋は何だ？」

一階の廊下の突き当たりまで来たところで、御子柴が一番奥にあるドアを指差した。

他の部屋と変わらない。何の変哲もないドア。

「どうして、ここが気になるんですか？」

「この部屋だけプレートがない」

御子柴が、咥えていた棒付き飴を取り出し、ドアを指し示す。

確かに、他の部屋のドアには、名前の書いたプレートが貼ってあったが、この部屋だけ何も付いていない。

「空き部屋になっているんです。今は、倉庫として使っています。中を見ますか？」

和音は、そう言うと鍵を取り出しドアを開けてくれた。

六畳ほどの広さの部屋だった。和音の言ったように、倉庫として使われているらしく、壁際には段ボールが積み上げられている。他にも、青いビニールシートや、大工仕事に使うような器具が並べて置いてあった。

シンナーのような刺激臭が充満しているが、部屋の隅に置かれた塗料の缶のせいだろう。

器具を置いているせいで、土や砂が入り込んでいるらしく、床にざりざりとした感触があった。

「和音さんが、建物の修繕とかもやっているんですか?」

八雲が問うと、和音は「ええ」と頷いた。

「まあ、修繕と言っても、できる範囲は限られていますけど……」

「大変ではありませんか?」

「もちろん、私一人でやっているわけではありません。それに、DIYとか、結構、好きなんです」

「もしかして、エントランスの棚とか手作りなんですか?」

「そうです。あれが初めてなんですけど、やり始めたら楽しくて」

和音が嬉しそうに笑った。本当に好きなのだろう。

「部屋の構造は、全部、これと同じなのか?」

疑問をぶつけたのは御子柴だった。

「はい。全部、同じ間取りになっています」

和音が答える。

「少し見てもいいですか？」

八雲は、和音に許可を取ってから、床や壁、天井などをつぶさに観察する。

もし、構造に問題があれば、何か分かるかもしれない。耳を付け、拳でトントンと叩いてみたりしたが、専門家でもないので大したことは分からなかった。

中央だけ床の軋み(きし)が、少し大きいように感じるが、老朽化しているならこんなものだろう。

一通り見終わった後、三人で食堂に移動し、テーブルを囲むことになった。

「この寮に幽霊はいるんでしょうか？　いるなら、すぐにでも、祓(はら)って頂きたいんです」

和音が切羽詰まった様子で口にした。

「祓う？」

「ええ。幽霊を祓えるんですよね。やり方は分かりませんけど……」

──ああ。そういう認識なのか。

水川は、八雲がどんな方法で心霊事件に対処するかを、和音に伝えていないらしい。

それが証拠に、和音は経文やお札のようなもので、たちどころに幽霊を祓えると考えているようだ。

「言っておきますが、ぼくは幽霊は祓えません」

「え？」

「ぼくは、ただ見えるだけで、幽霊を祓うような特別な力はありません」

「で、でも……」

「水川さんのときもそうですが、幽霊が彷徨っているということは、そうなっている理由があるんです。それを見つけ出して、解消するのが、ぼくのやり方です」

八雲の説明を聞き、和音は呆気に取られているようだった。

だいたいの人が、こんな反応をする。おそらく、テレビの心霊番組などの影響だろう。

あの手の番組では、霊媒師が経文を唱えたり、お札を使ったりして、たちどころに除霊している。そのイメージが強いのだ。

「そ、そうなんですか……」

和音は、落胆したように肩を落とした。

途端に信頼を失った気がするが、別にそれならそれで構わない。

「心霊現象の原因を特定するために、確認したいことがあるんですが、物音がしたり、振動が起こったりするのは、夜だけなんですか？」

八雲が質問を投げると、和音は「そう聞いています」と答えた。

「そうですか……」

その証言に嘘はないだろう。現に、八雲が清遊寮に入ってから、話にあった音を聞いたり、振動を感じたりはしていない。

夜にだけ、その現象が起きているのだとすると、建物不良では片付けられない。

もし、建物に問題があるのだとしたら、時間に関係なく発生していなければおかしいからだ。

そうなると、やはり誰かの悪戯という線が濃厚になる。

だが、断定する前に確認しておくべきことがある。

「幽霊に憑依されたという女性に、会うことはできますか？」

まずは、この清遊寮で起きていることが、心霊現象なのか否かを判別しなければならない。

そのためには、幽霊に憑依されているという女性と会ってみるのが手っ取り早い。

「多分、大丈夫だと思います。ここで待っていてください」

和音は、そう言って食堂を出ていった。

「現状ではどうだ？　建物不良だと思うか？」

御子柴が、ぼそっと訊ねてきた。

「だから、まだ分かりません。憑依されたという女性を見てからです」

「ふむ。まあ、それもそうだな。一つ訊いていいか？」

「何です？」

「お前は、幽霊には物理的な影響力がないと定義していたな」

「ええ」

「もし、その大前提が崩れるとしたら、どうする？」

「あり得ません」

八雲は、即座に否定した。

御子柴は、幽霊によってポルターガイスト現象が起きたという可能性を視野に入れているのだろう。

「どうして、あり得ないと言い切れる？」

御子柴の目が鋭く光る。

「ぼくは、これまで幽霊が物理的に何か影響を及ぼしたケースを、見たことがありません」

「その理論を構築するまでに、お前は幾つのデータを集めたんだ？」

「覚えていませんよ。でも、最低でも百は超えています」

「たった百だな」

御子柴が、ヘラヘラと笑ってみせた。

「何が言いたいんです？」

「幽霊に物理的な影響力がないというお前の理論は、科学的に根拠のあるものではなく、経験則に過ぎないと言っているんだ」

「それの何が悪いんです？」

「仮に、ここにサイコロがあったとしよう。一の目が出ない確率は？」

「六分の五です」

「では、同じことを百回繰り返して、一が出ない確率は？」

「すぐに計算できませんよ」

「では、これだけ答えろ。百回連続、一が出ない確率はゼロか？」

「違います……」

「では、別の質問をしよう。百回連続して一の目が出なかったサイコロに、一の目は存在しないのか？」

「いえ……」

御子柴が、何を言わんとしているのか理解した。

たった百回検証した程度で、科学的な根拠もなく、幽霊に物理的な影響力がないと断じるべきではない――ということなのだろう。

ぐうの音も出ない。

御子柴の指摘の通り、サイコロを百回振って、一の目が出なかったからといって、一の目が存在しないということにはならない。

科学的な根拠を提示できないのであれば、事象そのものを断定するべきではない。

「お前は、経験則だけで物事を判断している」

御子柴の最後の言葉が、八雲の中に重く響いた――。

## 5

和音が、一人の女性を連れて食堂に戻って来た――。

メガネをかけていて、俯(うつむ)き加減に歩いて来るその姿は、顔色の悪さも手伝って、存在が希薄なように感じられた。

彼女が幽霊に憑依された芽衣子という女性なのだろう。

そして――。

芽衣子の背後に、もう一人、女性の姿が見えた。

おそらく生きた人間ではない。

それが証拠に、芽衣子の背後にいる女性の姿は、霧がかかったようにぼやけている。

それだけでなく、左の側頭部にべったりと赤黒い血が付着していた。

念のため、掌で左眼を隠してみる。

その途端、芽衣子の背後にいる女性の姿が、ふっと消えた。

赤い左眼だけで見える存在——幽霊であることは間違いない。芽衣子に、幽霊が憑依しているというのは、本当だったようだ。

「いるのか？」

御子柴が、八雲の耳許で囁いた。

八雲は声に出すことなく、小さく頷くに止めた。

和音と芽衣子が並んで椅子に座った。

「芽衣子さんで間違いありませんか？」

八雲が訊ねると、芽衣子は「はい」と小さい声で答えた。

「幽霊について、色々とお聞きしたいのですが……」

八雲が切り出すと、芽衣子は眉を寄せて困惑した表情を浮かべた。

「あの……紗里ちゃんのことは、本当に申し訳ないと思っています。でも、私、何も覚えていなくて……」

「覚えていない？」

「はい。急に、紗里ちゃんの部屋に入って、襲いかかったと言われても、何も覚えていないんです……」

膝の上に置いた芽衣子の手が、小刻みに震えている。

目には涙の膜が張っていて、泣くまいと必死に堪えているといった感じだ。

「本当に、何も覚えていないんですか？」

「夜、一階にある自分の部屋で眠っていたんです。それが、気付いたら、二階の廊下にいて、紗里ちゃんが階段の下で倒れていて……もう、何が何だか……」

芽衣子が洟を啜った。

彼女自身、起きたことに混乱しているようだ。

「ここ最近、幽霊を見たり、身体の異変を感じたということは、ありませんでしたか？」

「幽霊は、見たかもしれません……」

「詳しく話してもらえますか？」

「前から、寮でポルターガイスト現象が起きているって騒ぎになっていたんです。もう、みんな怯えていて。私も、怖くて、夜は部屋から出ないようにしていたんです」

「それで」

「一週間くらい前、部屋で寝ていたんです。そしたら、急に誰かに足を引っ張られた気がして……そのまま、布団の中に何かが入って来たんです……。見ちゃいけないって分かっていたんですけど、どうしても気になって……それで……」

芽衣子は、そこで言葉を止めた。

さっきより、震えが激しくなっている気がする。

「……布団を上げてみたら、女の人が、私の身体にしがみついていたんです……」

長い沈黙の後、芽衣子が言った。

「その後、どうしたんですか？」

「よく覚えていません……。そのまま、気付いたら朝になっていて……。でも、それから、夜中に部屋を出て歩き回っているって指摘されるようになったんです」

「彷徨っているという自覚はありましたか？」

「ありません。私、どうしたらいいか、分からなくて……」

芽衣子は、両手で顔を覆って泣き出した。

自分の感情をコントロールできないのか、芽衣子は嗚咽し過呼吸気味になってしまう。

和音が、背中をさすりながら宥めにかかる。

だが、芽衣子はいつまで経っても、落ち着きを取り戻すことはなかった。やがて「ううう……」と呻き声を上げたかと思うと、急に身体を仰け反らせた。

「芽衣子ちゃん。しっかりして――」

芽衣子は、必死に呼びかける和音を振り払うと、目を見開き、歯を剥き出しにして、まるで獣のような形相で八雲の方に飛びかかって来る。

八雲が咄嗟に身をかわすと、芽衣子はバランスを崩して床に倒れ込んだ。

「殺してやるぅぅ！」

芽衣子は、そう叫びながら床を転がるようにして暴れる。

「芽衣子ちゃん」

和音が、覆い被さって押さえつけると、今度は、まるで糸が切れたかのように、ピクリとも動かなくなった。

「これが憑依現象という奴か。なかなか面白いな」

この緊迫した場面にありながら、御子柴は楽しそうに芽衣子の姿を観察している。不謹慎極まりないのだが、突っ込む気にはならなかった。

しばらくして、倒れていた芽衣子が、「うっ」と頭を押さえながら起き上がった。

「大丈夫なんですか？」

八雲が訊ねると、芽衣子は何も覚えていないらしく、きょとんとした表情を浮かべる。

「私、どうして床に寝てるんですか？　さっきは……」

芽衣子は、途中で言葉を呑み込み、小さく呻き声を上げた。

「すみません。今日は、これくらいでいいですか？」

和音が声をかけてくる。

「そうですね。これくらいにしておきましょう」

こんな状態では、これ以上、話を聞くのは難しい。

芽衣子に憑依している幽霊が、何を目的としているのかは分からないが、予想していたより逼迫した状況であることは間違いない。

「芽衣子ちゃん。大丈夫？　取り敢えず、部屋で休みましょう」

和音は、芽衣子を抱きかかえるようにして立たせると、彼女を連れて食堂を出ていった。

芽衣子に幽霊が憑依しているのは間違いない。友人を襲ったのも、その影響を受けてのことだろう。

情報がまだ少ない。なぜ、幽霊が憑依しているのかも含めて、もう少し探りを入れたいところだが、あの状態では難しいだろう。

「どう見る？」

御子柴が訊ねてきた。

その表情は相変わらず楽しそうだ。心霊現象のサンプルデータが手に入るくらいの感覚しかないのだろう。

「芽衣子さんに、幽霊が憑いているのは間違いありません」

「それで」

「状況から考えて、寝ていて意識が薄れている間に、身体を乗っ取られて、徘徊したと考えるのが妥当です」

「それは、経験則からの推測か？」

「そうです。その推測が正しいか確かめるためにも、証拠を集めます」

八雲がこういう言い方をしたのは、さっきの御子柴のサイコロの話があったからだ。

経験則だけで決めつけるのは危険だ。

「どうやって証拠を集める？」

「他の入寮者からも、話を聞いてみたいです。それと、襲われた紗里という女性からも、話を聞く必要があります」

これからやることを、頭の中で整理しながらも、八雲の気分はどんどん沈み込んでいくようだった。

とんでもなく厄介なことに首を突っ込んだ気がする。

## 6

「そのとき、芽衣子さんの様子はどうでしたか？」

八雲は病室のベッドに寝ている紗里に訊ねた。

芽衣子に襲われ、階段から転落したとき、左足を骨折し、あばら骨にひびが入るという大怪我(おおけが)を負い、今も入院中だ。

退院を待ってからだと、対応に遅れが出るので、和音に頼み、こうして紗里と話をする機会を作ってもらった。

御子柴も、一緒に来ているのだが、さっきから病室の隅に置かれた椅子に座り、棒付き飴を口の中で転がしながら、興味なさそうに窓の外を眺めている。

まあ、聞き取りにおいて、最初から御子柴を戦力と考えていないので、気にしない。

「芽衣子は、本当に、別人みたいで……あのとき、私に襲いかかったのが、芽衣子だったっていうのは、後から聞かされて知ったくらいです」

ベッドの上の紗里は、当時の恐怖を思い返したのか、震える口調で言った。

「本当に気付かなかったんですか？」

「はい。暗かったし、いきなりだったのもあるので……」

確かに、暗闇の中で急に襲われて、慌てて逃げたのだとしたら、その人相を確認している余裕はなかっただろう。

「なるほど」

「それに、芽衣子が、あんな風になるなんて、全然想像もできませんでした」

「普段の芽衣子さんは、どんな感じなのですか？」

食堂で芽衣子と顔を合わせたが、かなり憔悴していた。あれが、普通の状態とは言えないだろう。

「ちょっと口下手で、大人しい感じはするんですけど、性格は凄くいいんです」

性格のいい、悪いとは、いったい何を判断基準にしての発言なのか分からない。性格は、その人の個性であって、いいも悪いもあったものではない。

「引っ込み思案だけど、優しいといった感じですかね」

八雲が整理して言うと、紗里は「そうなんです」と声を弾ませた。

「私が、裕一君と付き合うことができたのも、芽衣子のお陰なんですよ」

「そうですか」

「私が、裕一君に一目惚れしちゃって。芽衣子は、裕一君と同じ高校の出身だったから、それで、色々と相談に乗ってもらったんです。裕一君は、凄くかっこよくて、頭もいいんです。性格も最高で、どんどん好きになって」

――どうでもいい。

八雲は、思わずため息を吐きそうになった。

芽衣子の普段の様子を訊いたはずなのに、いつの間にか紗里の彼氏自慢にすり替わっている。

「その裕一という男は、今回のポルターガイスト現象に関係あるのか？」

御子柴が、怪訝な表情を浮かべながら訊ねる。

「関係あるわけないじゃないですか。裕一君を疑っているんですか？」

紗里がむきになって反論する。

「お前が、裕一という男のことを、くどくどと話すから、関連があるのかと訊ねているだけだ」

「絶対違います」

「じゃあ、何で裕一という男の話をした？」

「やっぱり疑っているんですね。酷い。裕一君は、凄く優しいんです。私の誕生日も、サプライズでお祝いしてくれて……」

「サプライズで誕生日をお祝いすることと、事件に無関係であることは、＝ではない。無関係であることを証明するなら、関連性のある根拠を示せ」

「そんな言い方しなくても……酷い……」

紗里は、掠れた声で言うと、泣き出してしまった。

「こいつは何で泣いているんだ？」

御子柴が、紗里を指差しながら訊ねてきた。

どっちもどっちだ。お互いに、噛み合わない話を続けたせいで、話が拗れてしまった。

「取り敢えず、謝ってください」

八雲が告げると、御子柴はむっとした顔をする。

「どうしてだ？　ぼくは、間違ったことは何も言っていない。どうして、ぼくが謝る必要がある？」

「感情的になって、泣いてしまった人を相手に、正論をぶつけないでください。今、優先すべきは、彼女から情報を引き出すことです。どうするのが、もっとも有効か、お得意のゲーム理論で考えたらどうですか？」

八雲の説得で、御子柴は、しぶしぶではあるが「悪かった」と謝罪の言葉を口にした。

その後、八雲が紗里を慰めることで、ようやく彼女は涙を拭い、会話ができる状態になった。

「話を戻しますが、普段の芽衣子さんとは、まったく違っていた――ということですね」

八雲が確認の意味を込めて口にすると、紗里は大きく頷いた。

「芽衣子が私を襲ったなんて、未だに信じられなくて。やっぱり、噂になっている幽霊のせいだと思うんです」

八雲も、それについては同意見だ。

状況から考えても、幽霊に憑依された芽衣子が、自我を失って紗里を襲ったといったところだろう。

「あなたに襲いかかって来た芽衣子さんは、何か言っていませんでしたか？」

「何か、言っていたような気もするんですけど、はっきりとは……」

「思い出せる範囲で構いません」

「よく分かりません。パニックになっていたので……」

「そうですか。では、もう一つ聞かせてください。前から、寮内ではポルターガイスト現象が発生していたということですが、それに間違いはありませんか？」

「はい。毎日、変な音や振動があって、みんな部屋から出ないようにしていたんです」

「実際に、物が倒れていたり――ということもあったと聞いていますが」

「そうなんです。食堂の椅子が倒れていたり、エントランスの棚が倒れていたこともありました」

「倒れる瞬間を、見たことはありますか？」

「はい。食堂の前を通ったとき、誰もいないのに、ガタンって音がして、急に椅子が倒れたんです」

紗里は、興奮した口調で言う。

そこが、どうしても引っかかってしまう。

芽衣子が紗里を襲ったのは、憑依現象で説明できるが、それまで寮内で起きていたポルターガイスト現象が引っかかる。

さっき、御子柴から指摘された通り、幽霊に物理的な影響力はない——というのは、八雲の経験からくる推測に過ぎない。

物理的に何かしらの現象を引き起こす可能性は、ゼロではない。芽衣子には、実際に幽霊が憑依していたし、幽霊も物理的な影響を及ぼすことがあるということだろうか？

「分かりました。大変なときに、ありがとうございました」

八雲は、礼を言って立ち去ろうとしたが、それを制したのは御子柴だった。

「ぼくからも、一つだけ確認させてくれ」

「な、何でしょう？」

さっきのやり取りがあるせいか、紗里の顔に警戒心が滲んでいる。

「ポルターガイスト現象が発生していたにもかかわらず、君たちが、とても呑気だったのはなぜだ？」

御子柴に訊ねられて、紗里はきょとんとした顔をする。

「呑気って、どういうことですか？」

「だからさ、ポルターガイスト現象が起きていたんだろ。それなのに、普通に寮内で寝泊まりできたのはなぜだ？」

「あ、それは、部屋の中では音以外のポルターガイスト現象は、起きないんです」

「部屋の中では起きない？　それは、どういうことだ？」

御子柴の眼光が、鋭くなる。

素っ頓狂に思えたが、ここにきて、御子柴の質問の意図が八雲にも理解できた。冷静に考えてみれば、確かに不可解だ。

「なぜって聞かれると困るんですけど……そういう話になっていて……」

「そういう話になっていた？」

「はい。みんな、そう言ってました。ポルターガイスト現象が起きるのは、共有スペースだけで、部屋の中では起きないって。それに、部屋の外に出ると呪われるって噂もあって……」

「それは、誰が言い出したか分かるか？」

「分かりません」

紗里が首を左右に振った。

彼女自身、御子柴に指摘され考えてみても、どうしてそういう話になったのか、思い出せないといった感じだった。

「お前たちは、出所も分からない噂を信用して、部屋に留まり続けたというのか？」

「そうですけど……」

紗里は言葉に詰まってしまった。

「噂を信じるからには、それ相応の根拠があって然るべきだ」

「で、でも……」

「出所の分からない噂を信じるなんて、アホのやることだ。お前はアホなのか？」

「アホじゃありません。だって、みんなが言っていたんだから、本当のことじゃないんですか？」

「それがアホだと言っているんだ。マジョリティーが正しいことにはならない」

「それくらいにしてください」

紗里が涙目になっていたので、八雲は堪らず割って入った。

ロジカルシンキングの御子柴からすれば、理解できないだろうが、たいていの人は、囁かれる噂に根拠を求めたりしない。

世の中は、ソースの分からないネットの情報を、疑いもなく信じる人で溢れ返っているのだ。

「だって、おかしいだろ。こいつらは……」

「もういいでしょ。情報のソースはともかく、紗里さんや、他の寮生たちも、部屋にいればポルターガイスト現象は起きないという認識だったということですね」

八雲が御子柴の言葉を遮るように言うと、紗里は「はい」と頷いた。

御子柴は、八雲が割って入ったことが不満だったのか、ガリッと口の中の飴を噛んだ。

「色々と参考になりました。ありがとうございます」

八雲は、礼を言うと御子柴と一緒に病室を後にした。

「何か糸口は掴めましたか？」

紗里の病室を出たところで、八雲は白衣を翻しながら前を歩く御子柴に質問をぶつけてみた。

答えは、だいたい分かっていたが、御子柴の口から直接聞きたかった。

「わざわざ訊ねるまでもなく、分かっているだろ」

――まあ確かに。

幾つか、思い当たる可能性がある。反応から見て、御子柴も事件の構図が見えているようだ。

「それで、これからどうするんですか？」

「どうするも、こうするもないだろ。あくまで、現段階では推測に過ぎない。解答の精度を上げるために、証拠を集めるだけだ」

「そうですね……」

「というわけで、ここからは、お前一人で情報を集めろ」

「どうしてですか？」

「論理的な思考を持ち合わせていない人間の相手に疲れた」

御子柴が吐き捨てるように言う。

食堂で会った二人組といい、さっきの紗里といい、御子柴からすれば、言葉の通じない宇宙人くらいに感じたのだろう。

丸投げされるのは不本意だが、いちいち御子柴がへそを曲げるのに付き合わされる方が、よほどしんどい。

「分かりました」

八雲は、ため息を吐きつつも返事をした。

## 7

「深夜になると、ずずっと何かを引き摺る音とか、ガンガンって何かを叩くような音がするんです……」

震える声でそう語ったのは、美緒(みお)という女性だった。

彼女は、清遊寮の一階の奥から二番目の部屋に入居している学生だ。和音から紹介してもらい、大学の学食で顔を合わせることになった。

清遊寮の食堂でも良かったのだが、先方の指定で、この場所で面会することになった。

「音だけですか？」

八雲が問うと、美緒はふるふると首を左右に振った。

「部屋の壁にかけてあった時計が、急に落ちてきたこともありました」

「音以外のポルターガイスト現象は、共有スペースだけで発生していると聞きましたが……」

「私の部屋だけは、壁が揺れて物が落ちたりということは、よくありました」

美緒は、すっかり怯え切っている様子だ。

だからこそ、そこに不審感を覚えてしまう。

「そんな状態だったのに、留まり続けたんですか？」

「いえ。私、ここ最近は、あの部屋に戻っていません」

「戻っていない？」

「はい。怖くて、友だちの家に、泊めてもらっているんです」

――なるほど。

だから、美緒は大学の学食を指定したというわけだ。もう、清遊寮に戻りたくないといった感じだ。

「改めて聞きますが、部屋の物が落ちたりしたのは、あなたの部屋だけですか？」

「はい」

美緒の回答は、はっきりしていた。

「音が聞こえたとき、その発生源を確かめようとは、思わなかったんですか？」

「そんな……怖くてできません」

「今まで、一度も、それをしていないんですか？」

「はい」

「他の学生も？」

「そうだと思います。食堂で、何度もポルターガイストの話になりましたけど、部屋から出た人は誰もいないと思います」

「どうしてですか？　何かを叩くような音がしたら、ポルターガイスト現象を疑うより先に、何かあったと思うのが普通ではありませんか？」

八雲は、そこが引っかかっていた。

紗里にしてもそうだが、何かを叩くような音がしたことで、すぐさまポルターガイスト現象に結び付けている。

だが、普通は、そうした音がしたとき、まずは騒音を疑うものだ。

「ポルターガイスト現象が起きるより前から、あの寮には幽霊が出るって噂がずっとあったんです」

「どんな幽霊ですか？」

「私は見てないですけど、女の人の幽霊だって。五年くらい前に、寮で自殺した人がいたらしくて、その幽霊が彷徨っているって、先輩たちが言ってました。だから、変な音が聞こえるようになって、これは絶対に心霊現象だってなったんです」

――なるほど。

ポルターガイスト現象が先ではなく、幽霊の目撃証言があったところに、音が聞こえてきたので、それがポルターガイスト現象だということになったのか。

「それに、音が聞こえるときに、外に出ると呪われる――そう聞いたんです」

美緒が震える声で言った。

「呪われる？」

「はい。音がしているときに、部屋から出たら、呪い殺されるって、そう聞きました」

紗里も同じことを言っていた。

だから、部屋から出ないようにしていた――と。

「その話は、誰から聞いたんですか？」

紗里は感情的になったせいで、話が拗れてしまったが、美緒は少なからず冷静さを保っている。何か情報が引き出せるかもしれない。

「聞いたというより、ネットにそういう情報が載っていたと思います」

「ネット？」

「はい。インターネットの掲示板に、先輩の話として、そういう話が載っていて、誰かがそれを見つけてきて——という感じだったと思います」

「なるほど」

ネットの掲示板の内容が、寮生たちに広まったからこそ、出所が曖昧だったのだろう。

誰が書き込んだのか確認したいところだが、匿名性が高いネットの掲示板ということになると、特定は困難だ。

「芽衣子さんの事件があった日は、寮にいましたか？」

八雲は次の話題を振った。

「いいえ。そのときには、私はもう友だちの家に泊まっていたので、詳しいことは知りません」

美緒がわずかに俯いた。

寮から離れてしまっていたのだとすると、これ以上、詳しい話を聞くことは難しいだろう。

「誰か、当日、寮にいた人を紹介して頂けませんか？」

「今ですか？」

「ええ。できるだけ早く――」

「絵菜なら、話が聞けると思います。ちょっと連絡してみます」

美緒は、そう言うと携帯電話を操作して、メッセージのやり取りを始めた。

「今からここに来てくれるそうです」

しばらくして、美緒が顔を上げて言う。

「分かりました。ここで待つことにします」

「私は、もういいですか？」

「ええ」

八雲が答えると、美緒はそそくさとその場を立ち去った。

絵菜という女性を待つ間に、八雲は、世田町署の刑事である後藤に電話を入れた。

〈誰だ？〉

二回のコール音の後に、後藤が電話に出る。

相変わらず、酷い電話応対だ。

「そろそろ、社会人としてのマナーを身につけたらどうです？」

〈うるせぇ！　学生に言われる筋合いはねぇ！〉

「学生に言われてしまっていることを、恥じてください」

〈減らず口を……用がねぇなら切るぞ〉

――どうして、こうもせっかちなのか。

「ぼくが、何の用事もなく、後藤さんに連絡すると思っているんですか？」

八雲が言い終わるやいなや、後藤の〈ふざけんな！〉という怒声が響いた。スピーカーが割れるかと思うほどの大声だ。

八雲は、携帯電話を耳から遠ざけ、後藤が一通り怒りを吐き出すまで待った。

「終わりましたか？」

静かになったところで、改めて携帯電話に向かって声をかける。

〈ああ。それで何の用だ？〉

後藤は舌打ちをしつつも訊ねてくる。

「実は、調べて欲しいことがあります」

〈何だ？〉

「明政大学の学生寮である清遊寮で、自殺者が出たという噂があるのですが、その真偽を知りたいです」

〈分かった。調べて折り返す〉

後藤は、そう言うと電話を切った。

本来、警察が民間人である八雲に、捜査情報を教えることはあり得ない。だが、これまで八雲は赤い左眼を使って、何度も後藤の捜査に協力してきた。

持ちつ持たれつというやつだ。

「あの——斉藤八雲さんですか？」

電話を終えたところで、女性に声をかけられた。

「ええ。絵菜さんですね」

八雲が応じると、女性は「はい」と頷いてから、向かいの椅子に腰を下ろした。

絵菜は、三つ編みのお下げ髪で、大人しそうな印象の女性だった。コミュニケーションが苦手なのか、目を合わせようとはしない。

情報さえ引き出せれば、絵菜の性格がどうだろうと、八雲の知ったことではない。

「早速ですが、清遊寮での心霊現象について、色々と聞かせてください」

「は、はい」

「何かを叩いたり、引き摺ったりするような音が聞こえていたそうですが、それに間違いはありませんか？」

「そうです」

「物が倒れていたという話もありますが……」

「はい。朝起きると、花瓶とか椅子とかが、倒れていることがありました」

絵菜は、よほど落ち着かないのか、膝の上に置いた手を握ったり、開いたりしている。

かなり緊張しているようだ。

「あなたは、倒れる瞬間を見たことはありますか？」

「はい」

「どんな状況でしたか？」

「寮に帰ったとき、エントランスの棚に置いてある花瓶が、急に倒れたんです」

「風とかではないんですか？」

「絶対に違います！　一輪挿しとかじゃなくて、ちゃんとした花瓶です。よほどの強風じゃない限り、倒れたりしません」

絵菜が強い口調で言った。

確かにその通りだ。水の入った普通の花瓶であれば、何か大きな力が働かない限り、倒れたりはしない。

「幽霊の姿は見ましたか？」

「いえ。それは見ていません。でも、廊下とかにいると、誰かに見られているような変な感じがして、いつもビクビクしていました……」

口ぶりからして、絵菜は寮内で起きている現象に、相当に参っているようだ。

「美緒さんは、怖くて寮を出てしまったようですが、あなたは、そうしなかったんですか？」

「そうしたい気持ちはありますけど、他に行くところがなくて……泊めてくれる友だちもいないし、我慢するしかないかなって……」

誰しもが、すぐに宿泊先を確保できるわけではない。怖い思いをしていたが、絵菜は、寮に留まるしかなかったといったところだろう。

「それに、美緒ちゃんの部屋は、壁が揺れたりとかあったみたいですけど、私の部屋は音だけだったから……」

絵菜がそう付け加えた。

「次の質問です。芽衣子さんが、紗里さんを襲った日、あなたは寮にいましたか？」

「はい。いつものように、何かを叩くような変な音が聞こえたりしていたので、部屋に籠もっていました。そしたら、急に悲鳴が聞こえたんです。それで、外に出たんです」

「ポルターガイスト現象が起きているとき、外に出ると呪われるという噂があったのに、部屋を出たんですか？」

八雲が問うと、絵菜は驚いたように目を白黒させた。

「いけませんか？　怖かったですけど、悲鳴が聞こえたら、心配になるじゃないですか」

絵菜の口調が荒くなった。

おそらく、自分が責められていると感じたのだろう。

「まあ、そうですね。それで、どうしたんですか？」

八雲は、絵菜の反応を流しつつ先を促す。

「私の部屋は、二階なんですけど、廊下に出たとき、もの凄い音がして……階段の方に行くと、芽衣子ちゃんが廊下に座り込んでいて、階段の下に紗里ちゃんが倒れていたんです」

そのときのことを思い返したのか、絵菜がぶるっと身体を震わせた。

「それで――」

「とにかく、救急車を呼ばなきゃって、部屋に戻って携帯電話で連絡を入れたんです。そうこうしているうちに、みんな騒ぎを聞きつけて廊下に出て来て……」

「芽衣子さんは、どんな様子でしたか？」

八雲が訊ねると、絵菜は再び俯いて、口籠もってしまった。

急かすこともできたが、八雲は、絵菜の方から口を開くまでじっと待った。

「笑っていたんです……」

長い沈黙の後、絵菜が俯いたまま言う。

「笑っていた？」

「はい。私の見間違いかもしれないけど、芽衣子ちゃんは、何だか嬉しそうに笑っていました。そして――」

また、絵菜が言い淀む。

「何ですか？」

「いえ、何でもないです」

絵菜は首を左右に振る。

どうやら、隠し事が苦手なタイプのようだ。

「何でもなくはないですよね。何を言おうとしたんですか？」

「私の聞き間違いかもしれないし……」

「聞き間違いでも構いません。心霊現象を解決するためには、少しでも情報が欲しいんです。そのとき芽衣子さんは、何かを言っていたんですね？」

八雲が、絵菜を見据えると、彼女は観念したように、がっくりと肩を落とした。

「芽衣子ちゃんは、ざまあみろ――って言っていたんです。倒れている紗里ちゃんを見て……」

「なるほど」

「あ、でも、芽衣子ちゃんは、普段はそんな子じゃないんです。だから、あれは、芽衣子ちゃんが言ったんじゃないんです」

絵菜が、慌てた調子でフォローを入れる。

別に取り繕ったわけではなく、本心で絵菜が思っていることなのだろう。

現に、芽衣子には幽霊が憑依していた。「ざまあみろ――」というのは、絵菜の言う通り、芽衣子ではなく、彼女に憑依している幽霊から出た言葉なのだろう。

状況から考えて、芽衣子は幽霊に憑依され、本人の意思とは関係なく、紗里を襲い、結果として階段から転落する事故になったと考えられる。

もし、そうだとすると、芽衣子に憑依している幽霊は、紗里に対して恨みを抱いていたことになる――。

## 8

八雲が御子柴の研究室を訪れたのは、夜になってからだった――。

本当は、もっと早く来たかったのだが、情報を集めるのに、思いのほか時間がかかってしまった。

「失礼します」

八雲が、研究室のドアを開け、積み上げられた段ボール箱の間を縫うように進んでいくと、椅子にふんぞり返っている御子柴の姿が見えた。

珍しく、来客があった。

後ろ姿だけなので、顔は見えなかったが、それでも八雲は、その人物が誰なのか分かった。

確か、海藤敬一という学生だ。

八雲が、彼を認識することができたのは、その傍らに寄り添うように立っている女性の幽霊の背格好に見覚えがあったからだ。

一週間ほど前、八雲の許に心霊現象の相談を持ち込もうとした学生だ。こうして研究室にいるということは、やはり御子柴と面識のある人物だったようだ。

「色々と参考になりました。ありがとうございます」

海藤は、御子柴に丁寧に礼を言うと、踵を返した。

そのとき、八雲と目が合った。

海藤は、爽やかな笑みを浮かべながら黙礼してきた。八雲もそれに返す。

一瞬、海藤の背後に憑いている幽霊が八雲に視線を向けてきた。八雲は、逃げるように視線を逸らす。

確か、海藤の依頼は、幽霊が何を訴えているのか知りたいということだった。それくらいなら、大した手間ではないのだが、一度、断った手前、今さらという感じがしたので、見ないようにしてやり過ごした。

「知り合いか？」

海藤が部屋を出ていったタイミングで、御子柴が訊ねてきた。

「いいえ。初対面です。うちの学生ですか？」

八雲は何食わぬ顔で惚けてみせる。

「ああ。法学部の学生だが、理工学部への転部を希望している。そのことで、相談に来ていた」

「法学部から、理工学部への転部って珍しいですね」

「そうだな。ただ、彼は元々、理系の人間だ。ジュニア数学コンクールにも、参加していたくらいだからな」

「どうして、そんな人が、そもそも法学部に入ったんですか？」

「彼の父親は、元検察官で、法学部の教授を務めている」

「父親の影響で法学部に入ったなら、尚のこと、今さら転部を希望するのは、不自然ではありませんか？」

「珍しいな」

御子柴が、ニヤッと笑みを浮かべた。

「何がです？」

「お前が他人のことに興味を示すなんて、珍しいと言ったんだ」

御子柴の指摘はもっともだ。

八雲は、普段は他人に興味を示さない。海藤に興味を示した理由を問い質されると、彼に幽霊が憑依していることを説明しなければならない。

そうなれば、御子柴は嬉々として海藤が抱える心霊現象に首を突っ込むに違いない。

今、抱えているものだけで手一杯なのに、これ以上、トラブルを呼び込むのはできれば避けたい。

「そうですか？　御子柴先生が、学生の相談に乗っていることの方が、珍しいと思いますけど」

「ぼくだって、一応は准教授だ。話を聞くくらいする」

「御子柴先生は、他人に興味がないものだと思っていました」

「それはお前だろ。友だちすらいないじゃないか」

「そういう御子柴先生も、友だちはいませんよね？」

「失礼なことを言うな。ぼくが学生の頃は、ちゃんと友だちくらいいたもん」

——もんって。

「信じられませんね」

「事実だ。チェスをやったり、フェルマーの最終定理の検証をやったり、切磋琢磨したものだ」

御子柴が、学生生活を謳歌していたイメージが湧かない。

「証拠はあるんですか？」

「もちろんだ」

御子柴は、携帯電話を取り出し、そのモニターに写真を表示させて八雲に投げて寄越した。

携帯電話のモニターに映っていたのは、三人の男女の写真だった。

真ん中に御子柴が写っていて、その両脇から同年代の男女が挟んでいる。男性の方は、見覚えがないが、女性の方は何処かで見たことがある気がする。

「これ、合成写真ですか？」

八雲は携帯電話を返しながら、嫌みったらしく御子柴に言う。

「どういう意味だ？」

「言葉のままです。ぼくは、実物を見るまで信用しません。本当に、友だちがいるなら、今度、連れて来てください」

「何処までも疑り深い奴だな」

「慎重なだけです」

「残念だが、会わせることはできない」

「イマジナリーフレンドだからですか？」

八雲が言うと、御子柴は不機嫌さを露にしながら「違うもん！」と大声を上げた。

「一人は、海外に留学中だ。もう一人は……」

「何です？」

「もうこの世にはいない」

御子柴が、哀しげに目を伏せた。

まさか、御子柴がこんな表情を浮かべるとは意外だった。散々、疑ってはいたが、御子柴に親しい友人がいたのは事実のようだ。

「そんなことより、お前は調査の報告に来たのだろ」

御子柴は、しんみりとした空気を振り払うように口にした。

「そうでしたね。まず、清遊寮で自殺者が出たという話でしたが、色々と調べた結果、そのような事実はありませんでした」

「情報のソースは？」

「警察です」

ここに来る前、後藤に調査を頼んでいた件について、報告があった。その連絡を待っていたのが、遅くなった一番の原因だ。

「熊のお巡りさんか」

御子柴が、視線を漂わせながら言う。直接、会話をしたことはないが、御子柴は、後藤の存在は知っている。

「そうです。あの熊さん刑事です」

「自殺者などいないのに、どうして、そんな噂が立つようになったんだ？」

「それは分かりません。ただ、自殺者はいませんでしたが、行方不明になった女性はいたそうです」

「行方不明？」

「はい。東山秀美という女性です。五年ほど前、夏休み中に突如として失踪して、行方不明者届が出されています。現在に至るも、その消息は摑めていません」

「失踪か……」

「おそらく、この失踪という話に尾ひれが付いて、寮で自殺したという話にすり替わったのだと思います」

八雲が説明を加えると、御子柴は納得できないという風に、ぐいっと片方の眉を吊り上げた。

「話に尾ひれが付くとは、どういうことだ？　魚の話なんてしていないぞ」

――そこかよ！

どうやら、「尾ひれが付く」の意味が分からなかったらしい。御子柴は、数学以外の知識が皆無に等しく、慣用句や諺の類いが苦手だが、ここまでくると呆れてものが言えない。

「尾ひれが付くとは、話が伝わる間に、実際にないことが加わってしまうことの喩えです。まさか、そんなことも知らないんですか？」

「知ってるもん」

御子柴は、よほど悔しかったのか、癇癪を起こした子どものように、足をバタバタと動かす。

「分かりましたから、少し落ち着いてください」

「うるさい。ぼくは落ち着いている」

――全然、そうは見えない。

ただ、それを指摘すれば、話がややこしくなるだけだ。

「そうですね。御子柴先生は、いつも冷静です」

「分かればいい」

御子柴は鷹揚に言いながら、白衣のポケットから棒付き飴を取り出し、それを口の中に入れた。

「行方不明者届の資料を見せてもらいましたが、失踪した東山秀美さんと、芽衣子さんに憑依していた幽霊は、とてもよく似ています」

「ほう。それは興味深い」

　もし、芽衣子に憑依していた幽霊が、東山秀美だとすると、彼女はもう死んでいることになる。未だに、清遊寮を彷徨っていることから考えて、東山秀美は、清遊寮で死んだ可能性が高い。

「それから、他の寮生たちにも、一応、話を聞いてみました」

「どうだった？」

「だいたい、同じ回答でした。ポルターガイスト現象が発生しているのは、みんな認識していました。しかし、部屋の中では、奇妙な音は聞こえたものの、その他の現象は発生していなかったそうです」

「それで、放置していたというわけか」

「外に出ると、呪い殺されるという噂があったことも影響しています」

「そういえば、そんな話もあったな」

「ええ。情報の出所は不明ですが、その噂を信じていたために、奇妙な音がしても、部屋の外に出ることはしなかったようです」

「なるほど。一つ確認しておくが、幽霊はドアを閉めることで、侵入を遮ることができるのか？」

「あくまで、ぼくの経験則ですが、ドアを閉めても、幽霊の侵入を阻むことはできません」

「経験則でいいということなら、限りなくゼロに近いです」

「お前の経験則でいうと、幽霊が物理的に影響を及ぼす可能性も、限りなくゼロに近いんだったな」

「はい」

「これで、だいたい条件は揃ったな――」

御子柴が満足そうに、ニヤリと笑ってみせる。

「何の条件ですか？」

「ベイズ推定の話をしただろ」

「ええ」

「ベイズ推定は、スパムメール判定などにも使われている。メールの中に、特定の文字が含まれることで、それがスパムメールである確率が上昇するといった具合に、確率を修正していき、一定の確率を超えたものを、スパムメールとして判定している」

「なるほど。そういう仕組みなのですね」

自動的に、迷惑メールとして振り分けられているので、さして気にしていなかったが、ベイズ推定によって判定されていたというわけだ。

「同じ方法で、これまでに分かったことを当て嵌めて計算すればいい。今、清遊寮で発生している現象が、幽霊によって引き起こされた確率が検証できるだろ」

「それでいえば、限りなくゼロに近いです」

御子柴流にいえば、あくまで経験則なので、ゼロではないが、それでも、幽霊が物理的な影響を及ぼしたり、ドアで遮断できたりする可能性は低い。

「ぼくも同意見だ」

「でも、芽衣子さんに幽霊が憑依しているのも事実です。それに、不可解な音の原因も摑めていません」

「そんなことは分かっている。いいか、ベイズ推定とは、観測事象から、推定したい事柄を、確率的な意味で推論することだ」

「それは、分かっています」

「いいや。分かっていない。ぼくは、さっき、清遊寮で発生している現象が、幽霊によって引き起こされた確率――と言ったんだ」

――ああ。そういうことか。

八雲は、ようやく御子柴が何を言わんとしているのかを理解した。

「つまり、観測事象はそのままに、推定したい事柄を変えればいい――ということですね」

「正解だ。推定したい事柄の方を変えて、もっとも確率が高いものが、この事件の真相ということになる」

御子柴が、口から棒付き飴を取り出し、八雲に突きつけた。

どこまでも、数学的な思考をする人だ。だが、そうやってロジックで固め、取捨選択していけば、自然と答えに辿り着く。

これまでは、闇雲に思考を巡らせていたが、本来、推理とは、こういうものなのかもしれない。

## 9

八雲が再び清遊寮の前に足を運んだのは、午前零時を過ぎてからだった。

もちろん御子柴も一緒だ。

本当は、もう少し早く来る予定だったのだが、御子柴との検証に、思いのほか時間がかかってしまった。

御子柴とベイズ推定を用いて、さまざまな事象の確率を算出し、今回の事件の真相を導き出すことに成功したが、それを実証するためには、幾つかの証拠を集める必要があった。

エントランスの前まで足を運ぶと、和音が待っていてくれた。

「わざわざすみません」

和音が、申し訳なさそうに頭を下げる。

「いえ」

「御子柴先生も、遅い時間にすみません」

「気にするな」

御子柴は、眠そうにあくびをしながらも、ひらひらと手を振る。

「早速ですが、中に入れてもらえますか？」

八雲が促すかたちで、清遊寮の中に歩みを進めた。

昼間来たときと異なり、エントランスは、しん——と静まり返っていた。深夜の時間帯なので、皆、部屋に入っているのだろう。

「あの——本当に、心霊現象は解決できるんでしょうか？」

和音が不安そうな表情を浮かべる。

「ええ。大丈夫です。ただ、謎を解き明かすためには、順番が重要になってきます」

八雲は、安心させる意味も込めて微笑んでみせた。

「順番？」

「ええ。数学でもそうですよね。足し算、引き算より、かけ算の方が優先されますし、（　）の中は先に計算しなければなりません。そうでないと、見当違いな答えを導き出してしまうことになります」

これは、前回の事件で学んだことだ。

ただ闇雲に真実を導き出せばいいというものではない。求める答えに応じた方程式を組まなければならない。

「はあ……」

「それで、事前にお話ししていた通り、芽衣子さんと会いたいのですが、可能でしょうか？」

「ええ。大丈夫です」

「ありがとうございます。彼女の部屋に案内してもらえますか？」

「分かりました」

和音の案内で、一階の中程にある芽衣子の部屋のドアの前まで移動した。

「芽衣子さんは幽霊に憑依されています。ここから先は、非常に危険です。和音さんは、食堂で待っていてもらえませんか？」

「それはできません」

八雲の提案に、和音は難色を示した。

女子寮の部屋の中に、立ち会いもなしに男性を入れたとあっては、責任問題になりかねない。

ただ、和音がここにいると、色々と問題がある。

「ぼくがドアの前で見張っている。安心したまえ」

御子柴が口の中で棒付き飴を転がしながら口添えする。

「で、でも……」

「この男は、女性どころか、他人に対して興味のないクズみたいな奴だ。ついでに度胸もないから、余計なことを心配する必要はない」

――何だそれ！

和音を説得するというより、八雲をバカにしているような気がする。文句を言おうかと思ったが、余計にややこしいことになりそうなので、黙っておいた。

「いや、でも、本人の許可も必要ですし……」

「何だ？　お前はぼくのことが信用できないのか？」

「そういう問題ではなく……」

御子柴が介入したせいで、和音が余計に意固地になっているような気がする。

「除霊をするためには、第三者の目はできるだけ遠ざけた方がいいんです。それができないのであれば、ぼくとしては手を引くしかなくなります」

八雲は、できるだけ淡々とした調子で告げる。

「………」

「ぼくは、手を引いても構いませんが、そのせいで、新たな犠牲者が出た場合、それは和音さんの責任——ということになります」

「責任って、そんな……」

「ぼくも、こんなことは言いたくありませんが、何かあったとき、あのとき除霊をしておけばと、後悔はしたくないんです」

多少、強引な言い方ではあったが、効果覿面だったらしく、和音は「分かりました」と納得してくれた。

「そうと決まれば、さっさと食堂にでも行っていろ」

御子柴が、食堂の方を指差すと、和音はしぶしぶではあるが、廊下を歩き去っていった。

「では、御子柴先生。見張りをお願いしますね」

「分かっている」

八雲は、御子柴の返事を待ってから、ドアをノックして芽衣子の部屋の中に足を踏み入れた。

芽衣子は、俯くようにしてベッドの上に座っていた。

部屋は暗いうえに、髪が垂れていて、その表情をはっきりと見ることはできない。電気を点けることも考えたが、今はこのままの方がいいだろう。

「芽衣子さん。聞こえていますか？」

八雲が声をかけると、芽衣子は「ううう……」と唸り声を上げながら、上目遣いに八雲を見た。

その目は冷たく、強い怒りを宿しているようだった。

「でぇてぇいけぇぇ……」

芽衣子が、掠れた声で言った。

「お断りします」

八雲が毅然と言うと、芽衣子はゆらっと立ち上がり、両手を前に突き出して襲いかかって来た。

芽衣子の両手が、八雲の首にかかり、ぐいぐいと絞め上げてくる。

八雲は、体勢を崩して背中をドアにぶつけてしまう。

「大丈夫か？」

ドアの向こうから、御子柴の声が聞こえてきた。

「ええ。問題ありません」

八雲は、冷静に答えると、真っ直ぐに芽衣子に目を向けた。

芽衣子は、ぎっと歯を剝き出しにして、八雲の首を絞め上げてくるが、その表情に反して、大した力が入っていないので、全然苦しくはない。

「いい加減、こんなことはやめませんか？」

八雲は、小さくため息を吐きながら言う。

芽衣子は「ぐぅぅ」と唸り、顔を赤くしたものの、やはり首を絞める手には、力がこもっていない。

「芽衣子さん。あなたは、幽霊に憑依なんかされていない。違いますか？」

八雲がその事実を告げると、芽衣子は両目をかっと見開いた。

しばらく、揺れる瞳で八雲を見つめていたが、やがて首から手を離し、その場にストンッと座り込んでしまった。

八雲は、咳払いをしてから、芽衣子の前に屈み込む。

「あなたは、幽霊に憑依されたふりをしていたんですね――」

八雲が改めて口にすると、芽衣子は小さく頷いた。

――やはりそうだった。

昼間に会ったとき、芽衣子は憑依現象に似た行動を見せていたが、それはあくまで彼女の演技だった。

芽衣子の背後に、幽霊の存在があったことで、八雲は実際に憑依されているのだと勘違いしてしまった。

芽衣子の背後にいる幽霊は、彼女に憑依はしていなかったのだ。

この勘違いに気付くことができたのは、ベイズ推定により、確率を検証したからだ。

では、なぜ芽衣子は幽霊に憑依されたふりをしていたのか？　その理由についても、幾つかの可能性の中から、確率の高いものを選別し、その推理を補強するために、彼女の周辺人物から情報を集めた。

「紗里さんが交際を始めた男性は、あなたの高校時代の同級生だった。あなたは、紗里さんに頼まれて、恋のキューピッドを演じましたが、それは本意ではなかった」

「は、はい……私、高校のときから、ずっと裕一君のことが好きだったんです……」

絞り出すように答えた芽衣子の声は、涙に濡れていた。

「それなのに、どうして二人の仲を取り持ったりしたんですか？」

「気付かなかったんです。私、裕一君のこと好きだって自分でも分かってなくて……紗里ちゃんと付き合うようになってから、自分の気持ちに気付いて……」

「それで、紗里さんが許せなくなって、幽霊に憑依されたふりをして、紗里さんを襲ったんですね」

「はい……。でも、あんなことになるなんて、思ってなくて……ただ、ちょっと脅かそうと思っただけなんです」

芽衣子は、ボロボロと涙を流しながら八雲に訴えてきた。

その言葉に嘘はないだろう。

彼女からすれば、好きな人を奪われたことは悔しいが、紗里が友だちであることに変わりはない。そもそも、二人の間を取り持ったのは自分自身。自業自得なのだ。それを分かっていたから、幽霊に憑依されたという体で、ちょっとした憂さ晴らしをしようと考えたといったところだろう。

寮内で囁かれている心霊現象の噂を利用し、紗里の部屋に入り込んで、脅かして怖い思いをさせることが、その目的だった。

だが、紗里が予想以上に驚き、階段から転落したことで、後戻りができなくなってしまった。

芽衣子は、幽霊に憑依されたふりを続けるしかなくなったのだ。

「ごめんなさい。ごめんなさい……」

芽衣子は、両手で顔を覆って泣き始めた。

「ぼくに謝っても意味はありません。紗里さんに、きちんと真相を伝えて謝罪すべきです」

「そ、そんな……だって、私は、あんなことになるなんて思ってなくて……」

「本当にそうですか？」

「え？」

芽衣子がきょとんとした顔をする。

本当は分かっているくせに、憑依された演技を平然と続けていただけあって、なかなかの役者だ。

「あなたは、階段から落ちた紗里さんに、『ざまあみろ——』と言ったそうですね」

「…………」

「その言葉こそ、あなたに悪意があった証拠ではないんですか？」

「ち、違う。私は、そんなこと……」

芽衣子は、嫌々という風に首を左右に振る。

——鬱陶しい。

そうやって、自分の本心を隠すから話がややこしくなる。自分の感情を素直に伝えていれば、幽霊に憑依されたふりなどせずに済んだ。

「誤魔化しても無駄です。ぼくには幽霊が見えるんです」

「へ？」

「あなたに憑依はしていませんが、この寮の中に、幽霊がいるのは確かです。その幽霊は、あなたに利用されたことを、とても怒っています——」

「そ、そんなバカな……」

「ほら。聞こえるでしょ。幽霊の怒りの声が——」

八雲は、そう言うと、ドアをコンコンと二回叩いた。

〈許さない……絶対にお前を許さない……〉

何処からともなく、嗄れた声が聞こえてきた。

「嘘……」

〈呪い殺してやる……〉

少し、芝居が過ぎるような気もするが、芽衣子はすっかり信じたらしく、耳を塞いで「お願い！　やめて！」と何度も叫ぶ。

「やめて欲しかったら、警察に出頭して、真実を話すことです。そうでなければ、幽霊はあなたに付き纏うことになります」

八雲が、芽衣子の耳許で囁くと、彼女は床に突っ伏して、わっと泣き出してしまった。

――さて、芽衣子はこれでいい。

これだけ怯えていれば、もう幽霊に憑依されたふりを続けることはないだろう。そのまま警察に自首してくれれば、階段から転落した紗里の件は片付く。

「さて、次は――」

八雲は、立ち上がると、芽衣子の背後に立つ女性の幽霊に目を向けた。

彼女はとても哀しげな表情で、そこに佇んでいる。

「東山秀美さんですね。あなたが彷徨っている理由を教えてください」

八雲は、幽霊に向かって語りかける。

彼女が五年前に行方不明になった、東山秀美であることは、ほぼ間違いないだろう。問題は、なぜ、今に至っても彷徨い続けているのか？　そして、寮内で起きている心霊現象との関係だ。

御子柴と幾つかの推測を立て、確率を弾き出してみたが、現状ではまだ数値が低く、確証が得られていない。

確率を変動させるだけの証拠が欲しい。

秀美は何かを言ったようだったが、その声は八雲まで届かなかった。

──いつもこうだ。

見えるだけで、しっかりとした意思疎通ができない。こんなことなら、いっそ見えない方がいいのに──と思う。

秀美の幽霊は、ゆっくりと壁に貼ってある大学構内の見取り図を指差した。

──なるほど。

それを見て、八雲は一つの確信を得た。

ドアを開けて外に出ると、御子柴が屈み込んだ状態で「絶対にお前を許さない」と、声色を変えて呟き続けていた。

「それ、もういいですよ」

「ぼくの演技はなかなかのものだろう」

御子柴が、立ち上がりながら誇らしげに胸を張る。

演技という意味では、かなり酷いものだったが、結果として上手くいったのだから、それで良しとしよう。

「まあまあです」

「まあまあとは何だ。素直に褒めていいんだぞ」

──何でそんなに自信が持てるんだ？

「そうですね。凄い演技でしたね」

聞こえよがしに、棒読みで言ったのだが、御子柴はご満悦の様子だった。本当にチョロい人だ。

「それで、この先はどうする？」

訊ねてきた御子柴に、八雲は小さく笑みを浮かべてみせた。

## 10

八雲が寮の食堂に向かうと、椅子に座っていた和音が立ち上がり、歩み寄って来た。

「芽衣子ちゃんの様子は、どうですか？」

「大丈夫です。彼女に憑依していた幽霊は、言いくるめましたから、もう暴れるようなことはないと思います」

「良かった――」

八雲の言葉に安堵したらしく、和音はふっと息を吐いた。

「あれ？　御子柴先生は？」

八雲の隣にいたはずの御子柴がいないことに気付いたらしく、和音がきょろきょろとあたりを見回す。

「御子柴先生なら、確認することがあると、戻っていきました」

「そうですか――何にしても、これで一件落着ということですね。ありがとうございます」

和音が丁寧に頭を下げようとしたが、八雲はそれを制した。

「残念ですが、まだ何も解決していません」

「え？　でも……」

「芽衣子さんに憑依していた幽霊については、対処できました。しかし、寮内で起きている心霊現象はそれだけではありません」

「と、いうと？」

惚け方が、何ともわざとらしい。

「寮内で起きていたのは、ラップ音や振動、あるいは物が勝手に移動するというポルターガイスト現象だったはずです」

「ええ。まあ、そうですけど、芽衣子ちゃんに憑いていた幽霊について解決したなら、それで終わりなのではありませんか？」

「違いますよ」

「どう違うんですか？」

納得できないらしく、和音の眉間に皺が刻まれる。

ここで、芽衣子の憑依現象が演技であったことを伝える手もあるが、現段階では、それは伝えるべきではない。

「芽衣子さんの憑依現象と、この寮内で起きている心霊現象は、まったく別のものなんです」

「別のもの？」

「ええ。寮内でポルターガイスト現象を引き起こしていたのは、東山秀美という女性の幽霊です。ご存じありませんか？」

「いいえ。知りません」

八雲の問いかけに、和音は首を左右に振った。

今、彼女は選択のミスをした。だが、敢えてそれを指摘することはしなかった。

「東山秀美さんについて、少し調べたのですが、彼女は五年前、この寮の寮生でした。しかし、突如として失踪して、それきり行方不明になっているそうです」

「そうなんですか……」

「東山秀美さんは、強い恨みを抱えたまま幽霊となり、この寮内を彷徨い歩いています」

「もしかして、その女性って、自殺したという噂の……」

「違います」

八雲は、被せるように否定した。

「え？」

「彼女は自殺ではありません。そもそも、この寮内で自殺者が出ていないことは、和音さんも知っていますよね」

「でも、だとしたらなぜ……」

「東山秀美さんは、この寮内で殺されたんですよ」

「こ、殺された……」

「そうです。そして、彼女は、自分を殺した人間を、ぼくたちに教えようとしているんですよ」

八雲はそう言うと、じっと和音に目を向けた。

「で、でも、殺人事件なんて起きていません」

「それは発覚していないだけです」

「どういうことですか？」

「死体が発見されなければ、殺人事件として認識されません。だから、失踪ということになっているんです」

「でも、だったら、殺されたなんて誰にも分かりませんよね？」

「それが分かるんですよ」

「分かる？」

「はい。東山秀美さんは、五年前、寮内にいる友人の部屋に遊びに行きました。その際、一緒にいた人物との間に諍いがありました。そこで、殺されてしまったのです」

「ですから、どうして、そんなことが分かるんですか？」

和音の心が苛立ちで満ちていくのが、手に取るように伝わってきた。

「本人から聞いたんです」

「何を言っているんですか？　だって、今の話では、その秀美という女性は、既に死んでいるんですよね？」

「ええ」

「だったら……」

「ぼくには、死者の魂――つまり幽霊が見えるんです」

八雲は、敢えて和音の言葉を遮るように言った。

「幽霊が見える？」

和音が疑いの目を向けてくる。

やはりそうだ。この反応からも分かる通り、和音は心霊現象の否定派だ。

「ええ。本当です。和音さんは、ぼくが本物だと思ったから、心霊事件の解決を依頼したのではありませんか？」

「まあ、それはそうですけど……」

「大丈夫です。分かっていますから」

「え？」

「和音さんは、最初から幽霊を信じていないんでしょ。ぼくのことも、インチキだと思っている」

「それは……」

「お気になさらず。あなたは、心霊現象の騒ぎが大きくなってしまったので、それを沈静化させるために、御子柴先生のところに相談を持ちかけた。違いますか？」

八雲が口にすると、和音は逃げるように視線を逸らした。

最初に会ったときから、違和感があった。和音は、心霊現象の解決を持ちかけている割に、少しもそれを恐れていなかった。

寮内を案内するときも、平然としていた。

もし、心霊現象を信じているなら、もう少し、怯えていても良さそうなものだ。

「ごめんなさい。こんなのは、誰かの悪戯に決まっています。でも、このままでは、騒ぎが収まらないと思って……かたちだけでいいので、除霊をしたことにすれば、みんな落ち着くと思ったんです」

和音が申し訳なさそうに口にする。

「お気持ちはお察しします」

「すみません」

「でも、これだけは言わせてください。ぼくは本物です」

「本物？」

「あなたが、どう受け取ろうと、ぼくの知ったことではありません。しかし、ぼくが幽霊が見えるというのは、本当なんですよ」

八雲は、左眼に入っている黒い色のコンタクトレンズを外してから、顔を上げた。

赤い左眼を見た瞬間、和音の喉がひゅっと音を鳴らす。

口に出さなくても、その表情から、驚いているのが分かる。異物を見るような、不快さが混ざってもいる。

「ぼくの左眼は、生まれつき赤いんです。そのせいかどうか分かりませんが、幽霊が見えるんです」

「…………」

和音は何も答えなかった。

八雲の言葉を信じたか否かは分からない。ただ、動揺しているのだけは確かだ。

「秀美さんは、ぼくに自分を殺した人間が、誰なのかを教えてくれました。それと、死体が隠されている場所についても、語ってくれたんです」

「ほ、本当に？」

「ええ。本当です。別に信じてもらわなくても構いません。ただ、確認はさせてもらいます」

「確認？」

「ええ。本当に、秀美さんの死体があるかどうかの確認です」

「そんなの、あるわけないですよ。もしあれば、騒ぎになっています」

「仰る通りです。ですから、犯人は死体を隠しておいたと思います。例えば、部屋の床下とか――」

「でも、臭いとか出るんじゃないんですか？」

「コンクリートで固めてしまえば、臭いも出ません」

「そ、そうですけど……」

「死体が隠されているのは、おそらく一階の一番奥。倉庫として使われている部屋です」

「どうして、そこだと分かるんですか？」

「簡単な話です。ポルターガイスト現象について、寮生から情報を集めました。その結果、音については、ほとんどの学生が聞いていますが、振動について証言したのは、倉庫の隣の部屋の美緒という学生だけでした」

「偶々（たまたま）ではありませんか？」

「違います。音の発生源が、倉庫だという証拠です」

「え？　でも、あそこは、誰も使用していません」

「だからですよ。誰も使っていない部屋だからこそ、死体を隠すのに最適だったんです」

「つまり、秀美という人の死体が倉庫の下に埋まっていて、そのせいで、ポルターガイスト現象が起きていた——ということですか？」

和音が、血色の悪い顔で訊ねてきた。

「厳密には、少し違います。ポルターガイスト現象は、幽霊によって引き起こされたものではありません」

「でも、今……」

「寮内で聞こえていた音の正体は、倉庫の床を剝がし、埋まっている死体を掘り起こす音だったんですよ」

御子柴が言うように、幽霊が物理的な影響力を持たないという八雲の理論は、あくまで経験則に過ぎない。

再現性のある科学的な根拠がない以上、ゼロだと断定することはできないが、可能性が極めて低いということは間違いない。だが、それでも充分だ。寮内で発生していた音や振動の正体が、幽霊によるものではないと仮定できる。

そうやってふるいにかけた結果、浮かび上がってきたのが、今の推理だ。

「掘り起こすって、どうしてそんな……」

「この寮は、耐震強度不足のせいで、補強もしくは建て替えが必要になっています。何れにしても、大規模な工事が入る。そうなると、床下に隠した死体が、見つかってしまうことになる」

「…………」

「しかし、普通に掘り起こしたのでは、音で怪しまれる。そこで、この寮内でポルターガイスト現象をでっち上げたんです」

「でっち上げる？」

「簡単なことです。夜になったら、スピーカーなどを使って、何かを叩くような音を流し、適当に椅子や花瓶などを倒しておくんです」

蓋を開けてみれば、酷く単純なことだが、以前から、秀美の幽霊を目撃した寮生がいたことで、誰もが簡単に信じてしまった。

物が倒れるなどの現象が、共有スペースでしか起きていないことも、人為的なものであることを裏付ける証拠になる。

「それが、ポルターガイスト現象の正体？」

「ええ。ついでに、ポルターガイスト現象が起きているときに、部屋の外に出ると呪われるという噂を流しておけば、寮生は部屋から出ない。掘り起こす作業が見つかる心配がないというわけです」

「誰かが、意図的に噂を流した――ということですか？」

「そうです。正確には、インターネットの掲示板に、そうした噂を書き込んでおいたのでしょう。今、御子柴先生が特定作業を進めています」

「書き込んだ人物の特定なんて、できるんですか？」

「ええ。可能です。御子柴先生なら、それくらいのことはやるでしょうね」

今、御子柴と言ったが、おそらく実際に、その作業をやらされるのは青埜だろう。また、理不尽に振り回されると思うと、同情を禁じ得ない。

「で、でも、掲示板で噂を流した人物が、誰か分かったからといって、寮内に死体があることにはなりませんよね」

「そうですね。だから、これから見つけます。倉庫になっているあの部屋を、くまなく調べれば、死体があった痕跡を見つけることができるはずですから」

「……」

「和音さんには、頼みたいことがあるのですが……」

八雲は、改めて和音に目を向ける。

「頼み——ですか？」

「ええ。倉庫の鍵を貸してください。それから、御子柴先生は、今、研究室にいるはずなので、呼んで来て欲しいんです」

「あ、えっと、どうして御子柴先生を？」

「何かあったときのためです」

「何かって何ですか？」

「もしかしたら、ぼくも秀美さんのように、行方不明になるかもしれませんからね」

和音は迷った素振りを見せつつも、「分かりました」と応じると、八雲に倉庫の鍵を手渡してから、食堂を出ていった。

八雲は、それを確認してから、一階の一番奥の部屋のドアの前に移動する。

さて、これで準備は整った。ただ、不確定要素があまりに多い。御子柴のゲーム理論が、何処まで正確なのか、身をもって立証することになるのだ。

気が進まないが、ここで呆(ほう)けていても、何も始まらない。

八雲は、意を決してドアを解錠して押し開けた。

昼間来たときとは異なり、遮光カーテンが閉められているせいもあって、廊下よりはるかに暗い。

電気を点けようとしたが、何度スイッチを押しても反応はなかった。

仕方なく、そのまま部屋の中に入る。

後ろでドアがバタンと閉まるのと同時に、部屋の中は、自分の足下もおぼつかないほどの闇に包まれる。

八雲は、持参したペンライトを点灯させると、部屋の中をじっくりと見て回る。

部屋の中央あたりまで移動したところで、ギシッと大きな音を立て床が軋んだ。

別の場所を踏んだ後に、もう一度、床の中央を踏んで力を込める。昼間に来たときも感じていたが、やはりこの場所だけ床の軋みが大きい。

八雲は、その場に屈み込み、床にペンライトを当てる。

床板の継ぎ目の隙間が、他の場所と比べて広い。それだけでなく、色も少し違っているような気がする。

間違いない。この床は、後から張り替えられたものだ。つまり、この床の下には、何かがある。

この部屋には、建物を修繕するための器具が幾つも置いてあったはずだ。バールのようなものがあれば、床板を剥がして、下を確認することができる。

ペンライトの明かりを頼りに、部屋の中を見回す。

——あった。

八雲は、壁際にあったバールを手にしようとする。

だが、そのバールは八雲が触れる前に、浮き上がった。

視線を上げると、八雲のすぐ目の前に立っている人の姿があった。

その人影は、さっき八雲が手にしようとしていたバールを握っていた。

——マズい。

その人影は、何も語らなかったが、ペンライトの明かりを受けて光る目には、強烈な殺意が宿っていた。

人影がバールを振り上げる。

咄嗟に、八雲は腕で頭を庇(かば)ったが、そんなことをしたところで無駄だろう。死ぬのが、少し遅くなるだけだ。

今、まさに八雲の頭部にバールが振り下ろされそうになった瞬間、「わははははっ

「――」と、何処からともなく笑い声が響いた。

バールを振り上げた人物は、声の出所を探して、右に左に視線を走らせている。

「何処を見ている。ぼくは、ここにいるぞ」

ガシャンッとガラスが割れる音がしたかと思うと、割れた窓から一人の男が部屋の中に入って来た。

白いマント――いや、白衣を翻した御子柴だった。

「ポルターガイストの正体は、やはりお前だったようだな！」

御子柴は、勝ち誇ったように言いながら、狼狽している人影を、棒付き飴で指し示す。

――この人は、何を悠長なことを言っているんだ。

八雲の悪い予感は的中した。人影は、ドアを開けて外に飛び出し逃げていく。

「何をモタモタしている。さっさと追いかけろ」

御子柴が指示を飛ばす。

――本当に腹が立つ。

他人任せにも程がある。それに、御子柴が意味不明な登場をせず、すぐに取り押さえれば、逃げられることもなかった。

八雲は、不満を抱えながらも立ち上がると、部屋を出て、前を走る背中を追いかけた。

人影は、エントランスから外に逃げようとドアを開けた。

だが、そこには後藤が待ち構えていた。

人影は、一瞬、迷ったものの、後藤に向かってバールを振り上げながら突進する。

――バカなことを。

案の定、バールを持った人物は、後藤によって投げ飛ばされた挙げ句、その場に押さえつけられた。

八雲は、必死に暴れて逃げようとする人物の許まで歩み寄る。

「逃げても無駄ですよ。和音さん――」

八雲が見下ろしながら告げると、観念したのか、和音は大人しくなった。

## 11

「おい。八雲。これは、いったいどういうことだ？」

後藤が、もの凄い勢いで八雲に詰め寄って来る。

そういう反応になるのも仕方ない。後藤には詳しい事情を説明することなく、清遊寮の前に待機してもらっていた。

「後藤さんは、事情も分からず、女性を投げ飛ばしたんですか？　本当に酷い人ですね」

八雲が嘲（あざけ）るように言うと、後藤は「てめぇ！」と胸倉を掴んできた。

「バールを振り回して暴れてたんだ。制圧するのは当然だろうが」

——まあ、後藤の主張も一理ある。

相手が女性とはいえ、バールを持って襲いかかってきたのだから、力尽（ちからず）くでも制圧するのは警察官の務めだ。

そもそも、後藤がいなかったら、和音を取り逃がすことにもなっていた。

「まあ、それもそうですね」

「呑気に構えやがって。どういうことなのか、説明しろ」

「分かりました。説明するので、まずは、この人を拘束してください」

八雲に指示されたのが不満なのか、後藤は舌打ちを返してきたが、和音に手錠をかける。

「どうして、こんなことをするんですか。私は、何もしていません。不当逮捕です」

和音が、怒りに満ちた視線を向けながら主張する。

「暴行と公務執行妨害の現行犯だ」

後藤が告げると、和音は悔しそうに下唇を噛む。

「それだけじゃありません。彼女は、ぼくに対しての殺人未遂。それから、殺人、さらには死体遺棄も加わると思います」

「なっ！　殺人に死体遺棄だと！　どういうことだ？」

後藤が、声を荒らげる。

「彼女の車が大学の駐車場に停まっています。そのトランクを調べれば、死体が出てくるはずですよ」

芽衣子の部屋にいたとき、秀美の幽霊が、壁に貼ってあった大学の見取り図の職員駐車場の位置を指差した。

あれは、あの位置に自分の死体があるというメッセージだったはずだ。

秀美の死体を、元々自分が寮生として生活していた部屋の床下に隠した。捨てに行かなかったのは、死体の運搬が目立つうえに、困難だったからだ。

その後、和音は大学に嘱託職員として雇われ、寮の管理担当というポジションを得て、あの部屋を倉庫にすることで、死体の存在を隠蔽し続けた。

だが、耐震強度不足の工事の話が持ち上がったことで、死体を移動せざるを得なくなった。まずは床下から、車のトランクに移動させ、そこから、さらに遠くに運ぶ予定だったのだろう。

「どうして、そんなことになるんだ！　おれに分かるように説明しろ！」

後藤が、さらに大声を上げる。

「うるさい男だな。もう少し静かに喋れないのか。熊みたいに、ガーガー吠えるばかりで、知性の欠片もない」

棒付き飴を咥えた御子柴が、おっとりと姿を現した。

後藤とは対照的に、まるで緊張感がない。

「あんだと？」

突然熊呼ばわりされたことが、よほど腹立たしかったのか、後藤は和音を放置して御子柴に詰め寄る。

だが、そんな威圧で動じるような御子柴ではない。

「ふむ。近くで見ると、常人より顔がデカいな。その割に、脳みそは小動物並みだ。中身は空洞なのか？」

「うるせぇ！　余計なお世話だ！　おい、八雲！　こいつは何なんだ？」

後藤が、八雲を睨み付けてくる。

いきなり、これだけの悪態を浴びせられては、後藤でなくても憤慨するだろう。

「うちの大学の准教授の御子柴先生です。話してはいなくても、顔を合わせたことはあるでしょ」

「そういえば……」

「他人の顔も、ろくに覚えられんとは、救いようのないアホだな」

「てめぇ！　いい加減にしろよ！」

御子柴の放った一言に、また後藤が怒りを爆発させる。

「御子柴先生の言うことに、いちいち腹を立てないでください。この人は、他人を怒らせることにかけては、ぼく以上ですから」

八雲が告げると、後藤はふんっと鼻を鳴らした。

「詳しい事情は、後で説明します。とにかく連行してください」

後藤は不服そうに舌打ちをしながらも、和音を強引に立たせる。これで、ようやく一段落だ。

「本物に、心霊現象の解決を依頼したのが、運の尽きだったな」

御子柴は、和音に歩み寄ると、その耳許で囁いた。

まさにその通りだ。

和音が、心霊現象の解決を依頼したのは、終わらせ方を模索していたからだ。

芽衣子と同じように、心霊現象を隠れ蓑にするまでは良かったが、その後、延々とそれを引き摺るわけにはいかない。

何かしらのかたちで、幕引きをする必要があった。

そこで、八雲が心霊現象を解決できるという噂を聞きつけ、水川と一緒に話を持ち込んだ。

　おそらく、テレビで観るような霊媒師のイメージを持っていた。

だから、適当に塩を撒いたりして、除霊したとでも言うと思ったのだろう。それを機に、ポルターガイストの真似事をやめて、万事解決の予定だったに違いない。

ところが、八雲と御子柴の心霊現象との向き合い方は、和音の想像とは異なるものだった。

　適当な霊媒師を見つけ、そこに依頼すれば、事件は発覚しなかったかもしれない。

「そうですね……先生の仰る通りです……」

　和音が、がっくりと肩を落とす。

「もう一つ。お前に今回の方法を授けたのは、いったい誰だ？」

　御子柴の一言で、和音の目が大きく見開かれた。

「わ、私が自分で」

「嘘を吐くな。さっき検証した。普通にスピーカーから音を出しただけでは、全ての部屋で怪音を聞くことはできない。音が隅々まで行き渡るように計算されている。それだけではない。ポルターガイスト現象に見せかけるために、物を倒すのには、エアーコンプレッサーを使った装置を用いている」

「……」

「これを全てお前一人で考えたとは、思えない」

和音は、御子柴の問いに答えることなく、不敵な笑みを浮かべただけだった。

後藤に連れられて、立ち去る和音の背中を見ていて、何ともいえない不穏な空気を感じずにはいられなかった――。

# エピローグ

「邪魔するぜ」

声とともに、八雲の隠れ家である〈映画研究同好会〉のドアが開いた——。

顔を出したのは、案の定、後藤だった。

「邪魔だと分かっているなら、今すぐ帰ってください」

八雲は、読んでいた文庫本から、顔を上げることなく言い放った。

「うるせぇ！ せっかく事件の報告に来てやったってのに、どういう言い草だ」

後藤は、八雲の言葉にめげることなく向かいの椅子に、ドカッと腰を下ろした。

「頼んだ覚えはありません」

おそらく、清遊寮での一件を報告に来たのだろうが、八雲からしてみれば、正直、どうでもいい。

「つれないことを言うな。本当は気になってるくせに」

——全然、気にならない。

後藤がどんな勘違いをしているのか知らないが、警察が介入した段階で、八雲にとって事件はもう終わっている。

その後、どうなろうと知ったことではない。

だが、後藤がこうなってしまったら、話を終えるまで帰ってはくれないだろう。

「さっさと終わらせてください」

八雲は、ため息を吐きつつ文庫本を置いた。

「ああ。和音って女は、五年前に同じ寮に住んでいた秀美という学生を殺害した。犯行動機は、痴情のもつれって奴だ」

「同じ男性を奪い合ったってところですか」

芽衣子が幽霊に憑依されたふりをして、紗里を襲った理由が、まさにそれだった。

八雲には、たかが恋愛のために人を殺す人間の気持ちが分からない。そうまでして、手に入れる価値があるとは到底思えない。

「いや、少し違うな」

「どう違うんです？」

「和音は、秀美と交際していたそうだ」

「なるほど」

今の時代、さして珍しいことでもない。

そういえば、最初に和音が水川と一緒に来たとき、やけにボディータッチが多かった。水川からすれば、友人だったのかもしれないが、和音は別の感情を抱いていたのかもしれない。

「どうやら、秀美は他に好きな人ができたということで、和音に別れ話を切り出していたらしい」

「別れたくなくて、殺したってことですか」

自分で口にしながら、何だか釈然としなかった。

別れたくないなら、殺すというのは最悪の手段だ。相手が死んでしまったら、復縁の可能性はゼロになる。

「恋愛ってのは、そう単純じゃない」

「まさか、後藤さんから恋愛を語られるとは思いませんでした」

八雲が茶化すように言うと、後藤は「うるせぇ」と口を尖らせた。

「秀美が好きになった相手というのが、男性だったらしい。そのことで、和音は秀美がもう二度と戻らないと悟った。同時に、自分の存在を否定されたと感じたそうだ」

「なるほど」

和音は、二度と復縁がないと悟ったからこそ、誰かに奪われるくらいなら、自分だけのものにしようと考えたわけだ。

昨今は、ＬＧＢＴＱなどの性的マイノリティーに対して、理解が深まってきたが、それでも偏見があるのは事実だ。自分を選んでくれたと思っていた秀美の愛の対象が、男性であったことは、和音にとって許し難い裏切り行為であり、怒りを増幅させることになったのだろう。

「和音は自分の部屋で秀美を殺害した後、死体の処理に困った。女性一人で死体を動かすのは、なかなか骨が折れるうえに、他の寮生の目もある。そこで――」

「自分の部屋の床下に隠した――というわけですか」

「まあ、そんなところだ。いつか、死体を動かさなきゃならないと思っていたらしいが、結局、その機会がないまま卒業して、寮を出ることになってしまった」

「そうですか」

そこから先は、だいたい想像がついている。

死体は動かしたいが、いい方法が見つからず、時間だけが過ぎ、大学を卒業して寮を出ることになってしまった。

そこで、大学に嘱託として勤務して、寮の管理担当になり、死体が埋まっている部屋を倉庫として利用することで、死体を隠し続けた。

ところが、耐震強度不足のため、寮に工事が入ることになり、和音は慌てた。

死体を移さなければならないが、床下から引っ張り出すのには、相当な音が出てしまう。そこで、ポルターガイスト現象をでっち上げ、その音に紛れて死体を掘り起こす作業をしていたのだ。

部屋の外に出ると呪われる——という妙な噂が流れていたが、その発信源は、間違いなく和音だろう。

その噂を流すことで、寮生たちを部屋から出さないようにした。

問題は、ポルターガイスト現象の終わらせ方だった。急に、現象が終わったのでは、あまりに不自然だ。

そこで、除霊をしたことで、ポルターガイスト現象が収まったことにしたかった。だから、わざわざ相談を持ちかけたのだ。

「だが、一つ妙だとは思わないか？」

後藤が考え込むように腕組みをした。

「何がです？」

「死体を掘り起こすのに音がするのは当然だが、埋めるときだって同じだろ」

「夏休みだったからですよ」

「は？」

「だから、死体を埋めたときは、夏休みで、他の寮生たちが帰省していたタイミングだった。音が出ても、誰も聞いていませんよ」

「そういうことか……。でも、だったら、今回も夏休みに掘り起こせば良かっただろ」

「夏休み中ずっと全員が帰省しているわけじゃありません。残る寮生もいる。他の年は、そういう学生が多かったんでしょ」

「なるほどな」

「さあ。話は終わったんですから、さっさと帰ってください」

八雲は、後藤を追い出すように手で払ったが、後藤は動かなかった。

「もう一つ、引っかかることがあるんだ」

「何です？」

「フェルマー」

「後藤さんから、数学者の名前が出るとは、夢にも思いませんでした」

「フェルマーって数学者なのか？」

「知らずに名前を出したんですか？」

「和音が言っていたんだ。今回の計画は、ネット掲示板でフェルマーと名乗る人物に、レクチャーを受けたんだって」

——またフェルマー。

後藤から、その名が出たときに、嫌な予感がしていたが、やはりそうだったか。前回の事件に引き続き、今回の事件でも、フェルマーが裏で糸を引いていた。

——ただの偶然か？

二分の一の確率が、二回連続で起きただけだ——と言いたいところだが、そうとはいえない。分母が特定できていないからだ。

「お前、ネット上でフェルマーと名乗る人物に、心当たりはないか？」

「あるわけないでしょ」

「そうか」

後藤は、八雲の嘘に気付くことなく、落胆したように肩を落として部屋を出ていった。

フェルマーが何者かなど、八雲が考えることではない。こんなのは、ただの偶然に過ぎない。

テーブルの上の文庫本を手に取ったところで、再びドアが開いた。

「もう用事は終わったはずです。帰ってください」

「熊とぼくを一緒にするな」

視線を上げると、そこには後藤ではなく、御子柴の姿があった。

思わずため息が漏れる。

「何の用ですか？」

「それより、ぼくと熊を同類に扱ったことを謝罪しろ」

「どうして後藤さんが来ていたと分かるんですか？」

「見ていたからな」

「見ていた？」

「そうだ。ぼくは、あの熊は嫌いだ。何せ知性がない」

確かに、御子柴と後藤の相性は悪そうだ。こんなことなら、もう少し後藤に部屋にいてもらった方が良かったかもしれない。

「で、何の用ですか？」

用事があるなら、さっさと済ませて帰って欲しい。

「その前に、どうして、あの熊ちゃんにフェルマーを知らないと嘘を吐いた？」

「聞いてたんですか？」

「あの熊は、声がデカいからな。こんな薄いドアでは、外まで筒抜けだ」

御子柴がトントンとドアを叩く。

——本当に面倒な人だ。

「別に理由なんてありませんよ。ただ、何となく——です」

「そうやって、逃げていても何の解決にもならんぞ」

「そうですか？」

「そうだ。お前が望むと望まざるとにかかわらず、フェルマーはお前の前に現れる」

御子柴は、何かを確信するように言った。

「そう思う理由は何です？」

「フェルマーは、間違いなくうちの大学の関係者だ」

「根拠は、あるんですか？」

「フェルマーが書き込んだ掲示板は、全てうちの大学のものだった。さらに、フェルマーは複数のIPアドレスを使い分けていたが、そのうちの一つは、うちの大学の情報処理室のパソコンであることが確認された」

御子柴は、さも自分で集めた情報であるかのように語っているが、おそらくは青埜の検証によるものなのだろう。

あのとき、八雲が受け取ったUSBの資料に記されていたに違いない。

「でも、それだけでは……」

「そのうえ、フェルマーが関与していた二つの事件は、何れも大学の関係者の中で起こっている。これは、単なる偶然では片付けられない」

御子柴の言う通り、偶然と片付けてしまうには、状況証拠が揃い過ぎている。フェルマーは、大学の関係者だと見て間違いないだろう。

だが、だとすると――。

「まあ、本来のぼくの用件はフェルマーのことではない」

御子柴は、そう言うと持っていた紙袋から、大量の資料を引っ張り出し、テーブルの上にドサッと置いた。

「これは何ですか？」

「七年前に起きた、ある交通事故に関する資料だ」

「交通事故？」

「そうだ。詳しい説明は省くが、事故に関与したバイクが、現場から逃走した痕跡がある」

「そうですか……」

――何だか嫌な予感しかしない。

八雲は、「用事があるので」と席を立とうとしたが、御子柴に腕を摑まれてしまった。

「この資料を元に、現場から逃走したバイクが何処に行ったのか、その所在を突き止めるための検証を行う」

多分、前に言っていた御子柴をスカウトしようとしている、警察官からの依頼なのだろう。

「頑張ってください」

「お前も手伝うんだよ」

「嫌ですよ」

「どうして？」

「どうしてって――嫌だからですよ」

「そうか。嫌なら仕方ない。ただ、こちらにも考えがある」

御子柴がニヤッと笑みを浮かべた。また、良からぬことを考えている。

こうなったら、どう足掻(あが)いても逃げられない。八雲は、諦めて文庫本を置くと、テーブルの上の資料と向き合った。

# 第三話　怨霊のパラドックス

# プロローグ

誰かに呼ばれたような気がして、ふと目を覚ました。

まだ深夜の三時だ。

部屋の中は暗かったが、窓から差し込む月明かりで、辛（かろ）うじてその輪郭を映し出していた。

ゆっくりと身体（からだ）を起こし、部屋の中を見回してみるが、人の姿はない。

呼ばれた——と感じたのは、単なる思い違いだったようだ。

再び、眠りに就こうとしたところで、ふっと視界の隅を何かが通り過ぎたような気がした。

慌てて、顔を向けるが、やはりそこには何もない。部屋の隅に、一際濃い影ができているだけだ。

こんな風に、反応してしまうのは、疲れているからなのだろう。

ベッドに倒れ込み、瞼（まぶた）を閉じた。

——お願い。

意識が眠りに呑（の）み込（こ）まれる寸前、誰かの声がした。

「え？」

驚きとともに、ベッドから飛び起きた。

視線が、部屋の隅の影に吸い寄せられる。誰もいないはずなのに、そこから目が離せなくなった。

ポロン――。

ピアノの鍵盤を叩く音がする。

ポロン、ポロン――。

次々と音が零れ出す。

誘うように、導くように――。

あの影の向こうから聞こえてくる気がする。

床に足を着き、ゆっくりと影に向かって歩みを進める。だが――。

部屋の隅に辿り着いたときには、ピタッとピアノの音がやんだ。手を伸ばして、部屋の隅の壁に触れてみたけれど、何もなかった。

――やはり勘違いだったようだ。

目頭を指で揉み、ベッドに戻ろうとしたところで、ギシッと床を踏む音がした。自分は動いていないのに、なぜ音がするのか？

いや、音だけではない。

背後に、誰かが立っている気配がする。

誰かが自分の名を呼ぶ声がした。

それは、鼓膜を振動させる音ではなく、直接、脳に語りかけてきている。そんな不思議な感覚だった。

怖さはあったが、それだけではなく、なぜか、表現し難い懐かしさを感じた。

——振り返ってはいけない。

頭では分かっていたが、抗うことができなかった。ゆっくりと振り返ると、そこにいたのは——。

## 1

「もしかして、斉藤八雲ってのは、お前？」

ノックもなくドアが開いたかと思うと、誰かが〈映画研究同好会〉の部屋に入って来た。

八雲は、読んでいた文庫本から顔を上げた。

軽薄を体現したような男二人組だった。ヘラヘラした緩い笑みを浮かべ、面識もないのに、なれなれしく喋る口調が鼻に付く。

「もしかしなくても、そうです。勝手に入って来て、何の用ですか？」

八雲がいるこの部屋は、大学側がサークルや部活動の拠点として貸し出している場所で、名目は〈映画研究同好会〉ということになっているが、同好会としての活動実績はない。八雲が、虚偽の申請書類を提出し、文字通り自分の隠れ家にしている。

男たちからすれば、部室に顔を出したくらいの感覚かもしれないが、八雲からしてみれば、自宅に勝手に入られたようなものだ。不愉快極まりない。

「お前、超能力使えるらしいじゃん。今、ここで見せてよ」

一人が冷やかすように言った。

──不躾にも程がある。

八雲は、首を左右に振りながらため息を吐いた。

妙な噂が蔓延してしまったものだ。出所は見当がついている。准教授の御子柴岳人だ。

今は、黒い色のコンタクトレンズで隠しているが、八雲の左眼は生まれつき赤い。ただ赤いだけではなく、死者の魂──つまり幽霊が見える。自分の意思とは関係なく幽霊が見えるせいで、これまで散々、奇異の視線に晒されてきた。

それだけではなく、さまざまな心霊事件に巻き込まれることにもなった。

大学に入ってからは、それを徹底して隠して生活するはずだったのだが、ひょんなことから御子柴に、幽霊が見えることを看破されてしまった。

それだけならまだ良かったのだが、御子柴は、こともあろうに、数学を用いて幽霊の存在、あるいは非存在を証明すると意気込み、検証に使うデータを集めるために、八雲には超能力があり、心霊事件を解決できるという噂を流したのだ。

お陰で、遠ざけようとしていた心霊事件に関わる頻度が上がっただけでなく、今、目の前にいる男たちのような、冷やかし目的の連中を呼び寄せることになってしまった。

「嫌です」

八雲が拒絶すると、男たちは不思議そうに顔を見合わせた後「どうして？」と投げかけてきた。

――こいつら、頭が悪いのか？

「ぼくには、何のメリットもありません」

男たちの好奇心を満たすために、無条件で協力してやる義理はない。

そもそも、八雲は幽霊が見えるだけで、この男たちが考えているだろう、念動力や透視といった超常現象的な能力は持ち合わせていない。

「何だよ。メリットって」

「ケチ臭い奴だな。本当に超能力があるなら、見せてくれてもいいだろ」

――ケチはどっちだ。

「ぼくとあなたたちは、友だちですか？」

八雲が問うと、男たちは再び顔を見合わせながら「いや」と否定の返事をした。

「では、親戚か何かですか？」

「違う」

「友だちでも、親族でもないのに、無償で何かしてあげるというのは、不自然ではありませんか？」

正論をぶつけたことで、男たちは押し黙った。

「出口はそこです」

八雲は、ドアを指差して帰るように促した。

そのまま帰るかと思ったのだが、男たちは耳打ちするようにして、何かの相談を始める。まあ、そんなことをしても意味はない。

そのうち帰るだろうと、八雲は文庫本を手に取り、再び読み始めた。

バンッと音がしたが、それはドアの閉まる音ではなかった。テーブルの上に、千円札が二枚置かれていた。

「金を払えば、見せてくれるんだろ」

「その代わりインチキだったら、お前が払えよ」

男たちは勝ち誇ったように言う。

——面倒臭い。

繰り返しになるが、八雲は幽霊が見えるだけで、男たちが満足するような超能力は持ち合わせていない。

断って帰ってもらおうかと思ったが、ふとドアに貼ってある鏡が目に入った。

御子柴が、自席にいながら部屋の状況を把握するために、部屋のあちこちに鏡を貼っているのを見習って付けたものだ。

——これは使えるかもしれない。

別に、男たちを喜ばせるつもりはないが、二千円あれば、京極夏彦の新刊が買える。

「分かりました」

八雲は立ち上がり、部屋の隅にある冷蔵庫の前まで移動して、中から紙のケースに入ったトランプを取り出し、それを男たちに投げた。

男たちは、冷蔵庫の中でキンキンに冷えたトランプを不思議そうに見つめている。

「そのトランプに、仕掛けがないことを確認してください」

八雲が口にすると、男たちはようやくどういうことなのか理解したらしく、トランプをケースから出し、つぶさに観察する。

いくら確認しても、不審な点が見つかるはずがない。そのトランプには、文字通り種も仕掛けもない。

「普通のトランプだ」

「それで、どうするんだ？」

男たちは、納得したらしく口々に言う。

「透視です」

「透視？」

二人が揃(そろ)って口にする。

「ええ。そのトランプの中から、一枚だけぼくに見えないように選んでください。ぼくがそれを当てます」

八雲が説明を加えると、男たちは理解したらしく、二人で相談したうえで、一枚トランプを選んだ。

「選んだら、ぼくに見えないように、そのトランプを掲げてください」

男の一人が、八雲の指示通りにトランプを掲げる。

ドアに貼ってある鏡のお陰で、八雲の位置から絵柄は丸見えなのだが、いきなり当ててしまったのでは嘘臭(うそくさ)くなる。

それっぽい演出を入れる必要がある。

八雲は、右目を掌(てのひら)で覆うと、トランプに手を翳(かざ)しながら「ぐっ」と、苦しそうに唸(うな)ってみせる。

しばらく、そうした後に、大げさに肩で息をして、「ハートのエース」と告げた。

男たちは目を丸くして驚いている。

「これで、満足しましたか？」

「もう一回」

「そうだ。もう一回」

男たちが、子どものようにせがんでくる。

「お断りします。透視は、網膜に大きな負担がかかります。一日一回にしておかないと、失明の恐れがあります」

――何だ。その謎設定。

自分で突っ込み、笑いそうになったのを、必死で堪える。

かなり強引な設定ではあるが、どうやら男たちは信じたらしく、しぶしぶ部屋を出ていった。

去り際に「また来る」と言い残していった。

面倒ではあるが、こんな簡単に二千円が手に入るなら、チョロいものだ。席に戻り、二千円をポケットに押し込んだところで、再びドアが開いた。

## 2

「鏡を使った詐欺まがいの方法で小銭を稼ぐとはな」

ぼやくように言いながら、部屋に入って来たのは、御子柴岳人だった。

この口ぶりからして、ドアの外で話を聞いていたらしい。

顔はバランスよく整っているが、パーマを失敗したようなぼさぼさ髪のせいで、野暮ったい印象がある。

常に白衣を身に纏って いることから、一部の女子学生からは、白衣の王子様――などと呼ばれているが、御子柴の中身を知らないから、そんなことが言えるのだ。

外見はともかく、御子柴は王子様からほど遠い男だ。

「警察にでも通報しますか？」

八雲が訊ねると、御子柴は少し考えるように視線を漂わせた後「いや」と否定して、八雲の向かいの席に腰を下ろした。

「警察には言わないが、その代わりに、ぼくと一つ勝負をしようじゃないか」

御子柴が、白衣のポケットから棒付き飴を取り出し、それを口の中に放り込むと、ニヤリと笑ってみせた。

嫌な予感しかしない。

「勝負——ですか？」

「そうだ」

御子柴は、テーブルの上に置いてあったトランプを手に取ると、その中からジョーカーを取り出し、絵柄を上にして置いた。

次いで、スペードのエースとハートのエースを取り出すと、それぞれジョーカーを挟むようにして置いた。

「ここに三枚のカードがある。もし、お前がジョーカーを引き当てることができたら、このことは黙っている」

御子柴は、説明しながら、三枚のカードをシャッフルすると、全てを裏面にしてテーブルの上に置いた。

「もし、ジョーカーを当てることができなかったら、御子柴先生は、さっきのことを警察に通報するのですか？」

「無論だ。ペナルティーがなければ、ゲームとして成立しない。さあ。どれがジョーカーだと思う？」

こんなゲームは拒否したいところだが、御子柴は一度言い出したら考えを曲げない性格であることは、これまでの経験で痛いほどに分かっている。

「確率は三分の一――ということですね」

「ああ。そうだ」

鏡のトリックのことをバラされるのは厄介なので、できればジョーカーを引き当てたい。

だが、シャッフルしているときに、ジョーカーの位置を目で追おうとしたが、途中で分からなくなってしまった。

元々、何の仕掛けもないトランプなので、勘を頼りにするしかない。

「真ん中でお願いします」

八雲は諦めとともに口にした。

「本当に、これでいいのか？」

「ええ」

「一回だけなら変えても構わないぞ」

御子柴は、精神的に揺さぶりをかけてきているようだ。

「いえ。このままでいいです」

「そうか。では、もう一つ条件を付けてやろう。これは外れだ」

御子柴は、八雲から見て左にあるカードをひっくり返した。現れたのは、ハートのエースだった。

「どうして、ひっくり返したんですか？」

「どうしても、こうしてもない。ただ、条件を付加しただけだ」

御子柴の声音に変化はみられない。

「そうですか」

三分の一だった確率を、二分の一に変更したということか。

「さて、もう一度言う。選んだカードは、一度だけなら変更しても構わない」

「いいえ。このままで構いません」

八雲は端的に告げる。

わざわざ、御子柴がこんなことをしたということは、それこそ八雲に揺さぶりをかけるためだろう。

どうして、そんなことをする必要があったのか？　それは、八雲が選んだカードが正解だからに他ならない。御子柴は、八雲に不正解を引かせようと誘導しているのだ。

「言っておくが、これはあくまで確率の問題だ」

「分かっています」

「いいや。お前は、全然、分かっていない。今回のように、外れが提示されたとき、選択を変えた場合と、そうでない場合で、どのように確率が変動するかを、しっかりと考えろ」

「考えたうえでの返答です。選択を変えようと、変えまいと、残ったカードは二枚なんですから、確率は二分の一です」

「残念だったな。変えておけば、正解できたものを」

御子柴は、八雲が選択した真ん中のカードをひっくり返した。

スペードのエースだった。

「そうですね。御子柴先生が、心理戦を仕掛けてきているのは分かりましたが、読み間違えました」

八雲が答えると、御子柴は「アホが」と吐き捨てるように言った。

ゲームに負けた悔しさも手伝って、その言いように腹が立った。

「何がアホなのですか？」

「ぼくは、あくまで確率の問題だ――と言ったはずだ。それを、お前は勝手に心理戦だと勘違いした。だから、アホだと言ったんだ」

「どう考えても、心理戦ですよね」

「全然、違う。これは、モンティ・ホール問題の応用だ」

「モンティ・ホール問題？」

「そうだ。アメリカの有名な司会者、モンティ・ホールが、番組で今と同じ条件での出題を行った。このとき、選択を変えた場合と、変えない場合で、どちらの確率が上がるのか、数学者たちの間で議論になった」

「変えても、変えなくても、選択肢が二つになった段階で、確率は二分の一のはずです」

八雲が答えると、御子柴がニヤリと笑う。

「ミス？」

「多くの数学者がお前と同じミスをした」

「そうだ。いいか。この問題の前提条件は、ぼくが何処に正解のカードがあるのかを知っているということだ。つまり、一つだけオープンにするとき、必ず不正解のカードをめくる」

「そうですね」

「お前が選択を変えないということは、確率は三分の一のままだ。カードを変える選択をする場合も正解のカードである確率は、やはり三分の一だ」

「でも、一枚のカードは既にオープンにされています」

「だから——だよ。場にカードはまだ三枚あるんだ」

——そういうことか。

ようやく納得した。カードがオープンになっていたとしても、三枚のカードの中に、正解のカードがある確率は、三分の一のままだ。

選択を変えない場合、その確率は不変だが、変えた場合は、オープンになっているカードを選択肢から省くので、三分の二になるわけだ。

「ぼくが、勝手に確率を二分の一だと思い込んでしまったというわけですね」

「正解。なぜ、このような現象が起きるか分かるか？」

「確率の知識がなかったから――ですか？」

「違う。感情に支配されたからだ。この手の選択を迫られたとき、最初の選択を変えたうえで、外れることが、心情的に、もっとも悔しい結果になる」

「まあ、そうですね」

「お前は、そうなることを恐れたからこそ、選択を変えなかったんだ」

御子柴の言う通りだ。

心情に流されることなく、正確に確率として捉えたなら、選択を変えることで、正解する確率を上げることができた。

しかし、その選択をして、もし外れたら――というバイアスが働いたわけだ。

「ぼくの完敗です。どうぞ鏡を使ったトリックを、暴露してください」

八雲は、両手を挙げて降参のポーズを取った。

「あれは嘘だ」

「は？」

「お前が、真面目に問題に取り組むように、条件を付けたに過ぎない」

「では、黙っていてくれるということですか？」

「ふむ。それについては、お前の返答次第だな――」

勝ち誇った御子柴の笑みを見て、八雲はげんなりした。この人が、こういう顔をするのは、決まって厄介ごとを持ち込んだときだ。

「どうせ心霊現象を解決しろ――という話でしょ？」

八雲が疑問を投げかけると、御子柴が「ご名答――」と嬉しそうに言いながら、拍手をしてみせた。

「どんな内容なんですか？」

やっぱりそうだ。何とか拒否したいところだが、こうなってしまっては、断る術がない。八雲は、諦めとともに口にした。

「うちの大学の法学部の教授の家で、心霊現象が起きているという相談が持ち込まれた」

「家に幽霊が出るということですね」

「そうだ。念のため、言っておくが、事故物件とかではないぞ。昔から住んでいる戸建てだ」

御子柴が、八雲の考えを先読みするように言った。

「どんな心霊現象が起きているんですか？」

「前から、気配を感じたり、視線を感じたり――というようなことが頻繁に起きていたらしい」

「勘違いじゃないんですか？」

「お前は、本当にバイアスだらけだな」

「別に、バイアスをかけているつもりはありません」

御子柴が、すっと腰を上げたかと思うと、唐突に八雲の額にデコピンをした。

めちゃくちゃ痛い。

「急に何をするんですか？」

「自覚していないようだから、目を覚まさせてやったんだ」

「は？」

「お前は、心霊現象を早々に処理することを大前提にしている。だから、勘違いであったという結論に落とそうとする。それは、バイアス以外のなにものでもない」

――ド正論だ。

これにはぐうの音も出ない。御子柴の言う通り、心霊事件を早急に処理することを大前提にしていた。悔しいが認めるしかない。

「分かりました。どうぞ続けてください」

八雲は観念して、先を促した。

「最近になって、教授は誰もいない自宅の書斎で、声を聞くようになったそうだ」

「声——ですか」

「そうだ。何処からともなく、声がするらしい。そんなことが頻繁に起こるそうだ」

建て付けの問題では？　と口にしようかと思ったが、またデコピンが飛んで来そうなのでやめておいた。

「なるほど」

「同様の現象は、教授の息子も体験している」

「そうですか」

詳しい内容を聞いてみないと、判断はできないが、複数人が同様の現象を体験しているのだとすると、単なる勘違いでは済まないだろう。

「それと、もう一つ——」

御子柴は、そう言って、テーブルの上にタブレット端末を置いた。

モニターには、一枚の写真が表示されている。

窓ガラスを撮影した写真で、八雲はすぐにその異様さに気付いた。窓ガラスには、血のような赤い塗料で次のように記されていた。

〈お前を赦さない
　罪を償わなければ
　　お前の命日になる――〉

「これは、また厄介ですね」

ため息交じりに言う八雲とは対照的に、御子柴は何だか嬉しそうだった――。

3

「ここが問題の家ですか？」

八雲は、目の前にある一軒家を見上げながら、隣にいる御子柴に訊ねた。

レンガ造りの英国風の瀟洒な二階建てで、築年数はそれなりに経過しているが、堅牢そうだ。

庭の芝生は綺麗に刈り揃えられ、大きなもみの木が立っている。花壇に並ぶ、秋桜の花も綺麗だった。

建物の横にはガレージがあって、いかにも高級そうなセダンと、レーサータイプのバイクが置かれていた。

この一角だけ、異国に迷い込んだような錯覚を受ける。

それだけに、幽霊というのが、どうにもマッチしない。エクソシストでも呼んだ方がいいのではないかと思う。

「そうだ。何か見えるか？」

御子柴は、白衣のポケットに両手を突っ込み、口の中で棒付き飴を転がしながら訊ねてくる。

「いいえ。外観を見ただけですから何も……」

「それもそうだな。さっさと、中に入るとするか」

御子柴は、そう応じると、門扉を開いて敷地(しきち)の中に入っていく。八雲も、その後に続いた。

「そういえば、心霊現象の依頼人は誰なんですか？」

八雲は、歩(ほ)を進めながら訊ねる。

御子柴から、大学教授だと聞かされているが、名前は知らされていない。

「法学部の海藤(かいどう)教授だ。元検察官で、五年ほど前に大学の教授になった人物だ。お前も、名前くらい聞いたことがあるだろう？」

「知りません。理工学部ですから、他の学部とは接点ありませんし」

「お前は、本当に他人に興味がないな」

「御子柴先生も、他人のことは言えないと思いますけど」

「お前と一緒にするな。ぼくは、ちゃんと他人に興味を持っている。その判断基準が数字というだけだ」

御子柴は、不機嫌に言いつつ、玄関の脇にあるインターホンを押した。

すぐに扉が開いて、中から一人の女性が姿を現した。

年齢は、八雲より少し上だろうか。薄化粧で飾り気がなく、髪は団子にして纏めてあった。チノパンにブラウス。それに黒いエプロンという、喫茶店の店員のような格好をしている。

「御子柴先生と、斉藤八雲さんですね。お待ちしていました」

女性が丁寧に頭を下げる。

「お前は誰だ？」

御子柴が、ぶっきらぼうに問う。

「海藤教授のゼミの学生で、早坂志保といいます。この家でハウスキーパーのアルバイトをしているんです」

それでエプロンを着けているのか――と納得する。

「専属なのか？」

「いいえ。週三回だけです。でも他の日は、海藤教授から、ご指導を受けているので、家にはほぼ毎日います」

「なるほど」

御子柴は、何かを考え込むように、顎に手を当てた。

「立ち話も何ですから、取(と)り敢(あ)えず中に——」

早坂の案内で、八雲は御子柴と一緒に家の中に入った。

玄関に入ると、吹き抜けのホールになっていて、外から見たときより広く開放感があった。

早坂の掃除が行き届いているらしく、床も窓も綺麗に磨き上げられている。

「こちらです」

早坂に促されて、ホールを抜けた先のリビングルームに足を運ぶ。

広さもさることながら、アンティーク調の家具が配置されていて、落ち着きがある空間だった。

「敬一(けいいち)さん。お連れしました」

早坂が言うと、ソファーに座っていた二人の男女が立ち上がった。女性の方は、見覚えがないが、男性の方は面識があった——。

前に八雲の許(もと)に、心霊現象の相談を持ち込もうとした学生だ。御子柴のところに、学部変更の相談に来ているのを見かけたこともある。

前に会ったときは、その背後に幽霊が憑いていたが、今はその姿がない。

「御子柴先生。わざわざ、ありがとうございます。それから——斉藤さんでしたね」

「どうも。御子柴先生の手伝いで来ました」

八雲が会釈をすると、御子柴がむっとした顔をした。

「何を言っているんだ。手伝いはぼくの方だ。解決するのは、お前だろ——」

御子柴が、八雲を指差した。

——余計なことを。

「解決するのは、斉藤さんなんですか。ということは、やはりあのとき、嘘を吐いていたんですね」

敬一が、笑みを浮かべた。

八雲の許に、心霊現象の相談に来たとき、幽霊は非科学的だと、門前払いにしたことを根に持っているのだろう。

後になって、のこのこと御子柴と一緒に心霊事件を解決しに来たのだから、余計にそう思うのかもしれない。

「何の話だ？」

御子柴が口を挟んできた。

「実は、一ヵ月ほど前に、ぼくは斉藤さんのところに、心霊現象の相談を持ちかけたんです。でも、そのとき、幽霊なんて存在しないと断られてしまって……」

「ほう。ぼくは、そんな話は聞かされていない。お前は、体よく断って、有耶無耶にしようとしたというわけか」

御子柴が、嫌みったらしく八雲を流し目で見る。

こうなると、申し開きができなくなる。

「否定はしません」

八雲は肩をすくめるようにして答えた。

「お前も、無駄なことをするな」

御子柴は、ふんっと鼻を鳴らして笑う。

「無駄とは？」

「一時的に逃げたとしても、根本的な解決ができていない以上、結局は、自分のところに戻ってくるんだよ」

したり顔の御子柴がむかつく。

「因果応報とでも言いたいんですか？」

「インカ文明がどうしたって？」

——誰がそんな話をした！

やはり御子柴は、数学以外の知識に関しては絶望的だ。

「因果応報と言ったんです。この程度の言葉も知らないんですか？」

八雲に反論されたことが、よほど気に食わないのか、御子柴は文字通りの地団駄を踏む。まるで子どもだ。

その様子を見ていた敬一が、声を上げて笑った。

「仲がいいんですね」

「そう思われるのは、とても心外です」

八雲が答えると、敬一は、また声を上げて笑った。

「あっ、そうだ。こっちは、ぼくの彼女で、鈴本星羅です」

一頻り笑ったところで、敬一は隣に立っている女性を紹介した。

「敬一君と同じ、明政大学の一年生の鈴本星羅です。よろしくお願いします」

星羅が、かしこまった調子で頭を下げた後、にっこりと微笑みかけてきた。

黒髪のロングにナチュラルメイク。かわいらしさを強調した、清楚系の服装をしていて、喋り方も、仕草も上品だ。

一部の男には、熱烈に支持されるかもしれないが、八雲はこの手のあざとさが滲み出たタイプが大の苦手だ。

「どうも。それで、どうしてこちらに？」

八雲はため息を呑み込んで訊ねた。

「今日は、見学させてもらおうと思って」

星羅が笑顔で応じた。

「本当に、ただの見学ですか？」

「はい。御子柴先生と、斉藤さんの噂を友だちから聞いて、どんな人か興味があって」

星羅が上目遣いに言う。

――ただのヤジ馬か。

まさか、心霊現象の解決の場に、自分の恋人を同席させるとは。呆れてものが言えない。

敬一が訊ねてきた。

「星羅。御子柴先生と、斉藤さんの噂って何？」

「御子柴先生と、斉藤さんって、女子学生から結構、人気あるんだよ」

「何だよそれ」

敬一が、少し怒った表情をする。

「敬一君。妬いてるの？」

星羅が悪戯っぽく微笑む。

「別に――」

少女漫画のようなやり取りに、吐き気を覚える。

御子柴も、冷ややかな視線を送っている。早坂も、呆れたように苦笑いを浮かべていた。

「そんなことより、心霊現象についての相談ですよね。詳しく教えてください」

いつまでも、こんな茶番を見ていられない。八雲は、強引に話を本筋に戻した。

「そうですね。今、海藤教授を呼んで来ます」

早坂は、そう言うと一礼してから部屋を出ていった。

敬一と星羅は、寄り添うようにソファーに腰掛け、こそこそと、さっきの続きを話している。

その様子を見て、思わずため息が出た。

「機嫌が悪いようだな」

御子柴が、八雲に囁くように声をかけてきた。

「別に普通です」

「嘘が下手だな。本当は羨ましいんだろ？」

「何がです？」

「お前も、異性といちゃいちゃしたいんじゃないのか？」

「バカ言わないでください」

「じゃあ、何に腹を立てているんだ？」

「心霊現象の解決は、遊園地のアトラクションじゃありません。いちゃいちゃしたいなら、余所でやって欲しいと思っているだけですよ」

八雲は突き放すように言った。

事件に無関係な人間が、こうも押しかけて来ているのでは、集中ができない。

「お前は、相変わらず感情で物事を見ているな」

「どういう意味ですか？」

八雲は、ソファーに腰掛けながら訊ねる。

「言葉のままだ。まあ、そのうち嫌でも分かるだろ」

御子柴は、意味深長に言うと、どっかと手近にあるソファーに腰を下ろした。足を組み、口の中で棒付き飴を転がす姿を見て、何だか苛立ちが募った。

## 4

しばらく待っていると、早坂とともに、海藤教授がリビングに入って来た。

年齢は、六十代といったところだ。敬一の年齢からして、四十代か五十代くらいだと思っていたが、思ったより高齢に見える。

元検察官と聞いていたので、厳格な人物を想像していたのだが、息子によく似て、柔和な顔立ちをした人物だった。

ただ、その中にあって、目だけは鋭かった。加齢もあって、濁ってはいるが、一分の隙もない。

「海藤です。わざわざ、ご足労頂きまして、ありがとうございます。御子柴先生のご活躍は、兼々耳にしています」

海藤がにこやかに言いながら、御子柴に握手を求めた。

「へぇ。ぼくのことを知っているんだ」

「それはもちろん。若き数学の天才だと評判ですよ」

社交辞令なのだろうが、御子柴はそうは受け取らなかったらしく、「当然だ。ぼくは活躍しているからな」と、上機嫌に海藤の握手に応じる。

本当に単純な人だ。

「それで、そちらは――」

海藤が八雲に視線を向けてきた。

「斉藤八雲です。まあ、御子柴先生の助手のようなものです」

細かい説明をするのが面倒なので、適当な言葉を並べたのだが、御子柴は納得がいかなかったらしい。

「何を言っている。助手はぼくの方だろ」

「は？」

「だから。幽霊に関しては、ぼくは専門外だ。お前がメインで、ぼくが助手だと言っているんだ」

御子柴が憮然と言う。

冗談じゃない。こんなにも自分勝手で、面倒臭い助手などいらない。思いはしたが、口に出せばややこしいことになるので、黙っていることにした。

「ずいぶんとお若いので、助手の方かと思っていました」

海藤が、驚いたように口にする。

「数学に関しては、ぼくの足下にも及ばないが、心霊現象に関しては、専門家と言っていい」

御子柴が、珍しく持ち上げてくる。

何か裏があるのではないかと、勘繰ってしまうのは、考え過ぎだろうか。

まあ、何れにせよ、心霊現象の調査については、八雲が主導権を握れという意思表示なのだろう。

「それで、心霊現象のお話を伺いたいのですが……」

八雲がそう切り出すと、海藤は、「そうでしたね」と小さく頷いてみせる。

「心霊現象を確認したのは、どれくらい前からですか？」

八雲は、慎重に質問を切り出した。

「一ヵ月くらい前でしょうか。私が書斎にいるとき、妙な気配を感じるようになったのです」

「気配――ですか」

「ええ。誰かにじっと見られている気がして、ふと視線を上げる。でも、そこには誰もいない。視界の隅を、影のようなものがすうっと横切った気がしたり、そんなことが、頻繁に起こるようになりました」

「幽霊の姿を、はっきり見たわけではないのですね」

「ええ。気配については、勘違いと言われれば、それまでなのですが、最近は、声が聞こえるようにもなったんです」

「声――ですか」

「ええ。部屋のあちこちから声がするんです」

「その声が、何と言っているかは、分かりますか？」

「それが、はっきりと聞き取ることはできませんでした。しかし、私に何かを訴えかけてきている気がしてならないのです」

「はっきりと聞き取れていないのに？」

「はい。妙な話ですよね。何を言っているのか分かりませんが、それでも、そんな気がして仕方ないのです」

鋭かったはずの海藤の目が、ふっと鈍った気がした。そのことが、八雲に引っかかりを残す。

「教授は、その幽霊を追い払うことを望んでいるんだな」

これまで黙っていた御子柴が口を挟む。

海藤は、一度目を伏せた後、首を左右に振った。

「いえ。むしろ逆です」

「逆？」

八雲は、驚きで声が裏返った。

除霊が目的でないのだとしたら、どうして、海藤は心霊事件の相談を持ちかけたのだろう。

「ええ。私は、幽霊が何を訴えているのか、その声を聞きたい。できることなら、その願いを聞き入れたいと思っている」

――幽霊の願いを叶えたいということか？

冗談にしては質が悪いとも思ったが、海藤の目を見る限り、ふざけているわけではなさそうだ。

ここにきて、八雲はさっき感じた引っかかりの正体に気付いた。

海藤は、幽霊を恐れていないのだ。むしろ、幽霊に会うことを望んでいるように見える。

「海藤教授としては、ぼくたちに、幽霊の声を聞き、何を訴えているのかを調べて欲しいということですね」

確認の意味を込めて口にすると、海藤は「その通りです」と大きく頷いた。

「幽霊の願いを叶えたいと思う理由は何だ？」

御子柴が、棒付き飴を口から取り出し、海藤の鼻先に突きつけた。

失礼にも程があると思ったが、八雲が咎めたところで聞きはしないだろう。海藤も、特に嫌悪感を示してはいないので口は挟まなかった。

「多分、この家にいる幽霊は、私の妻なのだと思います――」

長い沈黙の後、海藤が言った。

「確証はあるのですか？」

姿を見ていないのだとしたら、断定することはできないはずだ。

「あくまで感覚に過ぎません。でも、私には、そう思えてならないのです。私は、もう先が長くありません。妻が、何か望んでいることがあるのなら、最後にそれを叶えてやりたいと思うのです」

海藤の言葉に迷いはなかった。

先が長くないということは、大病を患っていて、余命宣告をされているのかもしれない。死ぬ前に、何かを残したいというのは、自然な感情の流れだろう。

しかし、その相手が幽霊というのが、何とも滑稽だと思う。

死を目前にしているなら、急いで対話を求めるより、そのうち会えると考える方が普通な気がする。

どうして、今でなければならないのか？　その理由にこそ、海藤の真意があるような気がしてならない。

それに——。

「御子柴先生から、窓ガラスに書かれていた文字を見せてもらいました」

八雲は、窓ガラスに血のような赤で書かれた文字のことについて、話題を振ってみた。

幽霊の願いを叶えたいと言っている海藤だが、それは、お互いに好意的な感情を抱いていて、初めて成立するもののような気がする。

窓ガラスに書かれていた文章が、幽霊によって残されたものだとしたら、そこにあるのは明確な敵意だ。

「そんなこともありましたね」

「あれも、幽霊の仕業だと考えているのですか？」

「ええ。私の書斎は、鍵をかけています。誰も入れないはずなのに、あの文字が残されていた。生きた人間の仕業とは思えません」

海藤が苦笑いとともに答えた。

「あの文字は、今も残っていますか？」

「いえ。写真を撮った後、しばらく、そのままにしておいたのですが、気付いたらいつの間にか消えていました」

海藤の口調は、淡々としていた。

やはり、海藤の言葉に怯(おび)えはない。心霊現象が、亡くなった妻によって引き起こされると思っているからこそ、怖いと感じていないと受け取れる。だが、だとしたら、窓ガラスの文字を、どう受け止めればいいのか？

「敬一さんは、幽霊の姿を目撃しましたか？」

八雲は、敬一に話を振ってみる。

「何度か見かけたことがあります。もし、母さんの幽霊なのだとしたら、ちゃんと会って話がしたいと思っているんですけど……」

敬一は、哀(かな)しげに目を伏せる。

「そうですか」

以前に敬一に会ったとき、彼には幽霊が憑依(ひょうい)していた。話の流れからして、彼の母親の幽霊なのだろうが、自覚はしていないようだ。

――本当にそうか？

ふと、脳裏に疑問が浮かんだ。

「お二人は、どうですか？　幽霊を目撃したことはありますか？」

八雲は、早坂と星羅に話を振ってみた。

二人とも、この家に出入りしているので、何かしらの異変を感じ取っているかもしれない。特に早坂は、ほぼ毎日、この家にいると言っていた。

「私は見たことはありません」

星羅は否定の返事をしたが、間にしても、喋り方にしても、どうにも歯切れが悪いと思ってしまうのは、穿った見方だろうか？

「それは本当ですか？」

「ええ。敬一君から、話は聞いていましたけど、見ていません」

「そうですか。早坂さんは、どうですか？」

早坂は、はっと顔を上げると、海藤たちの方に視線を送った後、俯くようにして「何も見ていません」と掠れた声で応じた。

反応からして、明確に嘘だと分かる。彼女は、何かを見ている。

――いや。決めつけるのは早い。

こちらを攪乱するために、敢えて、そういう反応をしているとも考えられる。だが、何のために？

少し、疑心暗鬼になり過ぎているのかもしれない。

軽く話を聞いただけだが、全員が嘘を吐いている気がしてならない。

表面上は和やかだが、その裏で、それぞれの思惑がぶつかり合っているような不穏な空気。それに当てられたせいで、本質を見失っている感じがする。

「まあ、ここであれこれ話していても仕方ない。取り敢えず、幽霊のいる場所に行こうじゃないか」

御子柴は、疑問を抱く八雲とは対照的に笑みを浮かべると、すっくと立ち上がった。

## 5

海藤の案内で、二階にある彼の書斎に足を運ぶことになった。

最初、敬一、星羅、早坂も一緒に行くと言っていたのだが、八雲がそれを拒絶した。

大人数で動き回ったところで意味はない。興味本位で、あれこれ口を出されるのは、はっきり言って迷惑だ。

渋りはしたが、最終的に八雲が押し切り、彼らはリビングで待つことになった。

「一つ伺いたいのですが、どうして検察官から、大学教授になられたのですか？」

八雲は、階段を上りながら海藤に声をかけた。

どちらがどうということはないが、検察官を辞めたのには、何か深い理由があるような気がしたからだ。

「一言で言えば、怖くなったからです」

海藤は、ふと足を止めて視線を天井に向けた。

「怖い？」

「そうです。検察官は、起訴するかどうかを判断する重要な仕事です。絶対に間違いがあってはいけないはずなのに、私は大きな間違いを犯した」

「間違い——ですか」

「そう。人の人生に関わる、取り返しのつかない間違いでした。それ以来、怖くなってしまったんです。いや、それだけではありません。あのような間違いを犯す私には、検察官の資格がありません……」

海藤は、喋り過ぎたという風に首を左右に振ると、再び歩き出した。

もう少し詳しく聞きたいと思いはしたが、海藤の反応からして、初対面の人間が立ち入る領域ではないと判断し、それ以上追及するのはやめた。

海藤の書斎は、十畳ほどの広さがあった。壁面には、シックな書棚が置かれ、法律関係の本が隙間なく収まっている。

部屋の中央には、大きなデスクが置かれていて、文具などが整然と並べられている。

御子柴の部屋とは異なり、秩序によって支配されているようだった。

八雲は、大きく息を吸い込んでから、部屋の中に足を踏み入れる。

空気が重く、息苦しいとすら感じた。それだけでなく、部屋の中が暖まり過ぎている。おそらく、部屋に設置されたガス式のファンヒーターのせいだろう。

「ずいぶんと暑いな」

後から入って来た御子柴が、文句を言う。

御子柴の言い分も頷ける。秋口になり、朝夕で冷え込む時間があるものの、ファンヒーターを点けるほどのことではない。

「すみません。消したつもりだったのですが、最近、どうも調子が悪くて、勝手に電源が入ったりしてしまうんですよ」

海藤は、そう言いながらファンヒーターのスイッチを切った。

八雲は改めて部屋の中を見回してみたが、幽霊の姿は見えないし、海藤が言っていたような奇妙な声も聞こえない。

ただ、壁の隅にある給気口に不自然な点を見つけた。これが、部屋の空気が重く感じる原因の一つだろう。

「どうですか？　幽霊はいますか？」

海藤が訊ねてくる。

「今のところは、それらしき姿は見えません。文字が書かれていたのは、あの窓ですか？」

八雲が、部屋の奥にある窓を指差すと、海藤は「そうです」と応じた。

窓の前まで移動してみる。

出窓になっていて、スライド式ではなく、観音開きの形状だ。

「鍵は常にかけているという話でしたよね？」

「ええ」

「鍵があるのは、この部屋だけですか？」

「そうです」

「どうして、この部屋だけ鍵を取り付けたのですか？」

一軒家では、各個室に鍵を付けるかどうかの判断は人それぞれだ。他の部屋に鍵が付いていないのに、この部屋だけ鍵を付けたからには、何か理由があるのだろう。

「今でも、昔の検察官仲間から相談を受けることがあります。個人情報が色々とありますから、家族といえども、勝手に出入りされるのは困るんですよ」

——なるほど。

極めて重要な個人情報の資料が部屋にあるのだとしたら、この部屋だけ鍵を付けるのも当然だ。

「鍵を持っているのは、教授だけですか？」

「はい」

「早坂さんも、持っていないんですか？」

「もちろんです」

即答だった。

窓に書かれた文字の件は、一旦、置いておいた方が良さそうだ。

「声が聞こえたということでしたが、どのあたりにいたときに聞こえましたか？」

八雲が訊ねると、海藤は「ここです」と自分の椅子を指差した。

取り敢えず、その椅子に座ってみる。

「声の聞こえた方向は、分かりますか？」

「それが、判然としないのです。上からだったり、背後からだったり、その時々によって、色々な方向から聞こえてくるので……」

八雲は、耳を澄ませてみる。建築不良などによる、家鳴りを声と聞き間違えた可能性を探ってみたが、今は何も聞こえなかった。

「奥様が亡くなられたのは、いつ頃のことですか？」

八雲は、失礼を承知で、別の角度から質問を投げかける。

「今から十年前です」

「十年……」

「ええ」

「書斎に幽霊が出るようになったのは、一ヵ月くらい前だということでしたが、間違いありませんか？」

「そうですね」

「それまでは、何もなかったんですか？」

「はい」

――不自然だ。

もし、彷徨っているのが、海藤の妻だとしたら、十年も経った今になって、書斎に現れるようになった理由が分からない。

「奥さんの写真はないのか？」

御子柴が訊ねると、海藤は困ったように下唇を嚙んだ。

「ええ」

「一枚も？」

「ないです」

海藤は沈んだ声で答えると、書棚の前に移動し、背中を預けるように寄りかかった。

子どももいる家庭で、写真が一枚もないというのは、あまりに不自然だ。

もしかしたら、妻の死因に何かあるのかもしれない。

「亡くなられた原因をお聞きしてもよろしいですか？」

八雲が質問を投げかけた途端、彼の表情が一気に強張った。強い怒りを孕んだような表情だ。

「自ら命を絶ったんです……」

長い沈黙の後、海藤が絞り出すように口にした。

「自殺……ですか……」

「私は、そう思っています」

「詳しく聞かせてください」

「妻は、高速道路の中央分離帯に車で突っ込み、そのまま帰らぬ人となりました。警察は、事故という判断をしました。しかし、私は、妻が——裕恵が自ら命を絶ったと思っています」

そう言った後、海藤は自らの唇を噛んだ。

彼が抱えている怒りは、己自身に対するものなのだろう。命を絶つほど、追い詰められていた妻に気付けなかった自分の愚かさに対する怒り。

だが——。

「警察が事故と判断したのなら、事故ではないんですか？　自殺を疑われる理由は、何かあるんですか？」

「そこまで、話をしなければなりませんか？」

海藤が八雲を見据える。

威圧するような迫力があった。言いたくないのだろう。気持ちは分かるが、それを知らなければ始まらない。

「奥様が亡くなった原因にこそ、幽霊が彷徨っている理由が隠されているかもしれません」

しかし、海藤は答えなかった。

「教えて頂けませんか？」

八雲が改めて問いかけたが、それにストップをかけたのは御子柴だった。

「やめておけ」

「でも……」

「お前は、いつも余計なことばかり言うな」

御子柴が、八雲の前に詰め寄って来る。

「人には、言いたくないことがある」

御子柴が声を低くして言う。らしからぬ台詞だ。

いつもなら、自分の都合だけで他人の領域に押し入るくせに――。

「それは分かりますが、このままだと……」

「戦略的に物事を考えろ」

御子柴が、八雲の耳許で囁く。

「戦略？」

「そうだ。いつ、何処で、誰が質問するかで、答えは変わってくる」

御子柴の言葉で、ようやくその意図を察した。

確かに、その通りかもしれない。海藤からすれば、八雲は息子と同年代の若者だ。しかも、今会ったばかり。そんな人物に、妻の死というデリケートな問題について、易々と心情を語るはずがない。

「分かりました……」

八雲が応じると、御子柴はくるりと身を翻した。

その拍子に、白衣が引っかかり、デスクの上にあるペン立てを倒してしまった。けたたましい音がして、文房具類が床に散らばる。八雲は、すぐに立ち上がり、それを拾う。

海藤も、それを手伝ってくれた。

倒した張本人である御子柴は、手伝わないどころか、謝罪をすることもなく、我関せずとばかりに書棚の前に移動して傍観している。

その態度に腹は立ったが、何かを言ったところで、素直に聞くようなタイプではない。

「ぐぅぅぅ」

デスクにペン立てを戻したところで、何処からともなく、人の呻き声のようなものが聞こえてきた。

出入り口のドアの方からだ。

視線を向けてみたが、そこには誰もいなかった。

「何だ。今のは」

言ったのは御子柴だった。海藤も、驚いたように顔を上げる。

どうやら、さっきの呻き声が聞こえたのは、八雲だけではないようだ。

「……ゆるさな……い……」

また、声がした。

今度は、天井から聞こえてきた気がする。

視線を向けるが、そこには人の姿も、幽霊の姿もなかった。

「つみを……つぐなえ……おまえのつみを……」

三度声がした。

今度は、書棚の裏側から聞こえてきた気がする。

「幽霊は見えるか？」

御子柴が訊ねてきた。

「いえ」

「つまり、この部屋に幽霊はいない——ということか？」

「いえ。そうとも言い切れません」

八雲は首を左右に振った。

これまでであれば、自分の左眼にその姿が映らなければ、幽霊はいないと断じていただろう。

だが、御子柴から何度か指摘を受けたことで、安直に判断しなくなった。八雲の左眼に映らないからといって、幽霊がいないとは限らない。

幽霊の見える原理が、科学的に証明できていない以上、あらゆる可能性を視野に入れる必要がある。

御子柴は、八雲が説明するまでもなく、こちらの考えを察したらしく、「そういうことか……」と呟く。

「海藤教授。書斎で聞こえる声というのは、今の声ですか？」

八雲が問うと、海藤は「そうです」と、顎を引いて小さく頷いた。

——妙だな。

リビングで話を聞いたときは、何を言っているのか分からないと言っていたが、今聞こえた声は、その言葉を聞き取ることは容易だった。

妻の死因についてもそうだが、やはり海藤は何かを隠している。

「今の声は、許さない。罪を償え——と言っていたように聞こえました。何か心当たりはありますか？」

「いや。何のことだか分かりません」

海藤は、迷うことなく口にした。

そのことが、不自然に思えてならない。まるで、予め用意していた答えに思える。

何れにしても、今のが海藤の妻の声だとすると、相当な恨みを買っていたことになる。海藤は、そのことを自覚していたのだろうか？

引っかかるのは、それだけではない。

海藤の望みは、妻の幽霊が何を訴えているのかを知り、その望みを叶えてやることだったはずだ。

自分に対し恨みを抱いている妻の願いを叶えるというのが、どうにもしっくりこない。

「訊きたいことがある」

御子柴は、そう言うと八雲の腕を引っ張って、書斎の外に連れ出した。

「何です？」

わざわざ部屋を出たということは、海藤に聞かれたくないということだろう。八雲は、声を低くして訊ねた。

「お前は、ぼくに隠し事をしているな」

御子柴は、断定的な言い方をした。

「何も隠していませんよ。どうして、そんなことを言い出すんですか？」

「お前の視線が不自然だったからだ」

「視線？」

「そうだ。お前は、チラチラと敬一の背後に視線を送っていた。彼の背後に、何か見えているんじゃないのか？」

御子柴の言葉を聞き、呆気に取られた。

自分勝手に振る舞っているように見えて、本当によく観察している。

「今は、何も見えていません」

「今は？」

「はい。前に、彼がぼくの部屋に相談に来たときと、御子柴先生の研究室で見かけたときは、その背後に女性の幽霊が立っていました」

「ほう。それは興味深い」

御子柴が、顎を上げてニヤリと笑う。

「そうですね。状況から考えて、彼の母親の幽霊が憑いていたのかもしれません」

「確認してみようじゃないか」

「確認？」

「ああ。これで、確認できるだろ」

御子柴は、白衣のポケットから四六判の本のようなものを取り出し、八雲に差し出した。

「これは何ですか？」

「ミニサイズのアルバムだ」

「アルバム？」

「ああ。教授の書棚から拝借した」

——ああ。あのときか。

海藤は、妻の写真は一枚もないと答えたが、その際、書棚に寄りかかった。御子柴は、その一連の流れから、写真がないというのは嘘で、その在り処は書棚だと当たりを付けたのだろう。

そのうえで、デスクの上のペン立てをわざと倒し、海藤の注意を引き、書棚からアルバムを抜き取った。

八雲を書斎から連れ出したのは、このアルバムを渡すためだったようだ。

御子柴の計算高さに驚くとともに、そのしたたかさに呆れもした。

「おそらく、この中に、教授の奥方の写真がある。それと、敬一に憑依している幽霊を比較すれば確認できるだろ」

御子柴の言う通りだが、一つだけ問題がある。

「残念ながら、確認は難しいです」

「どうして？」

「あまり見ていないんです」

「は？」

「巻き込まれたくありませんでしたから、目を向けないようにしていたので、女性ということまでは分かりますが、人相についてはそもそも確認していません」

御子柴が、頭を抱え、深いため息を吐いた。

「お前は、本当にアホだな」

「そう言われましても……」

「まあいい。これから、敬一の許に現れるかもしれない。見ておいて損はない」

御子柴が、アルバムをずいっと八雲に押しつける。

窃盗の共犯にされているようで、気分は乗らなかったが、八雲はしぶしぶアルバムを受け取った。

「分かりました」

「ぼくは、これから教授に改めて話を聞いてみる。お前は、リビングの連中から情報を集めておけ」

御子柴は、そう言い残すと書斎に戻ろうとする。八雲は、それを慌てて呼び止めた。

「もしかして、御子柴先生は、今回の一件の謎が解けているんですか？」

「逆に、お前は解けていないのか？」

「え？」

「ぼくは、あらゆる可能性を視野に入れろと言った。それから、お前の幽霊に対する定義は、科学的な裏付けがない以上、あくまで確率論に過ぎないということも教えた」

「そうですね」

「何が言いたいのか分かるか？」

「はい」

悔しいが、御子柴の言わんとしていることを理解した。

そして、その考えが正しいことも——。

一つ一つの事象は、科学的な裏付けがないので断定はできない。しかし、それが複数となった場合、確率的な観点から、可能性を潰すことができるというわけだ。

「それから、一応、言っておくが、今回の事件は、多分 $x^n + y^n = z^n$ だ」

御子柴が鋭い眼光で、そう告げる。

「そう思う根拠は何ですか？」

「類似性だな」

「なるほど」

「では、そっちは任せたぞ」

御子柴は、そう言い残すと書斎に戻っていった。

八雲は、ガリガリと寝癖だらけの髪を掻き回しつつも、アルバムのページを開いた。

## 6

アルバムに一通り目を通し、階段を下りようとしたところで、八雲は視線を感じた。

吸い寄せられるように、階段の下に目を向けると、そこには一人の女性が立っていた。間違いなく、あれは幽霊だ。

女性の幽霊は、じっと八雲を見つめている。

アルバムの写真にあった敬一の母親の写真と、階下にいる女性の幽霊の姿を頭の中で見比べる。

「どういうことだ」

思わず言葉が漏れた。

距離もあるし、存在感が希薄なせいで、その姿が判然としない。

だが、それでも——。

もし、八雲の考えが正しいのだとしたら、今の状況がさっぱり分からない。この女性の幽霊は、いったい——。

女性の幽霊は、ゆっくりと顔を上げ、虚ろな視線を八雲に向けてくる。

——気付かれたか。

幽霊は、生きた人間にその存在を認知されることが少ない。この世に未練を残し、それを伝えようとしているのに伝わらない。だから、認知してくれる人間に気付くと、感情の矛先を向け、執拗に付き纏ってきたりする。

八雲は、それが嫌で、幽霊を見ても気付かないふりをするようにしていた。

だが、気付かれたのであれば逃げても仕方ない。この幽霊から、彷徨っている原因を聞き出すことができれば、事件解決に近づく。

「あなたは、海藤教授を憎んでいるのですか？」

八雲は、女性の幽霊に向かって訊ねてみた。

彼女は唇を動かして言葉を発したようだったが、ガサガサと不快な音がするだけで、何を喋っているのか判然としない。

――苛々する。

八雲は、思わず舌打ちをした。

自分の持つ能力は、あまりに中途半端だ。見えるなら、もっとはっきり見えて欲しいし、聞こえるなら、もっと明瞭に対話ができれば、幽霊の意図を汲み取ることができるのに、その時の状況によって変化してしまう。

「もし、海藤教授を恨んでいるなら、早く成仏してください。こんなところで、彷徨いながら、誰かを恨み続けていても、何の解決にもなりません」

八雲が言うと、女性は哀しげに首を左右に振った。そして――。

ふっと風景に溶けるように消えてしまった。

いったい、彼女は何を訴えかけているのだろう？　恨みや憎しみの類いだと思っていたが、それだと何かが違う気がする。

「どうかされましたか？」

急に聞こえてきた声に、はっと我に返る。

階段の下。これまで女性の幽霊が立っていた場所に、早坂の姿があった。

「何でもないです」

八雲は、ガリガリと寝癖だらけの頭を掻きながら答える。

「そうですか……それで、何か解決の糸口は摑めたのでしょうか？」

「まだ、はっきりしたことは分かりません」

八雲は敢えて言葉を濁した。

現段階で、あまり多くを語るべきではないと判断したからだ。

「あの——一つ、お話ししておきたいことがあります」

早坂は、リビングの方を気にするように、チラッと視線を送った後、階段を上り、八雲の前まで歩み寄って来た。

「何ですか？」

「先ほどは、私は幽霊を見ていないと言いました。でも……」

そう言って早坂は、視線を落とした。

「早坂さんは、幽霊を見ていた——ということですね」

八雲が確認の意味を込めて言うと、早坂は「はい」と頷いた。

リビングで話をしたとき、嘘を吐いていると感じたが、その勘は当たっていたようだ。

「詳しく聞かせて頂けますか？」

「一ヵ月くらい前だと思うのですが、私が仕事を終えて、帰ろうとしたときに、敬一さんから声をかけられたんです」

「何か用事があってのことですか？」

「仕事のことです。玄関で、立ち話をしていたんですけど、そのとき、ピアノの音を聞いたんです」

「ピアノ」

「はい。今は、使われていないそうですが、敬一さんのお母様の部屋には、ピアノがあるんです。ちょうど、あの部屋です」

早坂は、海藤の書斎の隣にあるドアを指差した。

「それで――」

「二階に目を向けると、敬一さんのお母様の部屋に入っていく、女性の後ろ姿が見えたんです」

「確認したのですか？」

「はい。敬一さんと一緒に二階に上がって、部屋に入ってみました。でも、誰もいなくて……。妙なことに、ピアノの蓋と部屋の窓が開いたままになっていたんです」

「いつもは閉じているんですか？」

「はい。その日、掃除のために部屋に入ったので、間違いありません」

「その後、どうしたのですか？」

「その時は、それだけでした」

質問に答えたのは、早坂ではなく敬一だった。

いつの間にか、八雲たちのすぐ近くに来ていた。隣には、星羅の姿もあった。どうやら、途中から話を聞いていたようだ。

早坂は、ばつが悪そうに視線を落とし、黙り込んでしまった。

「というと？」

八雲が、改めて敬一に視線を向けると、彼の背後に女性の幽霊が立っているのが見えた。指摘しようかと思ったが、その前に、ふっと姿が消えてしまった。

「母さんの部屋には、誰もいなかった。だから、その時は勘違いだろうということになったんです」

敬一は、肩をすくめるようにして言った。

「それから、何度か同様の現象が起きたんですね？」

「はい」

敬一が即答する。

「早坂さんは、どうですか？」

八雲が訊ねると、早坂は「私は、あの日だけです」と答えた。

「ぼくは、それからも何度か見ています。母さんの命日が近かったので、会いに来てくれたのかな——なんて思っていました。父の部屋で妙なことが起きるようになったのは、あれがきっかけだった気はします」

敬一は、わずかに眉間に皺を寄せる。

「そうですか。部屋を見せてもらうことは、できますか？」

八雲が訊ねると、敬一は「構いませんよ」と快く応じてくれた。

敬一が先導するかたちで、八雲は彼の母親——裕恵が使っていたという部屋に足を踏み入れた。

部屋に入ってすぐのところに、黒いピアノが置かれていて、奥にはシングルベッドがあった。

壁際に置かれた小さな書棚は、ほとんど本が入っていなかった。

「当時のまま残しているんです」

敬一はピアノの前に座ると、懐かしむように黒く艶のある蓋を指でそっと撫でた。

「それは、海藤教授の意向ですか？」

「違います」

被せ気味に敬一が否定する。

「ぼくが、そう望んだんです。幼い頃、母さんが弾くピアノを、膝の上で聴くのが好きでした。母さんが死んだ後、その思い出がぼくの支えでした。それはいけないことでしょうか？」

「いえ」

母親との思い出に浸るのは敬一の自由だ。

むしろ、羨ましいとさえ思う。八雲が母親のことを考えて、真っ先に思い起こされるのは、八雲を殺そうと首を絞めているときの顔だ。

本当は、楽しい思い出もあったのかもしれないが、あのときの姿が強烈過ぎて、他は何も思い出せない。

「父は、早々に母さんのことを忘れようとしたみたいですけど、ぼくにはできませんでした」

敬一の表情が哀しみに歪む。

「何かあったんですか？」

「父は、母さんが書いていた日記や、思い出の品を全部、燃やしてしまったんですよ」

全てを燃やして忘れようとした海藤と、少しでも記憶を留めようとした敬一。大切な人を失ったとき、それを乗り越える方法は人それぞれだ。どちらが正しいとか、そういう問題ではない。

ただ、一つだけ確かなことは、表面上は平静を装っているが、海藤と息子の敬一の間には、母親の死を巡って確執があるということだ。

それこそが、心霊現象の謎を解く鍵なのかもしれない。

「教授も、奥様のことを忘れたわけではありません」

ドアロのところに立っていた早坂が、囁くような声で言った。

その途端、敬一が鋭く早坂を睨んだ。

「部外者のくせに、知った風な口を。母さんの命日も忘れているくせに。言っておくけど、ぼくは絶対に認めないからな」

敬一は、それだけ言うと、椅子から立ち、早坂を突き飛ばすようにして、部屋を出ていってしまった。

「早坂さん。大丈夫ですか？」

すぐに星羅が早坂に声をかける。

「ええ」

「私、敬一君の様子を見てきます」

星羅は、そう告げると駆け出していった。

「一つ聞きたいのですが、敬一さんのお母様の命日はいつですか？」

「今日です――」

早坂が掠れた声で答えた。

亡くなった裕恵の命日に、心霊現象の解決を依頼してきたのは、単なる偶然だろうか？　それとも、何かしらの意図があってのことだろうか？

「いったい何の騒ぎだ？」

のんびりした口調で声をかけてきたのは、御子柴だった。

海藤との話が終わったのか、騒ぎを聞いて出て来たのかは定かではないが、白衣のポケットに手を突っ込み、口の中で棒付き飴を転がしている。

「ちょっと色々とあったんですよ」

八雲が答えると、御子柴は不機嫌そうにふんっと鼻を鳴らす。

「ぼくは、その色々を聞いているんだ。お前は、アホなのか？」

最近、御子柴にアホと言われることに慣れ、さほど腹も立たなくなってきた。

「ここで話すことじゃありません」

「その反応。何か収穫があったようだな」

御子柴が、ニヤッと笑ってみせる。

「まあ、そんなところです。御子柴先生の方は、どうなんですか？」

「色々と分かったぞ」

勝ち誇った表情の御子柴を見ていて、何だか無性に腹が立った。

「そうですか」

「何にしても急いだ方がいいな。早くしないと犠牲者が出る」

## 7

八雲が、これまで集めた情報を伝え終わると、御子柴はソファーに深く寄りかかり、天井を見上げた――。

「なるほどな――」

早坂に頼み、一階にある客間を利用させてもらい、お互いの持っている情報を整理することになったのだ。

ソファーとテーブルが置いてあるだけの簡素な部屋だが、ただ話をするだけなので充分だ。

「あと、これは、ぼくの推測なのですが――多分、海藤教授と早坂さんは、男女の関係にあります」

八雲の推測に、少しは驚くかと思ったが、御子柴はいかにも眠そうにあくびをする。

「根拠は？」

「だから推測です。敬一さんや早坂さんの態度を見ていて、そう感じただけです」

「お前、モテないだろ」

「は？　話に脈絡がありません」

今は、八雲の恋愛経験を語っているわけではない。モテる、モテないなど、どうでもいいはずだ。

「根拠もなく、感覚だけで恋愛事情を推測する奴は、相手の気持ちを汲むことができずに、失敗する確率が高い。これはデータが証明している。だから、お前はモテない」

別にモテたいとは思わないが、何だか腹が立つ。

反論しようにも、根拠のない推測であることは事実だし、モテたいと主張しているみたいになりそうなので、やめておいた。

「そうですね。ぼくが悪かったです。忘れてください」

「どうして、その必要がある？」

「今、根拠がないと言ったのは、御子柴先生ですよ」

「そうだ。根拠がないと言ったが、間違えているとは言っていない」

「は？」

「海藤教授が、早坂との交際を認めた。まあ、ハウスキーパーの仕事をしつつ、個人的な指導をしていれば、そういう関係に発展する確率は高くなる」

「そうですか」

八雲は、思わずため息を吐いた。

推測だけで話したのは事実だが、正しかったなら、文句を言われる筋合いはない。

「敬一も、そのことに気付き、反対しているようだ」

御子柴が、そう補足した。

さっき、敬一は「ぼくは絶対に認めない」と吐き捨てていたが、それは、二人の交際に関しての発言だったようだ。

「海藤教授が、奥さんは自殺だと考えた理由については、何か分かったんですか？」

御子柴は、そのことを海藤に追及するために、書斎に残ったはずだ。

「海藤教授と妻の裕恵さんの関係は、亡くなる前から破綻していたそうだ」

「破綻――ですか」

「ああ。二人の間では離婚に向けて話し合いが行われていた。その矢先の事故だった。海藤教授は、そのときのストレスが妻を追い込んでしまったと考えている」

「それは、考え過ぎでは？　自分を責めることではありませんよ」

「同情的だな」

「別に、そういうわけではありません」

八雲が答えると、御子柴は白衣のポケットから棒付き飴を取り出し、それを口の中に放り込んだ。

「悪いが、ぼくは教授の言葉を鵜呑みにするつもりはない」

「教授が嘘を吐いていると？」

「間違いない」

「根拠は、あるんですか？」

「もちろんだ。ベイズ推定を応用して、教授の嘘を選別した」

――なるほど。

言うだけあって、御子柴は、肌感覚だけで判断しているわけではないということだ。

「この家の人間関係が複雑なのは分かりましたが、問題は、これからどうするか――ですよね。ぼくたちの役目は、親子関係の修復ではなく、心霊現象の解決です」

「まあ、そうだな」

「そういえば、御子柴先生は、早くしないと犠牲者が出る――と言っていましたが、それはどういう意味ですか？」

八雲が訊ねると、御子柴は白衣のポケットから棒付き飴を取り出し、投げて寄越した。

意味も分からずに、八雲は棒付き飴を受け取る。

「理由は幾つかある。まず、心霊現象の発生が、今から一ヵ月前という点だ――」

御子柴は、ソファーから立ち上がると、壁をホワイトボードに見立てて、マーカーを走らせる。

**一ヵ月前——心霊現象の発生**

他人の家の壁に、勝手に落書きを始めるなど、正気の沙汰ではないが、もはや突っ込む気にもならない。

「それが、どうかしたんですか？」

「教授の証言によると、最初の現象は、気配を感じる程度だった。しかし、二週間ほど前から、声のようなものが聞こえ始めた」

**二週間前——幽霊の声**

「そうですね」

「さらに、窓ガラスに文字が書かれていたのが一週間前」

**一週間前——窓ガラスに文字**

「そして、今日、はっきりとした幽霊からのメッセージを受け取った」

「はい」

**今日——幽霊からのメッセージ**

これまで、声は聞こえたが、何と言っているか分からないということだったが、ついさっき書斎で、「つみを……つぐなえ……」という、はっきりとしたメッセージを伝えてきた。

「これを見て分かる通り、心霊現象は、次第に直接的なものに変化してきている」

「この先、さらに悪化する——ということですか？」

「これまでの流れから見て、そう推察される。いや、少し違うな。ぼくは、もっと別の考えを持った」

「それは、何です？」

「カウントダウンだよ」

「カウントダウン？」

八雲が問うと、御子柴は指先でくるくるとマーカーを回す。

「ぼくは、今回の事件が $x^n + y^n = z^n$ だと推察した」

「そういえば、そんなことを言っていましたね」

「もし、この推察が正しかったとすると、この心霊現象には、大きな意思が働いていることになる」

「そうなりますね」

「人間というのは、無意識のうちに数字に縛られる生き物だ」

急に話の方向が変わった気がする。

「そういうものですか？」

「そういうものだ。どうしたって数字に縛られる。一番、代表的なのは暦だ。何も関係ないはずなのに、同じ月、同じ日、そうした数字に縛られ、何かしらの運命を感じたりする」

八雲は、御子柴が何を言わんとしているのかを理解した。

ただの日付なのに、人はそこに意味や意義を求め、そこに縛られる傾向がある。記念日などは、その最たる例だ。

「そういえば、今日は――」

「そうだ。教授の奥方の命日――だそうだ」

「それが、ゴールになるということですね」

「それだけではない。窓ガラスに残されていた血文字には、〈命日〉という言葉が使われていた。殺すでも、死ぬでもなく、命日だ。おそらく、このままいけば、教授は今日死ぬことになる」

「どうするつもりですか？」

「どうも、こうもない。分かっていて、放置したのでは後味が悪い。それなりの手を打つさ。フェルマーとも決着をつける必要があるしな」

御子柴は、今回の事件が$x^n + y^n = z^n$だと推察している。これはフェルマーの最終定理だ。つまり事件の背後にフェルマーを名乗った人物がいると考えているのだ。

海藤の命より、フェルマーとの勝負の方が、本命なのではないかと思えてしまう。

「それで、どうするんです？」

「今回の方程式は、ぼくが決める。お前は、不確定要素を埋めるために、情報を集めて欲しい」

「情報——ですか」

「そうだ。熊のお巡りさんに頼めば、何とかなるだろ」

後藤（ごとう）に連絡を取るのは面倒だが、断った場合の御子柴は、もっと面倒臭いことになりそうだ。

「分かりました。では、一旦、大学に戻りましょう」

「お前は、アホか？　教授は今日死ぬんだ。呑気（のんき）に戻っている場合ではない。ぼくは、ここに残る。お前は、情報を収集したら戻って来い」

「はいはい」

「どうして二回返事をしたんだ？」

御子柴が不思議そうに訊ねてくる。

「特に意味はありません」

「意味のないことをするな。それから、戻るときに、研究室から道具を一つ持って来てもらいたい」

「何の道具ですか？」

「矢口に指示を出しておくから、彼女から受け取れ」

矢口の名を聞き、八雲は思わずため息を吐いた。

彼女は、何をどう間違えたのか、八雲のことを恋のライバルだと思っている節がある。できれば、会わずに済ませたいところだが、そうもいかなそうだ。

「分かりましたよ」

八雲は、しぶしぶ頷きつつ、棒付き飴を口の中に放り込んだ。

ずいぶんと酸っぱい飴だった。

顔をしかめつつも、客間を出ると、そのままホールを抜け、玄関の扉を開けようとしたところで、ふと誰かの視線を感じた。

振り返ると、階段のところに、女性の幽霊が立っていた。

彼女が何かを口にした。

残念ながら、掠れたその声を聞き取ることはできなかった。

「どういう意味ですか？」

八雲が問い返したときには、幽霊の姿はふっと消えてしまった。

中途半端な能力に、苛立ちを覚えつつ、八雲は玄関の扉を開けて外に出た——。

携帯電話を取り出し、電話をかけながら歩き始める。

すぐに、電話の向こうから〈誰だ？〉というがなり声が聞こえてきた。この先のことを考えて、うんざりしつつも、八雲は話を始めた。

## 8

八雲が、御子柴の研究室に向かったのは、夕方を過ぎてからだった——。

海藤の家を出たのは、昼頃だったのだが、その後、後藤に連絡をしたり、図書館で過去の新聞記事を調べたりしているうちに、みるみる時間が経過してしまった。

本当に面倒な事件だと思う。

皆が素直に喋ってくれればいいのだが、海藤にしても、息子の敬一にしても、何かを隠し、嘘を吐いていることは明白だ。

そのせいで、何が起こっているのかを正確に把握することができない。

ただ、それを言い訳にもできない。

なぜなら、御子柴は、もう全ての謎を解き明かしているらしい。他の人であれば、ハッタリと思うところだが、御子柴に限ってはそうではない。

悔しいが、彼は数学的な視点から、今回の事件の裏側に潜むものを看破している。まあ、今ここで、あれこれ考えていても仕方ない。

とにかく、御子柴に頼まれたものを回収して、さっさと海藤の家に戻ろう。

「斉藤さん」

御子柴の研究室があるB棟に差しかかったところで、声をかけられた。

振り返ると、そこには青埜(あおの)の姿があった。

「どうも」

「また、御子柴先生に、振り回されているらしいですね」

「ええ。もううんざりです」

八雲がため息交じりに言うと、青埜はふふっと笑った。

「ご愁傷様です。でも、御子柴先生は、斉藤さんのことを気に入っているので、絶対に逃がしてくれませんよ」

「それは、青埜さんもでしょ」

フェルマーの捜索に、色々と協力させられているのだから、八雲と大差はない。

「私は、姉の代わりにされているだけですよ」

「お姉さん？」

「知りませんでした？　御子柴先生と、私の姉がゼミで一緒だったんです」

「そうだったんですか」

だから、青のシスターだったのかと、今さらになって納得する。

青は名字からだろうことは、想像がついていたが、シスターの意味は、そのまま友人の妹という意味だったのだ。

「お姉ちゃんのことは好きでしたけど、御子柴先生と友人だったことは、心の底から恨みます。お陰で、いい迷惑ですよ」

青埜は、そう言って楽しそうに笑った。

「あっ、そうだ。これ、御子柴先生に渡しておいてください。直接会うと、色々とうるさいから」

青埜は、そう言いながらUSBメモリーを渡してきた。

「これは何ですか？」

「例のフェルマーの出現時期を、時系列で纏めた資料です。さっき、御子柴先生から電話があって、頼まれたんですよ」

「どうして時系列を？」

「詳しくは分かりませんけど、時系列から、行動パターンでも割り出そうとしているんじゃないんですかね？」

八雲は、青埜からUSBメモリーを受け取った。

「今、海藤教授の家で起きている、心霊現象を追っているんですよね？」

「ええ。そうです。それも御子柴先生から？」

「違います。御子柴先生って、意外とポンコツだから、肝心なことは何も教えてくれないでしょ」

「確かに」

「敬一君の恋人の星羅って、私の従姉妹なんですよ」

そういえば、星羅との初対面のとき、彼女は前から八雲と御子柴の存在を知っている口ぶりだった。

青埜から、事前に色々と話を聞いていたということだろう。意外な繋がりだが、情報を集めるのに好都合かもしれない。

「星羅さんは、どんな人物ですか？」

八雲が訊ねると、青埜はうーんと考え込むような素振りを見せる。

「そうね。頭はいいけど、流されやすいというか、あまり自己主張をしないタイプかな。家も近所だったから、よく一緒にいたけど、いっつも私とお姉ちゃんの陰に隠れていた感じだったな」

確かに、星羅とは、挨拶のときに少し話したくらいで、あとは敬一の陰に隠れていた印象がある。

「敬一さんの方は、どうですか？」

「直接、話したことないからな……。でも、外から見た感じでは、中身のないぼんくらってイメージだな」

さすがの毒舌だが、八雲も抱いた印象は大して変わらない。

「二人が交際を始めた経緯は知っていますか？」

「さあ。その辺は、詳しく知らないけど、付き合い始めたのは、本当に最近だと思う。まだ、一ヵ月くらいじゃないかな」

「そうですか。ありがとうございます」

八雲は、礼を言って立ち去ろうとしたが、青埜に呼び止められた。

「御子柴先生に、どうせ暇なんだから、次は自分でやれ——って言っておいてください」

八雲は、「分かりました」と応じてその場を後にした。

ただ、実際に青埜の言葉を御子柴に伝えるつもりはない。青埜も、それを分かっていて言っているはずだ。

御子柴の研究室まで来た八雲は、ドアをノックした。

だが、返答はなかった。

誰もいないのだろうか？　ドアノブを回してみると、すんなりドアが開いた。

相変わらず、段ボール箱が乱雑に積み上げられていて、迷路のような状態だ。海藤を見習って、少しは整理すればいいものを。

半ば呆れつつも、部屋の奥に進んで行くと、御子柴のデスクのところに人影があった。後ろ姿だが、それが御子柴の助手の矢口だと分かった。

声をかけようとしたのだが、思わずその声を呑み込んだ。

矢口は、御子柴のデスクに覆い被さり、荒い呼吸をしながら、頬ずりをしていたのだ。

「はぁ……御子柴先生……」

恍惚（こうこつ）とした矢口の声が漏れる。

前から、矢口の御子柴に対する愛情が、普通ではないことは知っていたが、こうやって物にまで執着しているとは……。

性癖は個人の自由だが、できれば見たくなかった。

そうだ。なかったことにしよう。面倒だが、回れ右をして、一旦研究室から出て、改めて部屋を訪れればいい。

音を立てないように、部屋から退散しようとしたのだが、散乱している段ボール箱を、うっかり蹴ってしまった。

その音に反応して、背後でガタッと矢口が立ち上がる音がした。

「斉藤八雲。何の用？」

一瞬の間を置いた後、矢口の声がした。

振り返ると、矢口は御子柴のデスクに寄りかかるようにして立っている。さっきまで、頬ずりをしていたとは思えない凛とした佇まいで、撮影中のモデルさながらの落ち着きだった。

多分、八雲にさっきの姿を見られたとは、思っていないのだろう。

だとしたら、こちらも何事もなかったことにして対応するのが、大人というものだ。

「御子柴先生に頼まれて来ました。矢口さんから、道具を受け取れという指示を受けました」

「それなら聞いているわ。そこの箱を持っていって」

矢口は、自分の足下にある段ボール箱を指差した。差し出すとかいう心遣いはないらしい。

八雲は、矢口の前に屈み込み、段ボール箱を持ち上げる。

想像以上に重かった。

「中身は何ですか？」

「知らされていないの？」

「ええ」

八雲が答えると、矢口はニヤッと笑みを浮かべた。

「あらかわいそう。あなたは、御子柴先生に信頼されていないのね」

「そのようですね」

別に、御子柴から信頼を得ようとは思っていない。そんなことで、マウンティングされても、悔しくも何ともない。

そのまま立ち去ろうとしたのだが、ふとホワイトボードが目に入った。

住宅地図が貼られていて、幾つかのポイントに丸印が付けられ、空いているスペースにびっしりと数式が書き込まれていた。

「何ですこれ？」

「何って、あなたも検証を手伝ったんでしょ」

矢口に言われて、思い出した。

以前、御子柴に交通事故の現場から逃走したバイクの所在を突き止める——という検証を手伝わされたことがあった。

「そんなことがありましたね。検証は、終わったんですか？」

「ええ。だいたいは」

「これも、警察からの依頼ですか？」

「そんなわけないじゃない。これは、御子柴先生のライフワークの一つよ」

「ライフワーク……」

数学者が、交通事故の検証をライフワークにするなんて、まったく意味が分からない。警察に任せておけばいい話だ。

ただ、御子柴にそれを言ったところで、聞く耳は持たないだろう。

「それで、海藤教授の心霊現象の調査は進んでいるの？」

ホワイトボードに背を向けたところで、矢口が訊ねてきた。

「まあ、ぼちぼちです」

「ぼちぼちって何よ。ちゃんと進捗を数値で示しなさい」

さすが、矢口は御子柴を崇拝するだけあって、いちいち面倒臭い。

「六〇％といったところです」

「全然、進んでないじゃない。くれぐれも、御子柴先生の足を引っ張らないでよ」

苛っとする言い方だ。

「だったら、矢口さんも少し手伝ってください」

「そうですね。矢口さんは、海藤敬一という学生を知っていますか？」

「ええ。御子柴先生に、転部の相談に来ていた子ね」

御子柴に相談しに来ていたようなので、矢口も敬一のことを知っていると踏んでいたが、ビンゴだった。

「どんな印象でした？」

「そうね。とても真面目で優秀だと思うわ。素直だし。ただ、あの子は理工学部には向いてないわね」

「そうなんですか？」

「ええ。父親が法学部の教授なんだし、そのまま法学部にいた方が、彼のためだと思うわ。御子柴先生も、同じ意見よ」

「なぜ、彼は理工学部に転部しようとしたんでしょうね？」

「本人は、前から考えていたと言っていたけれど、私は違うと思うわ。あれは恋人の影響でしょうね」

「恋人の星羅さんは、理工学部なんですか？」

「ええ。そのはずよ」

「もう一つ訊いていいですか？」

矢口は、迷惑そうに口をへの字に曲げる。

「早坂志保さんのことは、ご存じですか？」

「ああ。海藤教授の愛人ね」

学部も違うし、駄目もとだったが、知っているのであれば情報を集めることができる。

「愛人って――海藤教授は独身ですから、愛人という表現は違うと思いますけど」

「意外と細かいのね」

「そういう問題では……」

「早坂は、ずっと海藤教授狙いだったのよ。枯れ専っていうのかしら。あまりに露骨な色仕掛けをしていたらしいわね。学部違いの私の耳に入るくらいだから、相当だったんでしょうね」

――なるほど。

指導を受けるうちに、次第に男女の仲になったと思っていたが、そうでもないらしい。最初から、海藤を狙っていたというわけだ。

「矢口さんって、意外と学内の噂に精通しているんですね」

「私に限らず、大学生は噂に飢えているのよ。あなたは他人に興味がないみたいだけ
「何？」

ど」

矢口が、小馬鹿にしたような視線を向けてくる。別に腹も立たない。他人の噂話に首を突っ込めば、ろくなことにならない。

「参考になりました」

「御子柴先生に、私が情報提供したってちゃんと言うのよ」

「分かってますよ」

「それから……」

「何です？」

「あなた、さっき見たわよね？」

「何のことです？」

最初は分からなかったが、恥ずかしそうに俯いている矢口の顔を見て、何のことかは察しがついた。

「本当に見てないの？」

「ええ。矢口さんが、御子柴先生のデスクに頬ずりして、欲情している変態的な姿なんて見ていません。噂にならないといいですね」

八雲が淡々と答えると、矢口の顔が一気に赤くなった。

そのままの勢いで、八雲を罵倒してきたが、聞こえないふりをして御子柴の研究室を後にした。

廊下を歩き始めたところで、電話がかかってきた。

両手が塞がっているのに、タイミングが悪い。苛立ちを覚えつつも、段ボール箱を廊下の端に置き、携帯電話を手に取った。

〈いつまで待たせるんだ！　さっさと電話に出ろ！〉

後藤の大声が耳に突き刺さる。

矢口といい、どうして八雲の周りには、こうも理不尽に怒鳴り声を上げる人間が集まるのか——。

「別に、暇なんだからいいでしょ」

〈ふざけんな！　おれは、忙しいんだよ！　無理して時間を作って、調べてやったたってのに、どういう言い草だ！〉

あまりの大声に、八雲は思わず携帯電話を耳から離した。

後藤が怒っているときは、このまましばらく放置するに限る。しばらくは、受話口から、文句が聞こえていたが、やがて静かになった。

「終わりましたか？」

八雲は、携帯電話を耳に当てて訊ねる。

〈てめぇ……次会ったら、ぶっ飛ばすからな……〉

後藤の荒い息が、受話口で、ボーボー音を立てている。

聞いていないのに、息が上がるほど文句を並べるとは、本当にご苦労なことだと逆に感心してしまう。

「それで、調べはついたんですか？」

〈ああ〉

後藤は、そう答えると依頼していた案件について話を始めた。

頼んでいた、海藤の妻が起こした事故の詳細と、家にいた面々の略歴などについて報告をしてくれた。

ここで、八雲は一つの引っかかりを覚えた。それは、ほんの些細なものだったが、どうしても無視してはいけない気がした。

「後藤さん。もう一つ、調べてもらいたいことがあります」

八雲が言うと、後藤は〈勘弁してくれよ〉とぼやきながら、聞こえよがしにため息を吐いた。

## 9

八雲が、海藤の家のインターホンを押すと、出迎えに来たのは、意外にも御子柴だった。

そのまま八雲は、客間に連れ込まれる。

部屋に入った八雲は、持参した段ボール箱をテーブルの上に置いた。

「言われたものは持って来ましたよ」

「ふむ。上出来だ」

御子柴は、段ボール箱を開け、中身を確認すると、満足そうに何度も頷く。

「これ、どうするんですか？」

八雲は段ボール箱を指差しながら訊ねる。

途中、気になって箱の中身を確認してみたが、こんなものを、いったい何に使うのか、皆目見当が付かない。

「お前は、分かっていないのか？」

「ええ」

「鈍感にも程があるな。分かるまで、そのアホな頭で考えるんだな」

説明する気はないらしい。

まあ、別に分からないからといって、どうということはない。

「それで──調査の方はどうなった？」

御子柴は、ドカッとソファーに腰を沈める。

「まあ、色々と分かりました。海藤教授の奥さんの死については、警察は、やはり事故として処理していたようです」

後藤から得た情報だ。

「疑いはないのか？」

「ええ。事故当日は、強い雨が降っていて、見通しが悪かったようです。ハンドル操作を誤り、スリップして衝突した――というのが事故原因です」

「なるほど。ただ、それだけではないんだろ？」

御子柴が、すうっと目を細める。

さすがに鋭い。

「はい。車の中には、旅行鞄などが積まれていたそうです。それから、同乗者がいました」

「海藤教授か？」

御子柴は薄ら笑みを浮かべる。

この人は、分かっていて、敢えて訊いているのだろう。

「違います。詳しくは、これを見てください。事故では、同乗者の男性も亡くなっています」

八雲は、持参した資料を御子柴に手渡した。

この事実を知ったとき、八雲は驚きを隠せなかった。

てっきり、御子柴の驚く表情が見られるかと思っていたのだが、まったくそんな気配はなかった。


「調べたことは、これだけではないんだろ？」

御子柴が、上目遣いに八雲を見る。

「まあ、そうですね——」

八雲は、矢口や青埜から聞き出した話などについても、丁寧に説明した。

「なるほど」

御子柴が、うんうんと頷く。

「矢口さんって、意外と噂好きなんですね」

八雲が感想を伝えると、御子柴はふんっと鼻を鳴らして笑った。

「矢口は、ああ見えて社交的なんだ」

「そうは見えませんけど……」

「そういえば、お前の前だと、やけに攻撃的になるな」

「ええ」

それは自覚している。

矢口は、八雲に対して、やたらと当たりが強い。喧嘩をふっかけられているのでは？

と思うことすらある。

「お前、矢口に何かしたのか？」

「何もしていませんよ」

「じゃあ、単純にお前のことが嫌いなんだな」

──あなたのせいだ！

八雲は、内心で声を上げる。

矢口が冷たい態度を取るのは、八雲と御子柴の関係を疑っているからだ。ただ、まあ、そんなことを言ったところで、何の解決にもならない。

「それで、報告は、これで全てか？」

御子柴が改めて訊ねてきた。

「もう一つあります。検察官だった海藤教授が、なぜ、大学教授に鞍替えしたのか、どうしても気になったんです」

海藤は間違いを犯したと言っていたが、その間違いがいったい何なのか？　それが気になって仕方なかった。

「何か分かったのか？」

「いいえ。何も分からないということが、分かりました」

「ほう。それは、どういうことだ？」

「言葉のままです。検察官を辞めようと考えるほどの間違いですから、何かしらの処分を受けたりしたのかと思ったのですが――何もありませんでした」

「つまり、それが不自然だと？」

「はい。海藤教授が検察官を辞めた理由は、他にあるか、あるいは……」

「今に至るも、事実が隠蔽されているか」

「そうですね」

「そうか。では、最後にもう一つだけ――」

「何です？」

「お前がこの家で見た幽霊は、教授の奥方だった人物か？」

「半分は……」

「半分？　どういうことだ？」

「まだ、確証が持てないんです。分かったら、すぐに伝えます。ただ、敬一さんの背後に憑依していたのは、彼の母親の幽霊だと見て間違いないと思います」

自分で喋りながら、何とも歯切れが悪いと思う。

だが、現段階ではこう答えるしかない。

御子柴に、根掘り葉掘り追及されることを覚悟していたのだが、意外にも「そうか」と素っ気ない返事だった。

「お前が、確証を持つためには、どうすればいい？」

「もう一度、幽霊の姿を確認する必要がありますね」

「だったらリビングに行け。全員を、そこに集めておいた。敬一に幽霊が憑依しているなら、そこで確認できるだろ」

「そうですね」

八雲は、客間を出ようとしたのだが、御子柴はソファーに座ったまま動かない。「行かないんですか？」と八雲が問うと、御子柴は嬉しそうに目を細めた。

「ぼくはここに残る。お前が一人で行け」

何かたくらんでいる目をしている。

気にはなるが、訊ねたところで、素直に教えてくれるようなタイプではない。

「分かりました」

「そうだ。教授もリビングにいると思うから、ここに来るように伝えてくれ」

「どうしてですか？」

「ちょっと話がある」

それだけ答えると、御子柴はそっぽを向いてしまった。

御子柴が、何を考えているのかは分からないが、ここまで来たら、黙って従うしかないだろう。

「分かりました」

八雲は、そう告げると客間を後にした。

ホールを歩いているときに、ふと人の視線を感じる。

目を向けると、階段のところに、女性が立っていた。確認するまでもなく、それが幽霊だということが分かる。

とても哀しげな目で、静かに口を動かした。

相変わらず、その声はざらついていて、聞き取ることができなかった。だから、その口の動きを注視した。

〈やめさせて〉

女性の幽霊の口は、そう動いているように見えた。

## 10

「戻って来たんですね」

八雲がリビングに入ると、ソファーに座っていた敬一が笑みを浮かべた。

彼の隣に座っていた星羅も、「お帰りなさい」と目を細める。自分の家でもないのに、そういうことを言われると、何だか違和感がある。

「海藤教授」

八雲が声をかけると、向かいのソファーに座っている海藤が顔を上げる。

「何かな？」

「御子柴先生からの伝言です。客間に来て欲しいそうです」

八雲が伝えると、海藤は「分かりました」と応じて、ゆっくりと腰を上げた。

「ぼくも、行きます。何か分かったってことでしょう？」

敬一が無邪気に声を上げながら立ち上がった。

「いえ。海藤教授だけでお願いします」

八雲は敬一を制する。

「どうして？」

食い下がる敬一の背後に、薄らと女の顔が見えた。

哀しげな顔をしたその女の幽霊は、何も言わず、ただ泣いていた。それは、後悔の涙のように思えた。

さっき、御子柴には曖昧な回答をしたが、これで確証が持てた。

それと同時に、御子柴が導き出した方程式が、どういうものだったのかを理解する。

「そんなに急ぐことはありません。御子柴先生も、まだ今回の心霊現象について、何も分かっていませんから」

八雲が窘めるように言うと、敬一は不満げにしながらも、ソファーに座り直した。

「行ってくる」

そう言って、部屋を出ようとした海藤を、八雲は「待ってください」と呼び止めた。

八雲は、海藤の傍らまで歩み寄る。

「御子柴先生に伝言をお願いします」

「伝言？」

「はい。二人いた――そう言ってください」

「それは、どういう意味です？」

海藤が首を傾げる。

そうなるのも頷ける。今の言葉だけ聞かされた海藤からしてみれば、何のことだかさっぱりだろう。だが――。

「御子柴先生になら、分かってもらえます」

八雲が、自信たっぷりに言うと、海藤は「そうですか」と呟き、そのまま部屋を出ていった。

改めて部屋の中にいる面々を見て、八雲は「おや？」と思う。部屋の中に、早坂の姿が見えない。

「早坂さんは、どちらに？」

「そういえば、いないね」

「トイレじゃないかしら？」

八雲が訊ねると、敬一と星羅がそれぞれ答えを返した。

二人は、早坂の行動を把握していないらしい。海藤に訊ねようかと思ったが、彼はリビングを出ていってしまっている。

——タイミングが悪かったな。捜してみるか？

八雲が、考えを巡らせていると、ドアが開いて早坂がリビングに戻って来た。額に、薄らと汗が浮かんでいる。

「何処にいたんですか？」

八雲が訊ねると、早坂はびっくりしたような顔をする。

「何処と言われると困りますけど、まだ今日の仕事が終わっていなかったので、片付けていたんです」

八雲は「そうですか」と素っ気なく答えると、空いているソファーに腰を下ろした。

「心霊現象の調査は、どの程度進んでいるんですか？」

敬一が声をかけてきた。

無邪気に騒いでいる感じがして癪に障るが、ここで腹を立てても仕方ない。

「今のところ、大した成果は得られていません」

「嘘ですよね」

敬一が意味深長に言う。

──面倒臭い奴だ。

「嘘ではありませんよ」

「そうですか？　でも、色々と調べているじゃないですか。何もってことはないでしょう」

「まあ、幾つかの可能性は浮かんでいます」

「だったら、それを教えてください」

「残念ながら、現状では何も言えません」

「どうして？」

「確証がないことは、口にしない主義なんです」

八雲がきっぱりと言うと、敬一は、これ以上は無駄だと判断したらしく押し黙った。

以前の八雲なら、現状の推理を口にしたかもしれない。だが、それをすることは、自分自身の考えにバイアスをかけることにもなる。

こんな風に考えるようになったのは、おそらく御子柴の影響だろう。

しばらくして、ドアが開き、御子柴がリビングに入って来た。海藤との話が終わったのだろう。

「海藤教授は？」

てっきり一緒だと思っていたのだが、海藤の姿がなかった。

「書斎に行った。急な仕事が入ったそうだ。すぐに戻ると言っていた」

御子柴は、そう口にすると八雲の隣に腰を下ろした。

「お前は、二人いたせいで混乱したんだな」

御子柴が、ぼそっと口にした。

どうやら海藤に託した伝言を、正確に理解してくれたようだ。

「まあ、そうですね」

「お前が見た、もう一人は、この写真の中にいるか？」

御子柴はそう言うと、携帯電話を差し出して来た。

モニターには、御子柴を含む三人の男女が写っていた。御子柴も、他のメンバーも若い。まだ学生時代の写真だ。以前にも、同じ写真を見せてもらったことがある。

「それで、どうなんだ？」

御子柴が、写真を見つめる八雲を急かす。

「確証は持てませんが、この人が似ていると思います」

八雲は、写真の中に写る一人の女性を指差した。

「やはりそうか」

「何がです？」

「何でもない」

御子柴は、ため息交じりに答えると、八雲から携帯電話を回収して、白衣のポケットに押し込み、天井を仰いだ。

色々と訊きたいことはあるが、どうせ訊ねたところで何も答えてはくれないだろう。

「それで、これからどうするんですか？」

「待つさ」

「何を待つんですか？」

「それは、そのうち分かる。食うか？」

御子柴が、白衣のポケットから棒付き飴を取り出し、八雲に差し出して来た。

「また酸っぱいやつを、ぼくに押しつけるんですか？」

「安心しろ。これは、めちゃくちゃ甘いやつだ」

そういうことなら頂戴しよう。八雲は、御子柴から棒付き飴を受け取り、口の中に入れた。

途端、絡みつくような甘さが口いっぱいに広がる。

「甘っ！」

「だろ」

「いや、甘過ぎます」

「知ってる。だから、お前に渡したんだ」

――本当にこの人は。

「不要なものを押しつけるのはやめてください」

抗議したが、御子柴には完全に無視されてしまった。本当に腹の立つ人だ。

そこから、ただ待つだけの時間が始まった。敬一と星羅は、ひそひそと話をし、ときどき笑い合っていた。

早坂は、何かを考え込むように、ぼんやりと天井を見つめていた。

御子柴は、何が面白いのか、ニヤニヤと笑いながら時計を見つめている。

八雲は、口の中の飴が早くなくなることを願いつつ、これまでの情報を頭の中で整理していた。

すぐに戻るという話だったのだが、八雲の口の中から飴が消えても、海藤が戻って来ることはなかった。

「遅いですね」

口を開いたのは敬一だった――。

「そうですね。私、ちょっと様子を見てきます」

早坂が、真っ先にリビングを出ていった。「ぼくも行きます」と敬一が立ち上がり、星羅がそれに従った。

「ぼくたちも、行くとしよう」

御子柴が、腰を上げて部屋を出ていく。八雲も、それに付き従った。

海藤の部屋の前に行くと、早坂が「先生！　先生！」と、激しくドアを叩きながら呼びかけていた。

「どうしたんですか？」

八雲が声をかけると、早坂は「ドアが開かないんです」と、今にも泣き出しそうな声を上げる。

これだけ呼びかけて、何の反応もないというのは、何かあったと考えるのが普通だ。

「ぼくがやってみます」

敬一が、早坂と代わり、ドアを開けようとするが、一向に開く気配がなかった。鍵が閉まっているということだろう。

「早坂さん。工具か何かを持って来てください」

敬一の指示で、早坂が階下に駆けていった。星羅も、その後を追いかけていった。

「くそっ！　何があったんだ！」

敬一は、苛立ちをぶつけるようにドアを叩く。

だが、頑丈なのかビクともしない。

これだけ逼迫(ひっぱく)した状況の中、ただ一人、御子柴だけは、口の中で棒付き飴を転がしながら、余裕の笑みを浮かべている。

やがて、早坂と星羅が工具箱を持って、戻って来た。

敬一はそれを受け取ると、バールをドアの隙間に差し込み、力任せにドアをこじ開けようとする。

何度も失敗を繰り返しながらも、五分ほどでドアをこじ開けることに成功した。

ドアが開くと同時に、むわっとした熱気が、室内から流れ出てくる。

中を覗(のぞ)き込(こ)むと、デスクに突っ伏している海藤の姿があった。

「先生！」

早坂が、すぐに書斎に入ろうとしたが、御子柴がそれを制した。

「やめろ！　一酸化炭素だ」

御子柴は、海藤のデスクの脇にあるガス式ファンヒーターを指差した。

――そういうことか。

閉め切った部屋の中で、ファンヒーターが動き続けていたことで、一酸化炭素が充満したのだろう。

いや、待てよ。これは、もしかして――。

「熊のお巡りさんを呼んでおけ」

御子柴が、八雲の耳許で囁くように言った。

# 11

「何が起きてるんだ？」

海藤の家に到着した後藤は、開口一番に言った。

何の説明もなく呼び出したのだから、そういう反応になるのも致し方ない。

「この家の書斎で人が死んでいます」

全員が集まっているリビングに案内する道すがら、八雲が口にするなり、後藤は「何だって!?」と、廊下に響き渡るような声を上げた。

「声がデカいですよ。少しは落ち着いてください」

八雲は、耳に指を突っ込み、うるさいとアピールしながら口にする。

「馬鹿野郎！　これが落ち着いていられるか！　死体があるっていうなら、とにかく応援を呼ぼう」

後藤が携帯電話を取り出したので、八雲は慌ててそれを制した。

「それには及びません」

「どうしてだ？」

「まあ、色々と事情があるんですよ」

「さっぱり分からん」

「別に、分からなくていいです。後藤さんは、腐っても警察官ですから、その肩書を利用させてくれればいいんです」

「は？」

後藤の声が裏返る。

「相変わらず、うるさい熊だな」

白衣のポケットに両手を突っ込み、だらだらとした歩調で御子柴が歩み寄って来た。

「どういう言い草だ」

後藤が食ってかかるが、御子柴は素知らぬ顔だ。

「顔を近づけるな。デカ過ぎて、遠近感が狂う」

御子柴の口撃に、八雲は思わず笑ってしまった。さすがに、センスのあるいじり方をする。

「てめぇ……」

「とにかく、落ち着いてください。後藤さんは、ただ立っていてくれればいいんです」

「そうだ。お前は、張りぼてとして、ぼうっとしていればいい」

せっかく八雲が宥めようとしたのに、御子柴が余計なことを言ったせいで、後藤が再び激昂してしまう。

「話は、後でいくらでも聞きます。今は、とにかくリビングに行ってください」

八雲は、強引に後藤の背中を押してリビングに向かった。

後藤は御子柴を睨みつつも、気持ちを静めてくれたらしく、そこから先は素直に従ってくれた。

リビングには、敬一、星羅、早坂の三人の姿があった。三人とも、あまりのことに、相当気落ちしているらしく、固い表情で俯いていた。

「あなたは、誰ですか？」

後藤の姿を認めた敬一が、突き放すような口調で訊ねる。

「ほら。自己紹介してください」

八雲が肘で突っつくと、後藤は不満そうにしながらも、警察手帳を提示した。

「世田町署の後藤だ」

後藤が名乗るのと同時に、部屋の中の空気がざわっと揺れる。

「ど、どうして警察が？」

早坂が、真っ青な顔で疑問をぶつける。

「状況から見て、ガス式ファンヒーターによる一酸化炭素中毒だと思うけど。これは事故だ」

敬一の言葉を、御子柴の笑い声が遮った。

「お前はアホだな。事故であっても、不審死であることに変わりはない。警察が介入するのは当然だ」

御子柴の言う通りだ。

それに、事故なのか、別の要因なのかを判断するのは警察だ。

「それもそうですね」

「それに、教授は事故死ではない。これは殺人事件だ——」

御子柴の発した言葉で、その場の空気が凍りついた。

驚きのあまり、身じろぎ一つできずに、時間そのものが止まってしまったのかと思うほどだ。

「ちょ、ちょっと待て。いったい何が……」

八雲は、喋りかけた後藤の足を踏みつけてやった。

「痛っ！　てめぇ！」

「今は、黙っていてください」

八雲が睨み付けると、後藤は苛立たしげに舌打ちをしながらも口を閉ざした。色々と思うところはあるのだろうが、こちらの意図を察してくれたようだ。

「父が殺されたって、いったいどういうことなんですか？」

敬一は、声を荒らげながら立ち上がった。

その姿を、御子柴は冷ややかに見つめている。

「こういうとき、推理小説の探偵なら、たっぷり間を置いて、事象について説明しながら盛り上げるのだろうな」

「何の話をしているんです？」

「しかし、ぼくは数学者だ。だから、効率的に答えを先に提示する」

「答え？」

「犯人は、お前だよ」

御子柴は、口から取り出した棒付き飴で敬一を指し示した。

それを見て、八雲は思わず笑ってしまった。御子柴の言う通り、いきなり犯人を名指ししてしまうなんて、盛り上がりも何もあったものではない。

「は？　何を言っているんですか？　犯人だなんて……そもそも、父さんは事故で……」

御子柴は、反論する敬一に掌を翳して制した。

「うるさい。公式は、今から説明してやるから、少し黙っていろ」

「………」

「まず、この家で発生していた心霊現象だが、全て人間の手によって演出されたものだ」

「どういうことですか？」

早坂が口を挟む。

「それについては、彼から説明してもらった方がいいな」

御子柴が、八雲を指名した。

面倒臭い部分は、丸投げをするつもりらしい。断ったところで、御子柴は素直に聞いてくれるようなタイプではない。

――やれやれ。

八雲は、うんざりしながらも説明を始める。

「まず、この家で起きていた心霊現象は、大きく三つあります。一つ目は、幽霊の気配や視線を感じるという現象。二つ目は、幽霊の声。そして三つ目は、窓ガラスに書かれた血文字」

八雲は、一本ずつ指を立てながら説明をする。

「それがどうしたんです？」

敬一が挑むような視線を向けてくる。

「正直、三つ目の現象があることで、今回の一件に、生きた人間の意図が介在していることは明らかでした」

「どうして、そう言い切れるんです？」

「科学的な根拠はありませんが、ぼくの経験則では、幽霊は死んだ人の想いの塊のようなものであり、物理的な影響力がありません。つまり、心霊現象だった場合、窓ガラスに血文字を書くことができないんです」

「根拠がないんですよね」

「ええ」

「だったら、そういうこともあるんじゃないですか？　現に、鍵がかかっているはずの部屋に、血文字が書かれていたんだ。それだけじゃなく、気付いたら消えていた。これをどう説明するんです？」

敬一が、ずいっと顔を近づけてくる。口ぶりからして、彼は自分が頭がいいと思い込んでいるようだ。

「簡単な話ですよ。鍵が壊れていたんですよ」

「は？」

「だから、鍵はずいぶん前から壊れていて、鍵をかけても施錠できていなかったんです」

海藤は鍵が壊れていることに気付かず、開け閉めを行っていた。だが、実際は、施錠されていない状態だった。

密室に突然、血文字が現れたという前提条件が崩れてしまえば、超常現象でも何でもない。

「そんなはずはない。さっきだって、鍵がかかっていたから、書斎のドアが開かなかったじゃないですか。そうでしょ」

敬一は、同意を求めて早坂に目を向けた。

「はい。間違いなくドアは開きませんでした」

早坂が答える。

「確かに、あのときドアは開きませんでした。でも、それは施錠されていたからではありません」

八雲が説明すると、早坂が「え？」と眉を顰（ひそ）める。

「書斎のドアが開かなかったのは、気圧の問題ですよ。最初に足を踏み入れたときから、感じていましたが、あの部屋は気密性が高い。部屋の隙間を密閉して、中の空気を抜けば、気圧で開きにくくなります。特に、あのときは、中でファンヒーターが回っていましたから、空気の膨張も相まって、開きにくくなっていたんです」

「そ、そんな……」

「でも、それは前からドアの鍵が壊れていた証明にはならないですよね？」

敬一の反論が飛んできた。

「そうですね。何せ、書斎に突入するときあなたが意図的に壊してしまいましたからね」

「何を……」

「ついでに言えば、あの部屋に一酸化炭素を充満させたのもあなたです。給気口を閉じ、部屋の密閉度を上げ、タイマーを使ってファンヒーターを回しておくだけでいい。そうすれば、海藤教授は、部屋に入って間もなく、一酸化炭素中毒で意識を喪失し、そのまま放置すれば死に至る」

「ち、違います」

敬一の声が震えている。

あまり嘘を隠すのが得意ではないようだ。自分は特別な人間だと思い込む。ドストエフスキーの『罪と罰』に出てきた、ラスコーリニコフのような男だ。

「何が、どう違うんですか？」

八雲が詰め寄ると、敬一の目が泳いだ。

「は、話がすり替えられています。幽霊が物理的な影響力を持たない根拠を示せと言ったんです」

「だから、それはぼくの経験則です」

「経験則だって？　まるで、幽霊が見えているみたいじゃないですか」

「見えていますよ」

「バカバカしい。そんなはずないでしょう」

「ぼくには、見えるんですよ」

八雲は、そう言って左眼に入っているコンタクトレンズを外した。

「なっ！」

赤い瞳を見て、敬一が後退る。早坂は思わず視線を逸らし、星羅は哀しげに目を細めた。三者三様の反応だったが、どれも大差はない。こういう反応をされることにも慣れた。

「ぼくは、生まれつき左眼が赤いんです。そして、この赤い左眼には、死者の魂――つまり幽霊が見える。これまで、幾つもの心霊事件に関わってきた経験からいうと、幽霊は物理的な影響力を持たない。まあ、あくまで経験則なので、確率が高いということに過ぎませんが……」

「………」

敬一は、反論できずに、口をパクパクさせている。

憐れだとしか言いようがない。冷静に議論していたなら、言い返すこともできたのだろうが、八雲の赤い左眼に、すっかり怯えてしまっている。

「声や気配といった心霊現象を演出したのも、あなたですね」

「声については、単純にスピーカーを使った。さまざまな方向から、声がしたので、幾つかの場所にスピーカーを仕掛けて、それを切り替えていたのでしょう。書斎を隅々まで捜索すれば、証拠が出てくるはずです」

音声が聞こえてくるのが、一ヵ所からであれば、八雲も騙されたかもしれないが、それを切り替えたことで、怪しさが倍増してしまった。

「……………」

「幽霊の気配については、改めて説明するのも面倒ですが、人間の脳というのは、自分一人だと認識しているときに、自分と関係ないものが、少しでも動くと奇妙な気配を感じるんですよ」

「……………」

「カーテンを揺らす、背後を通り過ぎるとか、そういう些細なことをするだけで、幽霊の気配を演出できるんです。同じ家に住んでいたなら、簡単なことですよね」

「……………」

「おい。八雲。どうして、こいつは自分の父親を殺そうなんて考えたんだ？」

後藤が口を挟んできた。

事情を知らずにいた後藤だったが、これまでの話と、八雲が調査を依頼した案件を結び付け、だいたいのことを把握したらしい。

「彼は、自分の父親を恨んでいたんですよ」

「どうしてだ？」

「あいつは、母さんを殺したんです！　事故に見せかけて！」

敬一が叫んだ。

本人に自覚はないだろうが、これはもう自白と同じだ。こういうところがお粗末だ。

「バカを言うな。あれは事故だ」

後藤の言葉を、敬一が「違います！」という叫びで掻き消した。

「ぼくは聞いたんです。母さんが死んだ後、父さんが警察の人間と密談していたのを……」

「密談？」

後藤が首を傾げる。

「そうです。証拠がどうとか、そんな話をしていました。ぼくは、それがすぐに母さんの事故のことだと分かりました。そのときは、意味が分からなかったけど、最近になって、その理由を知ったんです」

「理由だと？」

「そうです。あいつは、母さんを事故に見せかけて殺し、検察官という立場を利用して、警察と結託して、その事実を隠蔽したんです。だから、母さんは、今も恨み続けている。それなのに……」

敬一は、早坂を睨み付けた。

彼からしてみれば、海藤は、自分の妻を事故に見せかけて殺害したうえに、息子と同年代の若い女を家に連れ込んだ忌まわしき存在なのだろう。

だが——。

「違うんです。私たちは……」

「うるさい！」

早坂の言葉を敬一は遮った。

こうやって、ろくに他人の話を聞かず、自分の思い込みだけで行動したせいで、最悪の悲劇を生み出した。

「あいつは、ぼくから母さんを奪ったんです！」

「残念だがそれは違う」

これまで黙っていた御子柴が、ようやく口を開いた。

やっとバトンタッチができる。

「違わない！」

「おい。熊吉(くまきち)。こいつの母親の事故のことを、詳しく教えてやれ」

御子柴が、棒付き飴で後藤を指し示す。

どうやら御子柴は、指揮者のつもりらしい。だが、後藤は、自分が指名されていると は気付かず、きょとんとしている。

「おい。熊吉。さっさと説明しろ」

もう一度、御子柴に言われて、後藤はようやく自分が指名されていることに、気付い たらしい。

「は？　おれは熊吉じゃねぇ！」

「じゃあ熊の助――」

「名前に熊は入ってねぇんだよ！」

「何でもいいから、さっさと説明しろ。ただし、ちゃんと人間の言葉で頼むぞ」

「この野郎！」

後藤が、御子柴に詰め寄ろうとしたので、八雲は仕方なく間に割って入った。

「あの人に、怒っても意味はありませんよ。ぼくより、はるかに口が達者ですから」

後藤は、「ぐぅ」と熊のような唸り声を上げつつ、怒りを収めた。

気を取り直すように、自分の頬を両手で打ってから、改めて敬一に向き直る。

「お前の母親の件は、間違いなく事故だ」

「そんなはずありません！」

「あるんだよ。警察はちゃんと捜査をした。雨の日に、ハンドル操作を誤ったんだ。あの事故で、同乗者も亡くなっている」

「は？　待ってください。同乗者って、いったい……」

敬一が怪訝な表情を浮かべる。

「おい。こいつ、知らないのか？」

後藤が八雲に訊ねてきた。

「ええ」

「まったく。嫌な説明を丸投げしやがって……」

後藤が苦虫を嚙み潰したような顔をする。

「母さんは、一人で事故に遭ったって……」

「それは違う。お前の母親は、交際相手の男性と車で移動中に、事故を起こしたんだ」

「ふざけないでください！　母さんが不倫してたっていうんですか？　そんなの嘘です！」

「本当よ」

堪りかねて横から割って入ったのは、早坂だった。

苦しそうな表情を浮かべながらも、この先の説明は、自分がするべきだと判断したのだろう。

「その方が、お前にとって都合がいいからだろ」

「違うわ。敬一さんのお母様の裕恵さんの車に同乗していたのは、早坂浩二郎という男性なの」

「早坂？」

「そう。私の兄――」

「なっ……」

あまりのことに、敬一はその先に言うべき言葉を失ったようだった。

長い沈黙があった。

「裕恵さんと、兄は、事故に遭った日、駆け落ちするつもりだったのよ」

「そんなの嘘だ！　だって母さんは、ぼくを連れていかなかったじゃないか！」

「敬一さんに、そう思って欲しくなかったから、先生は裕恵さんの日記を全て燃やしたの。そこには、駆け落ちのことが書いてあったから。敬一さんには、何も伝えず、自分が逆恨みされていることを承知で、黙っていたのよ」

「そ、そんな……」

「私は、最初は兄の仕出かしたことに、罪の意識を感じていて、何か贖罪がしたかった。それで先生に近づいた。先生は、それを分かっていて、私の気の済むようにさせてくれた。寡黙だけど、とても優しい人なの。私は、先生のそういうところに惹かれたの

「――」

「………」

「それなのに、あなたは、何も知らずに先生を殺してしまった……。こんなことなら、もっと早く真実を打ち明けていれば……」

早坂が、両手で顔を覆って泣き崩れた。

「別に、責任は、彼にだけあるわけじゃない。対話をしようとしなかった、教授にも問題がある。彼は、もっと息子を信じるべきだった」

御子柴が、じっと敬一を見下ろす。

「そんなこと言ったって、今さら、もう手遅れです……」

早坂が、そう絞り出す。

「本当に手遅れか？」

御子柴の言葉に、敬一と早坂が「え？」と同時に顔を上げた。

「まだ間に合う。そうだろ。海藤教授――」

御子柴が口にするのと同時に、ドアが開き、海藤が部屋に入って来た。

部屋にいる面々は、皆、驚愕の表情を浮かべているが、八雲は、海藤が生きていることは分かっていた。

八雲が、矢口から渡されて運んだ箱の中には、酸素マスクと酸素ボンベが入っていた。一酸化炭素が充満した部屋でも、酸素マスクがあれば呼吸はできる。

海藤が、デスクに突っ伏すようにしていたのは、口許の酸素マスクが見えないようにするためだった。

そもそも、一酸化炭素が充満した部屋では、自分のデスクまで移動することは難しかったはずだ。

デスクに突っ伏している海藤を見つけたとき、御子柴はすぐに一酸化炭素が充満していることを指摘して、部屋の中に誰も入らないように指示した。

ああすることで、間近で確認させないようにしたのだ。

何より驚くべきは、敬一が一酸化炭素中毒を利用して海藤を殺害するつもりだという計画を、御子柴は早い段階で見抜き、それに対する準備を進めていたことだ。

後になって思えば、書斎の密閉度が高く、空気が重かったり、給気口が塞がれていたり、ファンヒーターがあったり、色々と気付くポイントはあったが、八雲はそこまで先読みすることができなかった。

「…………」

言葉を発することができずにいる息子を、海藤は無言のまま、力強く抱きしめた。

それで、充分だったのだろう。

敬一は「ごめんなさい……」と呟いたかと思うと、声を上げて泣き始めた。その泣き声は、叫びのようでもあった——。

## 12

八雲が、御子柴の研究室に呼び出されたのは、翌日の夕方のことだった——。

部屋に行くと、御子柴はデスクにふんぞり返るように座り、口の中でもごもごと棒付き飴を転がしていた。

そして、御子柴のデスクの前に置かれた椅子に、一人の女性が座っていた。

顔は見えなかったが、その後ろ姿に見覚えがあった。

八雲の入室に気付いたらしく、座っていた女性が、ゆっくりと振り返った。やはり、そうだ。敬一の恋人の星羅だ。

彼女は、目を真っ赤に腫らし、洟（はな）を啜（すす）っていた。

「何があったのですか？」

御子柴も、星羅も何も言わないので、こちらから訊ねてみる。だが、やはり二人とも何も言わなかった。

「お前は、もう行っていいぞ」

長い沈黙の後、御子柴が言うと、星羅はぺこりと頭を下げ、すごすごと部屋を出ていった。

「まさか、セクハラでもしていたんですか？」

八雲が口にすると、御子柴から鋭い視線で睨み付けられた。いつも飄々としている御子柴が、こんな顔をするなんて珍しい。

「彼女から、少し話を聞いていただけだ。その結果、泣き出した。ぼくは悪くない」

御子柴が憮然と言う。

「今さら、彼女に何の話を聞くんですか？　事件はもう終わっているはずです」

「本気で言っているのか？」

「どういう意味ですか？」

「事件が終わっていないことは、お前自身が、一番分かっているだろ」

まあ、確かにその通りだ。今日、御子柴から呼ばれたのも、事件についての話があるからだということは、察しがついていた。だが、素直にそれを認める気にはならなかった。

「事件が終わっていないと思う理由は何ですか？」

「お前は、幽霊は二人いると言った。一人は、教授の妻だった裕恵。おそらく、後悔と自責の念から、彷徨っていたのだろう」

「多分……」

「だが、もう一人は、なぜあの家にいたのか？　その謎が解けていない」

さすがによく分かっている。

「そうですね。御子柴先生は、今回の事件が、$x^n + y^n = z^n$だと言っていましたね」

「ああ」

「つまり、今日、ぼくをここに呼び出したのは、フェルマーを見つけた——ということですね？」

八雲が訊ねるのと同時に、コンコンとドアをノックする音がした。

「開いている。入って来い」

御子柴が、ドアに向かって呼びかける。

ドアが開き、部屋に入って来たのは、車椅子に乗った青埜だった。

八雲を認めると、小さく笑みを浮かべて会釈をした。彼女は、御子柴からの依頼を受けて、フェルマーのハンドルネームを持つ人物の特定を手伝っていた。

こうして、ここに現れたということは、青埜によって人物の特定ができた——ということだろう。

「頼まれた資料を持って来ました。フェルマーがインターネットに書き込んだ時間から、その行動パターンの割り出しをしてみました」

青埜は、そう言って御子柴のデスクの上にＵＳＢメモリーを置いた。

「あと、前に使用されたＩＰアドレスの一つが、大学の情報処理室にある端末だという話はしましたよね。その時間帯の防犯カメラの映像も入手したので、一緒に入れておきました」

青埜が説明を加える。

なるほど。書き込まれた時間帯の前後の防犯カメラの映像を確認すれば、フェルマーが誰なのか特定できるというわけだ。

追い求めたフェルマーの情報が目の前にあるというのに、御子柴は、ＵＳＢメモリーを一瞥(いちべつ)しただけで、手にしようとはしなかった。

「データの検証をしないんですか？」

八雲が訊ねると、御子柴は、相変わらず険しい表情のまま小さく息を吐いた。

「必要ない」

「どうしてですか？　せっかく苦労して集めたのに……」

「その資料には、意味がないからだ」

不満そうに言う青埜に、御子柴が素っ気なく返した。

「意味がないとは、どういうことですか？」

「おそらく、その防犯カメラに映っているのは、海藤敬一だ。そうだろ？」

「はい」

御子柴の問いに、青埜が大きく頷いた。

「フェルマーは、他にも複数のＩＰアドレスを使用していたが、裁判所に開示請求をすれば、海藤敬一の所有しているパソコン、もしくはスマートフォンのものだということが判明するはずだ」

「つまり、海藤敬一がフェルマーだった——ということですね」

八雲が驚きとともに言うと、御子柴が首を左右に振った。

「残念ながら、そうではない。青埜が提出した資料には、間違いがある」

「そんなはずはありません！」

青埜が食ってかかるが、御子柴は一切、動じなかった。

「そうだな。間違いではないな。お前は、海藤敬一がフェルマーであると、ぼくが勘違いするように、資料を意図的に改竄して提出していた」

「何を言っているんですか？」

「分からないか？　ぼくは、お前がフェルマーだと言っているんだ」

御子柴は、口の中から棒付き飴を取り出し、真っ直ぐに青埜を指し示した。

あまりのことに、八雲は言葉を失った。それは、青埜も同じだったようで、呆気に取られた顔をしている。

「私が——ですか？　そんな……」

「そうか。惚けるのがお前の支配戦略か。だが、それは愚策だ。姉さんにゲーム理論を、教わってこなかったのか？」

「何を仰っているのか……」

青埜は、助けを求めるように、八雲に視線を送ってくる。だが、八雲からしても、何と答えていいのか分からない。

「フェルマーは、インターネットの掲示板を通じて、問題を抱える人物と接触し、人為的に心霊現象を引き起こす方法をレクチャーしてきた。どうして、手間暇かけて、そんなことをする必要があるのか？　その理由が分からなかった」

確かに、その部分は謎だった。

悪戯にしては手が込んでいる。インターネット上に、自分の痕跡を残さないようにしたのも、実に巧妙だ。

「おそらく、これは実験だった。フェルマーは、自分自身が、心霊現象を演出する必要があった。だが、失敗は許されない。そこで、インターネット上でアドバイスすることで、別の人間に実践させ、その成功率を測っていたんだ」

「それを、私がやったということですか？」

おずおずとした口調で青埜が訊ねる。

「その通りだ」

「私に、そんなことをする理由がありません」

「あるさ。敬一と早坂は、一ヵ月前に幽霊を目撃している。敬一は、このことをきっかけに、父親に対する復讐を目論んだんだ」

御子柴が、棒付き飴を口の中に戻し、ゴロゴロと転がす。

「それがどうしたんですか？」

青埜は、身じろぎ一つしなかった。

「早坂が幽霊を見たのは、このときだけだが、敬一は、その後も幾度となく幽霊を見ていると証言している。だから、お前のところにも相談に行った」

御子柴が、そう言いながら八雲に目を向けた。

「そういえば……」

敬一が、最初に八雲の許に足を運んだとき、幽霊が何かを訴えようとしているので、それが何かを知りたいという旨を語っていた。

「敬一は、母親の幽霊に復讐をそそのかされた。そして、今回の計画を立てたんだ」

「話が逸れています。私がフェルマーを名乗った理由を訊ねているんです」

青埜が強い口調で言う。

さっきまでは、冷静さを保っていたが、彼女の精神に段々と余裕がなくなってきているのが分かる。

「話は最後まで聞け。正しい解答を導き出すためには、順番が重要なんだ」

「…………」

「このとき、敬一が見た幽霊は本物ではない。生きた人間——つまり、お前が幽霊を演じていたんだ。そうだろ？」

御子柴が、青埜に向き直る。

視線がぶつかり、ひりひりと痺れるような緊張感が、八雲にまで伝わってきた。

「ご存じの通り、私は事故で脊椎を損傷していて、自分の足で立って歩くことができません。海藤教授の家に忍び込んで、幽霊のふりをすることはできません」

青埜が理路整然と返す。

筋が通った主張だが、御子柴は少しも動じなかった。

「そうだな。お前自身はできなかった。言い方を変えよう。お前は、星羅に命じて、幽霊を演じさせたんだ。彼女は、敬一の恋人という立場にあった。自由に家に出入りすることができた。もっと言えば、星羅は幽霊を演じるために、敬一に近づいた」

青埜と星羅は従姉妹同士だと言っていた。その立場を利用して、自分の計画に加担させたということか。

「何処に証拠が？」

「星羅が自供した」

——ああ。

八雲は今になって納得した。御子柴の研究室に入ったとき、星羅が泣いていた。あれは、御子柴に洗いざらい喋った後だったということなのだろう。

最初に、御子柴は惚けるのは愚策だと青埜に警告していた。それは、既に確証を得ているからこそ出た言葉なのだろう。

「星羅が何を言ったかは知りませんが、それだけでは、何の証拠にもなりません。それに、私には、わざわざそんなことをする理由がない」

青埜は、毅然と言い返す。

これは八雲にも愚策だと分かる。御子柴が、星羅の証言だけでこの場に臨むはずがない。

「理由ならある。幽霊を演じ、敬一を焚き付け、教授を殺害させるためだ」

御子柴の声が、研究室に響く。

「ですから、どうして、私がそんな恐ろしいことを……」

「簡単だ。復讐のためだ」

「復讐？」

「そうだ。お前は姉を交通事故で失っている。突然、信号無視をして飛び出してきたバイクを避けたせいで、車ごと川に転落した。お前の姉は、お前だけを何とか車の外に出したが、自分は間に合わず、そのまま水の底に沈んだ」

「…………」

「お前は一命を取り留めたが、脊椎を損傷して、車椅子での生活を余儀なくされた」

ここに来て、八雲は一気にさまざまなことを理解した。

青埜は、御子柴と自分の姉が大学時代の友人だと言っていた。そして、八雲が学生時代の友人に会わせて欲しいと言ったとき、御子柴はその友人は既に死んでいると口にしていた。

つまり御子柴の友人で、青埜の姉は、その事故で亡くなっていたということだ。今は亡き、友人の妹だからこそ、御子柴は青埜のことを気にかけていたのだ。

「…………」

「バイクに乗っていたのは、一人の少年だった。彼は、車が川に転落したことを知りながら、その場から逃げ出した。お前は、その人物の顔を見ていた。違うか？」

「…………」

「この沈黙は、肯定と受け止めるぞ」

「…………」

「お前は、事故の後、目撃した内容を警察に伝えた。だが、結局、バイクの少年は見つからなかった」

「……………」

「大学生活を続けるうちに、額の傷から、そのときの少年が、敬一であることに気付いた。そして、証言を父親の海藤教授が警察に握り潰させたと推察した。その推察は、おそらく正しい。敬一は無免許運転をしていたうえに、事故を誘発し、さらに救護義務を怠り逃走したんだ。公になれば、問題になるのは明白だからな」

海藤は検察官を辞めた理由を、間違いを犯したからだと口にしていたが、それはこのことだったのだ。

息子が罪を追及されないように、懇意にしていた警察関係者を抱き込み、自分の息子の罪を隠蔽してしまったのだろう。

隠蔽という最悪の行為をしてしまった以上、検察官として働き続けることができなかったというわけだ。

だが――。

「どうして、御子柴先生は、そのときの少年が、敬一さんだったと気付いたんですか？」

八雲は思わず口を挟んだ。

青埜は、事故のときに顔を見ていたから気付くことができたとしても、御子柴は知らなかったはずだ。

「お前は、何を言っているんだ？　お前にも手伝わせただろ」

御子柴が、ホワイトボードを指し示した。

「あっ！」

そうだ。御子柴は、過去に起きた事故の現場から、走り去ったバイクの所在を数学的に突き止めようとしていた。

あの検証こそが、青埜の姉の事故だったというわけだ。そして、御子柴は独自の検証で、当時、バイクで逃げた人物が、敬一であったことを突き止めた。

「…………」

「お前は海藤親子に復讐しようと考えた。そして、姉妹のように育った星羅を抱き込み、敬一に近づけ、彼の動向を徹底的に探った。その結果、母親の死にまつわる複雑な事情を知り、それを利用しようと考えた」

「…………」

「まず、母親の幽霊が現れたと思わせ、敬一の父親に対する怒りを焚き付けた。このとき、星羅が幽霊のふりをしたのだろう。一瞬だけ、姿を見せて、そのまま窓から脱出するだけでいい。ピアノの音は、スピーカーで流すだけだ」

そういえば、一ヵ月前に幽霊の姿を見た敬一と早坂は、裕恵の部屋に行ったとき、窓が開いていた——と言っていた。

御子柴の言う方法で成立する。

「幽霊の姿を見ただけで、父親を殺したりしますか？」

青埜が、この期に及んで反論する。

「もちろん、それだけじゃない。マイクロ波聴覚効果を使って、夜な夜な敬一の脳に、直接音声を送っていたんだろ。『私は、父さんに殺された』といった感じの音声を送り続ければ、敬一の思い込みを増長させることはできた」

七海のマンションの事件のときに、使用されていたのが、マイクロ波聴覚効果だった。フェルマーを名乗り、彼女で実験したうえで、敬一に使用したのだろう。

いや、それだけではない。

海藤の家では、さまざまな方向から幽霊の声が聞こえてきた。あれは、清遊寮の事件のときに使用したスピーカーを応用したはずだ。

御子柴の言うように、前に起きた二つの事件は、フェルマーの——青埜の実験だったというわけだ。

「いつ、気付いたんですか？」

長い沈黙の後、青埜が静かに言った。

表情が一変した。怯えていたはずの顔には、冷たい笑みが浮かんでいる。

「お前から、フェルマーについての検証資料をもらったときだ。実にいい加減な資料だった。幾つかのデータも改竄されていた。まるで、フェルマーを別の人間だと思い込ませようとしているようだった」

口には出さなかったが、御子柴はあの段階から、青埜をフェルマーだと疑っていた。だからこそ、交通事故の検証を始めたのだ。

「さすがですね——」

青埜は、静かにそう呟いた。

「当たり前だ。ぼくを誰だと思っている」

御子柴が自信たっぷりに胸を張る。その姿を見て、青埜はふっと笑みを零した。

「お姉ちゃん、御子柴先生のこと、凄く尊敬していました。いつも、御子柴先生とやったゲームの話をしていました」

「そうか」

「お姉ちゃん、多分、御子柴先生のこと好きだったんだと思います」

「……………」

「それが、あんな酷い死に方をしたんですよ。私は、もう歩くこともできない。お姉ちゃんは命を、私は当たり前の生活を奪われたんです。それなのに、敬一は、何食わぬ顔で平然と生活している。お酒を飲んで、未だにバイクを乗り回して、バカみたいに中身のない話をして……許せますか？」

青埜は泣かなかったが、その言葉は途轍もなく重かった。

真実を知ったときの青埜の哀しみは、計り知れないものだったろう。それは、すぐに憎しみとなり、強い怒りの炎を宿すことになった。

だが、だからこそ、彼女に伝えなければならない。

今なら分かる。海藤家のホールで会った幽霊は、青埜の姉だった。彼女は、あのとき「やめさせて」と言っていた。

それは、青埜の復讐劇を止めようとしていたからこその言葉だろう。

「あなたは間違っています。あなたのお姉さんは……」

八雲の言葉を遮ったのは御子柴だった。

「今ではない」

御子柴がぴしゃりと言う。

どうして、今ではないのだ？　今言わなければ、いったい、いつ言うというのか？

「御子柴先生。私とゲームをしませんか？　姉に教わったゲームがあるんです」

青埜は、そう言うとポケットの中から、小さなカプセルを三つ取り出し、それを御子柴のデスクの上に並べた。

「三つのカプセルのうち、二つはシアン化ナトリウムが入っています」

青埜がさらっと言った。

シアン化ナトリウムは、わずか百五十から二百ミリグラムの経口摂取で死に至る毒物だ。

「どうしてそんなものを……」

八雲が、驚きとともに口にすると、青埜は嬉しそうに目を細めた。

「一酸化炭素中毒の計画が失敗した場合、敬一にこれを使わせるつもりで用意しておいたんです」

計画が失敗したときのことも、想定していたとは、それだけ彼女が本気だったということだろう。

「それで、どんなゲームだ？」

「この中から一つだけ選んで、今ここで飲んでください。確率は三分の一です」

青埜が冷淡に言う。

「ちょっと待ってください。そんなのゲームにならない。あまりに一方的です。御子柴先生の利得が何もありません」

八雲は、慌てて止めに入った。

こんな理不尽なゲームに参加する理由など、何処にもない。拒否すればいいだけだ。

「だったら、こうしましょう。御子柴先生が選ばなかったカプセルのうちの一つを、私が飲みます」

「だから、そんなことに意味は……」

「黙れ！」

止めようとした八雲の言葉は、御子柴によって遮られてしまった。

「で、でも……」

「これは、彼女なりのケジメなんだ。付き合ってやろうじゃないか」

──冗談だろ。

御子柴が変人だということは分かっていたが、こんなデスゲームに付き合うなんて、正気を疑う。

「では、一つ選んでください」

青埜は、場の緊張感に似つかわしくない笑みを浮かべる。

「その前に、確認していいか？」

「何ですか？」

「お前は、毒が入っていないカプセルがどれか、知っているのか？」

「ええ。もちろんです」

「分かった」

──ちょっと待て。

御子柴は、今の状況を本当に分かっているのだろうか？　青埜が、正解のカプセルを知っているのだとしたら、圧倒的優位にある。

「真ん中のカプセルを選択する」

御子柴が、真ん中のカプセルの前を、トントンと人差し指で叩いた。

「本当に、それでいいですか？」

「ああ」

「では、一つ条件を付けます。このカプセルは、毒入りです」

青埜は、右のカプセルを遠ざけた。

「そうか」

「一度だけ、選択を変えることができます。どうしますか？」

青埜が、真っ直ぐに御子柴の目を見据える。

――これはモンティ・ホール問題だ。

御子柴にレクチャーを受けたばかりなので、頭に残っている。この条件下では、選択を変えた方が確率が上がる。

「こちらからも、一つ確認をするがいいか？」

「何でしょう？」

「お前が飲むのは、さっき除外したこのカプセルも含まれるのか？」

御子柴が、青埜が除外したカプセルを手に取る。

「いいえ。それが毒入りであることは、既に分かってしまっていますから。毒を飲むのは、私か御子柴先生か。確率は二分の一です」

青埜が殊更強調して言う。

「ぼくは選択を変えない」

――え？

八雲が口を出す間もなく、御子柴は真ん中にあったカプセルを手に取り、それを口の中に放り込んでしまった。

「ダメ！　吐き出してください！」

青埜が身を乗り出して叫ぶ。

この反応――どうやら、御子柴が口の中に入れたカプセルが毒入りだったようだ。

「御子柴先生！　吐き出してください！」

八雲は、すぐに御子柴に駆け寄ったが、拒絶するように手で制された。

「必要ない。これは、毒入りのカプセルではないからな」

「ど、どうして……」

青埜が愕然（がくぜん）としている。

「簡単な話だ。飲む寸前に、もう一つのカプセルと、真ん中にあった毒入りのカプセルをすり替えたんだ」

──いつの間に。

「真ん中が、毒入りだと知っていたんですか？」

青梺が震える声で訊ねる。

「ああ」

「どうして……」

「お前が死にたがっていたからだ」

「え？」

「これは、モンティ・ホール問題ではない。ゲーム理論だ」

──あっ！

八雲は、ようやく御子柴が何を言わんとしているのかを理解した。

「それって……」

青梺は、まだ理解していないらしく、困惑した表情を浮かべている。

「お前は死にたがっていた。自分で毒の入ったカプセルを飲むつもりだったんだ。だから、ぼくが最初に、毒の入っていないカプセルを選んだ場合、モンティ・ホール問題を仕掛けることなく、自分で毒入りのカプセルを選択して死ぬ」

「……」

「さっきのように、ぼくが毒入りのカプセルを選んだ場合、モンティ・ホール問題を仕掛けて、選択を変えさせる。そういう算段だったんだろ」

「………」

「お前の戦略が分かっていれば、後は、それを裏切ってやればいい」

「………」

「このカプセルは、ぼくが回収する。お前は、姉さんに遠く及ばない。まだ学ぶべきことがある。死ぬのはその後にしろ」

「………」

「来週から、ぼくが特別講義をしてやるから、必ず顔を出すように――」

御子柴は、そう言い残すと白衣を翻し、颯爽と研究室を出ていった。去り際、八雲の耳許で「今だ――」と囁いた。

なるほど。そういうことか。御子柴は、青埜が他人の言葉に、耳を傾けられるようにするために、敢えて無茶なゲームを正面から受けたのだ。

確かに、ああ見えて他人のことをよく見ている。

「青埜さん」

八雲が呼びかけると、青埜がはっと顔を上げた。

その背後に立っている青埜の姉の幽霊と目が合った。これまで、悲愴感に満ちた表情をしていたが、今はとても晴れ晴れとしているように見えた。

「お姉さんから伝言があります」

八雲がそう告げると、幽霊である青埜の姉の口が、ゆっくりと開く。

相変わらず音としては聞き取れなかったが、口の動きから推測した言葉を、八雲は青埜に伝えた——。

# エピローグ

御子柴が、八雲の隠れ家である〈映画研究同好会〉の部屋にやって来たのは、あの事件から一週間後のことだった——。

白衣のポケットに両手を突っ込み、口の中で棒付き飴を転がし、不機嫌さをアピールしているようだ。

「何をしに来たんですか？」

八雲は、半ばうんざりしながら訊ねる。

「何を——じゃない。このところ、お前は、全然、いなかったじゃないか。呼び出しにも応じないし」

御子柴は、文句を並べながら八雲の向かいの椅子に座る。

確かに最近は、あまり〈映画研究同好会〉の部屋にもいなかったし、御子柴の呼び出しも無視し続けた。

その理由は、ある心霊事件の解決のために奔走していたからだ。

大学の外れにある廃屋に足を運んだことをきっかけに、幽霊に憑依された友人を助けたいという依頼だった。

この事件に関わったせいで、危うく殺されかけたり、本当に大変な目に遭った。

御子柴に話せば、また嬉々として首を突っ込み、面倒なことになるのが分かっていたので、そのことは伝えていない。

「色々と忙しかったんですよ」

八雲が適当に返すと、御子柴はすっと目を細めた。

「ぼくは、その色々を訊いているんだ。ぼくに内緒で、心霊事件を解決していたわけじゃないだろうな」

「まさか」

八雲は、笑みを浮かべてみたが、少し引き攣ってしまった。

「まったく。隠しても無駄だ。大学内で死体が発見されたと大騒ぎになっている。お前が関わっていたことは、分かっているんだ」

御子柴が、棒付き飴を口から取り出し、八雲に突きつけた。

――だから汚いんだって。

「バレましたか」

「当たり前だ。どうして、ぼくに報告しないんだ。幽霊の検証は、まだ終わっていないんだ」

――この人は、まだやるつもりなのか？

その執念に辟易する。

「次からは、ちゃんと報告しますよ」

そう返事をしたものの、もちろん、逐一報告するつもりはない。

御子柴が関わると、話がややこしくなることは、痛いほどに分かっている。そもそも、八雲が御子柴の検証に付き合う義理はないのだ。

「約束しろよ。これからは、ぼくも色々と忙しくなる。大学にいないことも、多くなるからな」

――おや？

「それは、どういうことですか？」

「前に話していた、警察に協力するという話だが、オブザーバーとして参加することにした」

意外だった。

前から、警察への協力要請はきていたが、御子柴はそれから逃げ回っていたはずだ。

「どうして受ける気になったんですか？」

「青埜のようなことを、起こさないために――だ」

御子柴の言葉が、すとんっと腑に落ちた。

青埜が復讐を決意した理由は、事故の真相を隠蔽されたことだ。真実が明らかになっていれば、彼女は、復讐劇など起こさなかった。

御子柴は、そうした間違いを減らすために、警察に協力するという選択をしたのだろう。

「御子柴先生らしいですね」

「どうしてそうなる？」

「何となくです。それで、その後、青埜さんはどうしていますか？」

八雲は話を逸らすように訊ねた。

「青埜は留学することになった」

「留学？」

「そうだ。ぼくが推薦した。彼女は、過去に縛られるべきではない。姉のためにも、その能力を磨くべきだ」

御子柴の悪口を言い合える仲間がいなくなるのは残念だが、彼女のためにも、その方がいいだろう。

「御子柴先生にしては、いい判断ですね」

「何？」

「いえ、何でもありません。前に進むことは、いいことです」

八雲が口にすると、御子柴がふっと息を漏らして笑った。

「何がおかしいんですか？」

今ので、どうして笑われるのかが分からず訊ねた。

「お前から、そんな言葉が出るとはな」

「どういう意味です？」

「初めて会ったときのお前は、人に一切興味がなかった。自分の人生を呪い、卑屈になり、他者を偏った価値観でカテゴライズしていた」

「酷い言いようですね……」

反論してみたが、声に力が入らなかった。

「事実だ。だが、少しずつではあるが、お前は他者を受け容れるようになってきた」

「そうは思いませんけど……」

「自覚がないだけだ。特に、会わなかった間で、物事の受け止め方が、大きく変わった」

「そんなにすぐに、変わったりしませんよ」

「それこそバイアスだ。人間の価値観の変化に、時間との相関関係はない。たった一つの出来事、たった一言で、人は変わるものだ」

八雲の脳裏に、ふと廃屋の事件を持ち込んだ女性に言われた言葉が浮かんだ。確かに、あの一言はこれまでの価値観を変えるほどのインパクトがあったが、それを素直に認める気にはならなかった。

「数学者のくせに、道徳的なことを言うんですね」

八雲は、茶化すように言ったが、御子柴は表情を変えることはなかった。

「何が道徳だ。これは、数学の話だ。時間が経過すれば、問題が解けるというわけではない。たった一つの方程式が、世界を変えることがあるという話をしているんだ」

「はあ……」

八雲は、気のない返事をした。

「お前は、自分の殻を破る、方程式を見つけたんだ。そうだろ」

「何のことか、さっぱり分かりません」

八雲がおどけて答えると、御子柴は、ふうっと長いため息を吐いた。

「まあいい。そのうち、気付くだろう」

御子柴は、そう言いながら白衣から、ポケットサイズのチェス盤を取り出し、テーブルの上に置いた。

「今からチェスをやるんですか？」

「当たり前だ。ぼくは、そのために来たんだからな」

御子柴がニヤニヤと笑っている。

――本当に面倒な人だ。

八雲は、ため息を吐きつつも、チェス盤と向き合った。

本書は二〇二二年十一月に小社より刊行された『心霊探偵八雲　INITIAL FILE　幽霊の定理』を加筆・修正したものです。

|著者|神永 学　1974年山梨県生まれ。日本映画学校卒業。2003年『赤い隻眼』を自費出版する。同作を大幅改稿した『心霊探偵八雲 赤い瞳は知っている』で'04年にプロ作家デビュー。代表作「心霊探偵八雲」をはじめ、「天命探偵」「怪盗探偵山猫」「確率捜査官 御子柴岳人」「浮雲心霊奇譚」「殺生伝」「革命のリベリオン」などシリーズ作品を多数展開。著書には他に『イノセントブルー 記憶の旅人』『ガラスの城壁』『ラザロの迷宮』などがある。

心霊探偵八雲　INITIAL FILE　幽霊の定理

神永 学



講談社文庫

定価はカバーに
表示してあります

2024年3月15日第1刷発行

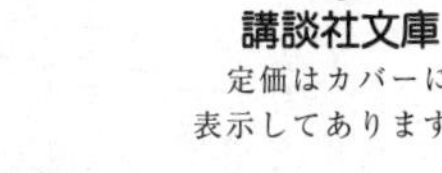

KODANSHA

発行者――森田浩章
発行所――株式会社　講談社
東京都文京区音羽2-12-21　〒112-8001
電話　出版（03）5395-3510
　　　販売（03）5395-5817
　　　業務（03）5395-3615

デザイン―菊地信義
本文データ制作―講談社デジタル製作
印刷―――大日本印刷株式会社
製本―――大日本印刷株式会社

Printed in Japan



ISBN978-4-06-534746-1

# 講談社文庫刊行の辞

二十一世紀の到来を目睫に望みながら、われわれはいま、人類史上かつて例を見ない巨大な転換期をむかえようとしている。

世界も、日本も、激動の予兆に対する期待とおののきを内に蔵して、未知の時代に歩み入ろうとしている。このときにあたり、創業の人野間清治の「ナショナル・エデュケイター」への志を現代に甦らせようと意図して、われわれはここに古今の文芸作品はいうまでもなく、ひろく人文・社会・自然の諸科学から東西の名著を網羅する、新しい綜合文庫の発刊を決意した。

激動の転換期はまた断絶の時代である。われわれは戦後二十五年間の出版文化のありかたへの深い反省をこめて、この断絶の時代にあえて人間的な持続を求めようとする。いたずらに浮薄な商業主義のあだ花を追い求めることなく、長期にわたって良書に生命をあたえようとつとめるところにしか、今後の出版文化の真の繁栄はあり得ないと信じるからである。

同時にわれわれはこの綜合文庫の刊行を通じて、人文・社会・自然の諸科学が、結局人間の学にほかならないことを立証しようと願っている。かつて知識とは、「汝自身を知る」ことにつきていた。現代社会の瑣末な情報の氾濫のなかから、力強い知識の源泉を掘り起し、技術文明のただなかに、生きた人間の姿を復活させること。それこそわれわれの切なる希求である。

われわれは権威に盲従せず、俗流に媚びることなく、渾然一体となって日本の「草の根」をかたちづくる若く新しい世代の人々に、心をこめてこの新しい綜合文庫をおくり届けたい。それは知識の泉であるとともに感受性のふるさとであり、もっとも有機的に組織され、社会に開かれた万人のための大学をめざしている。大方の支援と協力を衷心より切望してやまない。

一九七一年七月

野間省一

# 講談社文庫 最新刊

上田秀人
**流言**
〈武商繚乱記㈢〉
武士の沽券に関わる噂が流布され、大坂東町奉行所同心・山中小鹿が探る！〈文庫書下ろし〉

神永学
**心霊探偵八雲 INITIAL FILE**
〈幽霊の定理〉
累計750万部シリーズ最新作！　心霊と確率、それぞれの知性が難事件を迎え撃つ！

碧野圭
**凜として弓を引く**
〈初陣篇〉
青春「弓道」小説シリーズ。〈文庫書下ろし〉武蔵野西高校弓道同好会、初めての試合！

伏尾美紀
**北緯43度のコールドケース**
博士号を持つ異色の女性警察官が追う未解決事件の真相は。江戸川乱歩賞受賞デビュー作。

森沢明夫
**本が紡いだ五つの奇跡**
編集者、作家、装幀家、書店員、読者。崖っぷちの5人が出会った一冊の小説が奇跡を呼ぶ。

市川憂人
**揺籠のアディポクル**
ウイルスすら出入り不能の密室で彼女を殺したのは――誰？　甘く切ない本格ミステリ。

神楽坂淳
**夫には 殺し屋なのは内緒です 2**
隠密同心の妻・月はじつは料理が大の苦手。夫に嫌われないか心配だけど、暗殺は得意！

ブレイディみかこ
**ブロークン・ブリテンに聞け**
〈社会・政治時評クロニクル2018-2023〉
EU離脱、コロナ禍、女王逝去……英国の「五年一昔」から日本をも見通す最新時評集！

# 講談社文芸文庫 

吉本隆明

## わたしの本はすぐに終る
吉本隆明詩集

解説＝高橋源一郎　年譜＝高橋忠義

つねに詩を第一と考えてきた著者が一九五〇年代前半から九〇年代まで書き続けてきた作品の集大成。『吉本隆明初期詩集』と併せ読むことで沁みる、表現の真髄。

978-4-06-534882-6
よB11

加藤典洋

## 人類が永遠に続くのではないとしたら

解説＝吉川浩満　年譜＝著者・編集部

かつて無限と信じられた科学技術の発展が有限だろうと疑われる現代で人はいかに生きていくのか。この主題に懸命に向き合い考察しつづけた、著者後期の代表作。

978-4-06-534504-7
かP8

風野真知雄 魔食 味見方同心(一)〈豪快クジラの活きづくり〉
風野真知雄 昭和探偵 1
風野真知雄 昭和探偵 2
風野真知雄 昭和探偵 3
風野真知雄 昭和探偵 4
風野真知雄 岡本さとる ほか 五分後にホロリと江戸人情
カレー沢 薫 負ける技術
カレー沢 薫 もっと負ける技術〈カレー沢薫の日常と退廃〉
カレー沢 薫 非リア王
加藤千恵 この場所であなたの名前を呼んだ
神楽坂 淳 うちの旦那が甘ちゃんで
神楽坂 淳 うちの旦那が甘ちゃんで 2
神楽坂 淳 うちの旦那が甘ちゃんで 3
神楽坂 淳 うちの旦那が甘ちゃんで 4
神楽坂 淳 うちの旦那が甘ちゃんで 5
神楽坂 淳 うちの旦那が甘ちゃんで 6
神楽坂 淳 うちの旦那が甘ちゃんで 7
神楽坂 淳 うちの旦那が甘ちゃんで 8
神楽坂 淳 うちの旦那が甘ちゃんで 9
神楽坂 淳 うちの旦那が甘ちゃんで 10
神楽坂 淳 うちの旦那が甘ちゃんで〈鼠小僧次郎吉編〉
神楽坂 淳 うちの旦那が甘ちゃんで〈寿司屋台編〉
神楽坂 淳 うちの旦那が甘ちゃんで〈飴どろぼう編〉
神楽坂 淳 帰蝶さまがヤバい 1
神楽坂 淳 帰蝶さまがヤバい 2
神楽坂 淳 ありんす国の料理人 1
神楽坂 淳 あやかし長屋〈嫁は猫又〉
神楽坂 淳 妖怪犯科帳〈あやかし長屋2〉
神楽坂 淳 夫には 殺し屋なのは内緒です
加藤元浩 捕まえたもん勝ち！〈七夕菊乃の捜査報告書〉
加藤元浩 量子人間(クオンタム)からの手紙〈捕まえたもん勝ち！〉
加藤元浩 奇科学島の記憶〈捕まえたもん勝ち！〉
梶永正史 銃の啼(な)き声〈潔癖刑事・田島慎吾(こうしょう)〉
梶永正史 潔癖刑事 仮面の哄笑
川内有緒 晴れたら空に骨まいて
柏井 壽(ひさし) 月岡サヨの小鍋茶屋〈京都四条〉
神永 学 悪魔と呼ばれた男
神永 学 悪魔を殺した男
神永 学 青の呪い〈心霊探偵八雲〉
神永 学 心霊探偵八雲 INITIAL FILE〈魂の素数〉
神津凛子 スイート・マイホーム
神津凛子 ママ
神津凛子 サイレント 黙認
加茂隆康 密告の件、Ｍへ
柿原朋哉 匿(とく)名(めい)
岸本英夫 死を見つめる心〈ガンとたたかった十年間〉
北方謙三 試みの地平線〈伝説復活編〉
北方謙三 抱影
菊地秀行 魔界医師メフィスト〈怪屋敷〉
桐野夏生 新装版 顔に降りかかる雨
桐野夏生 新装版 天使に見捨てられた夜
桐野夏生 新装版 ローズガーデン
桐野夏生 ＯＵＴ(上)(下)
桐野夏生 ダーク(上)(下)
桐野夏生 猿の見る夢
京極夏彦 文庫版 姑獲鳥(うぶめ)の夏
京極夏彦 文庫版 魍魎(もうりょう)の匣(はこ)

## 講談社文庫 目録

京極夏彦 文庫版 狂骨の夢
京極夏彦 文庫版 鉄鼠の檻
京極夏彦 文庫版 絡新婦の理
京極夏彦 文庫版 塗仏の宴─宴の支度
京極夏彦 文庫版 塗仏の宴─宴の始末
京極夏彦 文庫版 百鬼夜行─陰
京極夏彦 文庫版 百器徒然袋─雨
京極夏彦 文庫版 百器徒然袋─風
京極夏彦 文庫版 今昔続百鬼─雲
京極夏彦 文庫版 陰摩羅鬼の瑕
京極夏彦 文庫版 邪魅の雫
京極夏彦 文庫版 今昔百鬼拾遺─月
京極夏彦 文庫版 死ねばいいのに
京極夏彦 文庫版 ルー＝ガルー 〈忌避すべき狼〉
京極夏彦 文庫版 ルー＝ガルー2 〈インクブス×スクブス 相容れぬ夢魔〉
京極夏彦 文庫版 地獄の楽しみ方
京極夏彦 分冊文庫版 姑獲鳥の夏 (上)(下)
京極夏彦 分冊文庫版 魍魎の匣 (上)(中)(下)
京極夏彦 分冊文庫版 狂骨の夢 (上)(中)(下)

京極夏彦 分冊文庫版 鉄鼠の檻 全四巻
京極夏彦 分冊文庫版 絡新婦の理 全四巻
京極夏彦 分冊文庫版 塗仏の宴 宴の支度 (上)(中)(下)
京極夏彦 分冊文庫版 塗仏の宴 宴の始末 (上)(中)(下)
京極夏彦 分冊文庫版 陰摩羅鬼の瑕 (上)(中)(下)
京極夏彦 分冊文庫版 邪魅の雫 (上)(中)(下)
京極夏彦 分冊文庫版 ルー＝ガルー 〈忌避すべき狼〉 (上)(下)
京極夏彦 分冊文庫版 ルー＝ガルー2 〈インクブス×スクブス 相容れぬ夢魔〉 (上)(下)
北森 鴻 親不孝通りラプソディー
北森 鴻 花の下にて春死なむ 〈香菜里屋シリーズ1〈新装版〉〉
北森 鴻 桜宵 〈香菜里屋シリーズ2〈新装版〉〉
北森 鴻 螢坂 〈香菜里屋シリーズ3〈新装版〉〉
北森 鴻 香菜里屋を知っていますか 〈香菜里屋シリーズ4〈新装版〉〉
北村 薫 盤上の敵 〈新装版〉
木内一裕 藁の楯
木内一裕 水の中の犬
木内一裕 アウト＆アウト
木内一裕 キッド
木内一裕 デッドボール

木内一裕 神様の贈り物
木内一裕 喧嘩猿
木内一裕 バードドッグ
木内一裕 不愉快犯
木内一裕 嘘ですけど、なにか？
木内一裕 ドッグレース
木内一裕 飛べないカラス
木内一裕 小麦の法廷
木内一裕 ブラックガード
北山猛邦 『クロック城』殺人事件
北山猛邦 『アリス・ミラー城』殺人事件
北山猛邦 私たちが星座を盗んだ理由
北山猛邦 さかさま少女のためのピアノソナタ
北 康利 白洲次郎 占領を背負った男 (上)(下)
貴志祐介 新世界より (上)(中)(下)
岸本佐知子 編訳 変愛小説集
岸本佐知子 編 変愛小説集 日本作家編
木原浩勝 文庫版 現世怪談(一) 主人の帰り
木原浩勝 文庫版 現世怪談(二) 白刃の盾

今野　敏　ST　化合　エピソード0〈警視庁科学特捜班〉
今野　敏　ST　プロフェッション〈警視庁科学特捜班〉
今野　敏　特殊防諜班　諜報潜入
今野　敏　特殊防諜班　聖域炎上
今野　敏　特殊防諜班　最終特命
今野　敏　茶室殺人伝説
今野　敏　奏者水滸伝　白の暗殺教団
今野　敏　同期
今野　敏　欠落
今野　敏　変幻
今野　敏　警視庁FC
今野　敏　カットバック　警視庁FCII
今野　敏　継続捜査ゼミ
今野　敏　エムエス〈継続捜査ゼミ2〉
今野　敏　蓬萊〈新装版〉
今野　敏　イコン〈新装版〉
今野　敏　天を測る
後藤正治　拗ね者たらん〈本田靖春　人と作品〉
幸田　文　崩れ
幸田　文　季節のかたみ
幸田　文　台所のおと〈新装版〉
小池真理子　冬の伽藍
小池真理子　夏の吐息
小池真理子　千日のマリア
五味太郎　大人問題
鴻上尚史　あなたの魅力を演出するちょっとしたヒント
鴻上尚史　鴻上尚史の俳優入門
鴻上尚史　青空に飛ぶ
小泉武夫　納豆の快楽
近藤史人　藤田嗣治「異邦人」の生涯
小前　亮　趙匡胤〈宋の太祖〉
小前　亮　始皇帝の永遠〈天下一統〉
小前　亮　劉裕〈豪剣の皇帝〉
小前　亮　ヌルハチ〈朔北の将星〉
香月日輪　妖怪アパートの幽雅な日常①
香月日輪　妖怪アパートの幽雅な日常②
香月日輪　妖怪アパートの幽雅な日常③
香月日輪　妖怪アパートの幽雅な日常④
香月日輪　妖怪アパートの幽雅な日常⑤
香月日輪　妖怪アパートの幽雅な日常⑥
香月日輪　妖怪アパートの幽雅な日常⑦
香月日輪　妖怪アパートの幽雅な日常⑧
香月日輪　妖怪アパートの幽雅な日常⑨
香月日輪　妖怪アパートの幽雅な日常⑩
香月日輪　妖怪アパートの幽雅な食卓〈るり子さんのお料理日記〉
香月日輪　妖怪アパートの幽雅な人々〈妖アパミニガイド〉
香月日輪　妖怪アパートの幽雅な日常〈ラスベガス外伝〉
香月日輪　大江戸妖怪かわら版①〈異界より落ち来る者あり〉
香月日輪　大江戸妖怪かわら版②〈異界より落ち来る者あり　其之二〉
香月日輪　大江戸妖怪かわら版③〈封印の娘〉
香月日輪　大江戸妖怪かわら版④〈天空の竜宮城〉
香月日輪　大江戸妖怪かわら版⑤〈雀、大浪花に行く〉
香月日輪　大江戸妖怪かわら版⑥〈魔狼、月に吠える〉
香月日輪　大江戸妖怪かわら版⑦〈大江戸散歩〉
香月日輪　地獄堂霊界通信①
香月日輪　地獄堂霊界通信②
香月日輪　地獄堂霊界通信③

## 講談社文庫　目録

さいとう・たかを／戸川猪佐武 原作　歴史劇画 大宰相〈第四巻 池田勇人と佐藤栄作の激突〉
さいとう・たかを／戸川猪佐武 原作　歴史劇画 大宰相〈第五巻 田中角栄の革命〉
さいとう・たかを／戸川猪佐武 原作　歴史劇画 大宰相〈第六巻 三木武夫の挑戦〉
さいとう・たかを／戸川猪佐武 原作　歴史劇画 大宰相〈第七巻 福田赳夫の復讐〉
さいとう・たかを／戸川猪佐武 原作　歴史劇画 大宰相〈第八巻 大平正芳の決断〉
さいとう・たかを／戸川猪佐武 原作　歴史劇画 大宰相〈第九巻 鈴木善幸の苦悩〉
さいとう・たかを／戸川猪佐武 原作　歴史劇画 大宰相〈第十巻 中曽根康弘の野望〉
佐藤 優　人生の役に立つ聖書の名言
佐藤 優　戦時下の外交官〈ナチス・ドイツの崩壊を目撃した吉野文六〉
佐藤 優　人生のサバイバル力
斉藤詠一　到達不能極
斉藤詠一　クメールの瞳
佐々木 実　竹中平蔵 市場と権力〈「改革」に憑かれた経済学者の肖像〉
斎藤千輪　神楽坂つきみ茶屋〈禁断の「盃」と絶品江戸レシピ〉
斎藤千輪　神楽坂つきみ茶屋2〈突然のピンチと喜寿の祝い膳〉
斎藤千輪　神楽坂つきみ茶屋3〈想い人に捧げる鍋料理〉
斎藤千輪　神楽坂つきみ茶屋4〈頂上決戦の七夕料理〉
作画：蔡志忠 訳：和田武司 監修：野末陳平　マンガ 孔子の思想
作画：蔡志忠 訳：和田武司 監修：野末陳平　マンガ 老荘の思想
作画：蔡志忠 訳：和田武司 監修：野末陳平　マンガ 孫子・韓非子の思想
佐野広実　わたしが消える
紗倉まな　春、死なん
司馬遼太郎　新装版 播磨灘物語 全四冊
司馬遼太郎　新装版 箱根の坂(上)(中)(下)
司馬遼太郎　新装版 アームストロング砲
司馬遼太郎　新装版 歳月(上)(下)
司馬遼太郎　新装版 おれは権現
司馬遼太郎　新装版 大坂侍
司馬遼太郎　新装版 北斗の人(上)(下)
司馬遼太郎　新装版 軍師二人
司馬遼太郎　新装版 真説宮本武蔵
司馬遼太郎　新装版 最後の伊賀者
司馬遼太郎　新装版 俄(上)(下)
司馬遼太郎　新装版 尻啖え孫市(上)(下)
司馬遼太郎　新装版 王城の護衛者
司馬遼太郎　新装版 妖怪(上)(下)
司馬遼太郎　新装版 風の武士(上)(下)
司馬遼太郎　戦雲の夢〈レジェンド歴史時代小説〉
司馬遼太郎／海音寺潮五郎　新装版 日本歴史を点検する
司馬遼太郎／井上ひさし　新装版 国家・宗教・日本人
司馬遼太郎／陳舜臣／金達寿　新装版 歴史の交差路にて〈日本・中国・朝鮮〉
柴田錬三郎　お江戸日本橋(上)(下)
柴田錬三郎　貧乏同心御用帳
柴田錬三郎　新装版 岡っ引どぶ〈柴錬捕物帖〉
柴田錬三郎　新装版 顔十郎罷り通る(上)(下)
島田荘司　御手洗潔の挨拶
島田荘司　御手洗潔のダンス
島田荘司　水晶のピラミッド
島田荘司　眩（めまい）暈
島田荘司　アトポス
島田荘司　異邦の騎士〈改訂完全版〉
島田荘司　御手洗潔のメロディ
島田荘司　Pの密室
島田荘司　ネジ式ザゼツキー
島田荘司　都市のトパーズ2007
島田荘司　21世紀本格宣言
島田荘司　帝都衛星軌道

## 講談社文庫 目録

島田荘司 UFO大通り
島田荘司 リベルタスの寓話
島田荘司 透明人間の納屋
島田荘司 占星術殺人事件〈改訂完全版〉
島田荘司 斜め屋敷の犯罪〈改訂完全版〉
島田荘司 星籠の海 (上)(下)
島田荘司 屋上
島田荘司 名探偵傑作短篇集 御手洗潔篇
島田荘司 火刑都市〈改訂完全版〉
島田荘司 暗闇坂の人喰いの木〈改訂完全版〉
清水義範 蕎麦ときしめん
清水義範 国語入試問題必勝法〈新装版〉
椎名誠 にっぽん・海風魚旅〈怪し火さすらい編〉
椎名誠 大漁旗ぶるぶる乱風編〈にっぽん・海風魚旅4〉
椎名誠 南シナ海ドラゴン編〈にっぽん・海風魚旅5〉
椎名誠 風のまつり
椎名誠 ナマコ
椎名誠 埠頭三角暗闇市場
真保裕一 取引
真保裕一 震源
真保裕一 盗聴
真保裕一 朽ちた樹々の枝の下で
真保裕一 奪取 (上)(下)
真保裕一 防壁
真保裕一 密告
真保裕一 黄金の島 (上)(下)
真保裕一 発火点
真保裕一 夢の工房
真保裕一 灰色の北壁
真保裕一 覇王の番人 (上)(下)
真保裕一 デパートへ行こう!
真保裕一 アマルフィ〈外交官シリーズ〉
真保裕一 天使の報酬〈外交官シリーズ〉
真保裕一 アンダルシア〈外交官シリーズ〉
真保裕一 ダイスをころがせ! (上)(下)
真保裕一 天魔ゆく空 (上)(下)
真保裕一 ローカル線で行こう!
真保裕一 遊園地に行こう!
真保裕一 オリンピックへ行こう!
真保裕一 連鎖〈新装版〉
真保裕一 暗闇のアリア
真保裕一 ダーク・ブルー
篠田節子 弥勒
篠田節子 転生
篠田節子 竜と流木
重松清 定年ゴジラ
重松清 半パン・デイズ
重松清 流星ワゴン
重松清 ニッポンの単身赴任
重松清 愛妻日記
重松清 青春夜明け前
重松清 カシオペアの丘で (上)(下)
重松清 永遠を旅する者〈ロストオデッセイ 千年の夢〉
重松清 かあちゃん
重松清 十字架
重松清 峠うどん物語 (上)(下)
重松清 希望ヶ丘の人びと (上)(下)

重松　清　赤ヘル1975
重松　清　なぎさの媚薬(上)(下)
重松　清　さすらい猫ノアの伝説
重松　清　ルビィ
重松　清　どんまい
重松　清　旧友再会
新野剛志　美しい家
新野剛志　明日の色
殊能将之　ハサミ男
殊能将之　鏡の中は日曜日
殊能将之　殊能将之 未発表短篇集
首藤瓜於　事故係生稲昇太の多感
首藤瓜於　脳男 新装版
首藤瓜於　ブックキーパー 脳男(上)(下)
島本理生　シルエット
島本理生　リトル・バイ・リトル
島本理生　生まれる森
島本理生　七緒のために
島本理生　夜はおしまい

小路幸也　高く遠く空へ歌ううた
小路幸也　空へ向かう花
小路幸也 原案 山田洋次 平松恵美子　家族はつらいよ
小路幸也 原作・脚本 山田洋次 平松恵美子　家族はつらいよ2
島田律子　私はもう逃げない〈自閉症の弟から教えられたこと〉
辛酸なめ子　女修行
柴崎友香　ドリーマーズ
柴崎友香　パノララ
翔田　寛　誘拐児
白石一文　この胸に深々と突き刺さる矢を抜け(上)(下)
小説現代編 石田衣良他著　10分間の官能小説集
小説現代編 勝目梓他著　10分間の官能小説集2
小説現代編 乾くるみ他著　10分間の官能小説集3
柴村　仁　プシュケの涙
塩田武士　盤上のアルファ
塩田武士　盤上に散る
塩田武士　女神のタクト
塩田武士　ともにがんばりましょう
塩田武士　罪の声

塩田武士　氷の仮面
塩田武士　歪んだ波紋
芝村凉也　孤闘の寂〈素浪人半四郎百鬼夜行(六)〉
芝村凉也　追憶の翰〈素浪人半四郎百鬼夜行(拾遺)〉
真藤順丈　畦と銃
真藤順丈　宝島(上)(下)
柴崎竜人　三軒茶屋星座館1〈冬のオリオン〉
柴崎竜人　三軒茶屋星座館2〈夏のキグナス〉
柴崎竜人　三軒茶屋星座館3〈春のカリスト〉
柴崎竜人　三軒茶屋星座館4〈秋のアンドロメダ〉
周木　律　眼球堂の殺人〈～The Book～〉
周木　律　双孔堂の殺人〈～Double Torus～〉
周木　律　五覚堂の殺人〈～Burning Ship～〉
周木　律　伽藍堂の殺人〈～Banach-Tarski Paradox～〉
周木　律　教会堂の殺人〈～Game Theory～〉
周木　律　鏡面堂の殺人〈～Theory of Relativity～〉
周木　律　大聖堂の殺人〈～The Books～〉
下村敦史　闇に香る嘘
下村敦史　生還者

2023年12月15日現在